# 花しぐれ

## 御薬園同心 水上草介

梶 よう子



集英社文庫

花しぐれ　御薬園同心　水上草介

目次

# 花しぐれ

御薬園同心　水上草介

# 葡萄《ぶどう》は葡萄

一

小石川《こいしかわ》にある幕府御薬園《ばくふおやくえん》で同心《どうしん》を務める水上草介《みなかみそうすけ》は、非番のこの日、実家へと向かっていた。

「佐久《さく》が、もういかん」

仰々しく折り畳《たた》まれた奉書紙《ほうしよがみ》に、その一文だけが記された書状を、屋敷の下僕が届けに来た。

書状は、当然のことながら、父の三右衛門《さんえもん》からだった。佐久は母の名だ。その母が、「もういかん」らしい。なにが、「いかん」のかはわからないが、父の三右衛門がそういうのだから、ともかく戻ることにした。

母が患《わずら》ったのかとも思ったが、「いかん」ほど重篤《じゆうとく》な状態であれば、悠長に書状など寄こさず、下僕を遣《や》って呼び戻すはずだ。

きっと呼び出す口実であろう。だとすれば、なんの用事かと訝《いぶか》りながら、笠《かさ》の縁を上げ草介は、青い空を見上げた。

今日は、左の腰が鬱陶《うっとう》しい。

御薬園にいるときには、植木ばさみをぶら下げているだけだが、武家は外出の際、大小二本を差さねばならない。しかも、御薬園の周囲は武家屋敷だらけだ。刀を差していなければ、すれ違う者にすぐ見咎《みとが》められる。

いっそ竹光《たけみつ》でもいいのだがなぁ、と草介は武士にあるまじき考えに至り、ぶるぶる首を振る。

秋を控え、陽の光は、ずいぶん柔らかくなった。だが、まだまだ残暑は厳しい。

御薬園から実家までは、さほどの道のりではない。四半刻（約三十分）もあれば着いてしまう。

実家から御薬園に通うことも十分できるが、草介は、御薬園内にある同心長屋で暮らしていた。家へ戻るのは、まれだ。

御薬園は、およそ四万五千坪の広大な地に、さまざまな樹木、草花が植えられている。主な役割は、千代田《ちよだ》の御城におわす上《うえ》さまへ納める生薬《しょうやく》となる薬草の栽培、精製だ。その他、大奥へ毎年納める、ヘチマ水の製造もし、薬効のほども知れない異国の植物も育てている。また、甘藷《かんしょ》（サツマイモ）のように、試作を行い、その栽培方法を広める役目もある。

植物は、ときに悪天候、獣害、虫害によって、生育を妨げられる。

草介は、四季折々、日々変化する植物を常に近くで見ていたい。土に触れ、種を蒔《ま》き、水をやり、その生育を見守りつつ、それが薬草であれば感謝し、果樹や野菜であれば恩恵に与《あずか》る。草介にとって一番の喜びであり、御薬園同心としての役割だと考えていた。

だが、土中からようやく芽を出し始めた種のように、草介の内から湧き出してきた思いがある。それは多くの薬を作りたいという思いだ。

そのためには医学を学び、病を知り、薬草をさらに究めることが必要だと気づいた。本草学《ほんぞうがく》でなく薬学を修めたい。

その機会に恵まれ、草介は二年後に紀州《きしゆう》へと旅立つ。紀州藩に仕える儒者、遠藤勝助《えんどうしようすけ》の推挙によるものだ。遠藤は、広く学者を募り、尚歯会《しようしかい》という飢饉《ききん》対策のための会を立ち上げた人物だ。救荒《きゆうこう》食物として、草介がばれいしょの試作をしていたことが人伝《ひとづて》に尚歯会に知れ、視察に訪れた会員のひとりである蘭学者で医師の高野長英《たかのちようえい》と出会った。

その後、尚歯会を通じ長崎への遊学を勧められたが、まだそうした思いも、自信もなかった草介は断った。だが、遠藤は諦めたわけではなかったらしく、此度《こたび》は草介の上役である御薬園預かりの芥川小野寺《あくたがわおのじ》へ、紀州藩から直々に話がきたのだ。

旅立つときまでに、この小石川でさらに多くの知識を蓄えるつもりだった。

冠木門《かぶきもん》を潜《くぐ》り、玄関へ向かうと、庭のほうから、枝を切るはさみの音がした。

草介は、百日紅《さるすべり》の鮮やかな濃い桃色の花を眺めつつ、横手から庭へと回った。

風流を愛《め》でるような庭園を造る上級武士とは違って、下級の武家屋敷には、ともかく暮らしに役立つ樹木が多く植えられている。

二十俵二人扶持《ぶち》の御薬園同心など、その最たるものだ。

実のなる梅、柿、桃、栗《くり》、枇杷《びわ》は当然ながら、薬になる草木も多い。接骨木《にわとこ》、肝木《かんぼく》、木槿《むくげ》はむろんのこと、ウイキョウ、オウバク、ナツメ、葛《くず》等々、さながら小さな御薬園といった具合だ。そうしたこともあって、水上家は、近所の徳川御三卿《とくがわごさんきょう》の一家である一橋《ひとつばし》家下屋敷や、三千五百石を頂く旗本の林《はやし》家からも、薬草を求められる。

水上家が代々御薬園同心であるのも、信用されているからだ。

庭木の手入れをしていた父の三右衛門が、草介をみとめ、腰を伸ばした。

「おうおう、草介。思ったより早かったな。やはり、母の危急は効き目があるの」

「まさか。あのような手に引っかかる私ではありません」

と、草介は薄い胸板を軽く反らせて広縁に腰を下ろした。

「父に向かって、なにをいうか。ならばなにゆえ、このように早く参った」

三右衛門は、己の目論見《もくろみ》が外れたのが悔しかったのか、拗《す》ねたようにいった。

「本日は非番でしたので、早目に伺って、母上の手料理を食べさせていただこうと思いまして」

つまらん、と三右衛門はそっぽを向き、再び植木ばさみを振るい始めた。

「まあまあ、父上。いつもの物をお持ちしましたよ」

草介は軽く息を吐いて、懐《ふところ》から袋を出した。

中には、御薬園で採れた葡萄《ぶどう》を干して作った乾《かん》葡萄が入っている。

「それを早くいわんか」

三右衛門が相好《そうごう》を崩し、袋を受け取ったが、その途端眉間《みけん》に皺《しわ》を寄せた。重みが足りないと感じたのであろう。

「なんだ。いつもより少ないのではないか？」

「我慢してください。御薬園の草木はすべて上さまの物ですよ。その余り物を少々頂戴しているのですから」

御薬園同心だった父上ならば、おわかりでしょうと、三右衛門をなだめた。

「ということはだ、思ったほどの収穫がなかったのか？」

三右衛門が、悪戯《いたずら》っぽい眼つきを向ける。

草介は、むむっと唇をへの字に曲げる。

「ははあ、こりゃ図星だな」

三右衛門が楽しげに肩を揺らした。笠を取り、手拭いで首元の汗を拭うと、草介の隣に腰を下ろした。

草介は、観念したように小声で応えた。

「じつは……金蚕《かなぶん》にやられました」

ほっ、と三右衛門が眼を見開き、

「金蚕か。あの小さな虫にやられたか」

と、高らかに笑った。

「笑い事ではありませんよ、父上。奴らときたら、遠慮会釈なくたわわに実った葡萄を食い散らかしていったのですからね」

三右衛門は、草介の渡した袋を、指先でまさぐり乾葡萄をひとつ摘《つま》むと、口中へ放り込んだ。

「うんうん、やはり美味《うま》いなぁ。金蚕が食いたくなる気持ちもわかる」

父ののんきな物言いに、草介は、一層悔しさを滲《にじ》ませた。

一寸（約三センチメートル）ほどの、てらてら光った背を持つ金蚕が、何十匹となく葡萄に食いついていた。

園丁《えんてい》が懸命に取り除きながら、文句をいった。

「櫟《くぬぎ》やナラの木だって御薬園にあるのによお。そっちの樹液で十分じゃねえですかぁ。

よりにもよって葡萄の実を狙いやがって」

奴らとて葡萄の果肉や果汁の甘さを知っている。虫といえども、舌が肥えているというべきか。そもそも、虫に舌があるのか、と草介は詮無《せんな》いことを考えながら、金蚕退治をしたが、実った葡萄の三割近くが被害にあった。

「父上がいま食しているのは、金蚕の食べ残しです。房の崩れた物を乾葡萄にしたので」

草介はちょっと皮肉を込めていった。

ふうん、と生返事をした三右衛門は、大事そうにひと粒ずつ乾葡萄を口に運ぶ。

「こうしておこぼれが頂戴できるだけでも、ありがたい。なあ、草介。人は常に勘違いしておるとは思わんか？」

草介が黙っていると、三右衛門が顔を向けた。

「生きていると思うのは、おこがましいということよ。万物すべてが、この空の下で生かされている、そう思えば、金蚕の気持ちもわかる。それ、おまえも食え」

三右衛門が手のひらの上に載せた幾粒かの乾葡萄を草介に差し出した。

深い紫色をした小さな乾葡萄は、皺くちゃながら、つややかな光を放っていた。

乾葡萄を作るのは、生薬を精製するより容易《たやす》い。果実をそのまま天日干しにしてもよいが、御薬園ではべつの作り方をする。熟した実を生《な》り口《くち》から切って、果汁が出るのを防ぎ、蜜を合わせて火にかける。四、五度ほど沸騰させ、染み出た汁を切って、陰干しにする。

三右衛門は、乾葡萄を食するようになってから数年が経つ。不思議と頭痛やめまいに悩むことが少なくなったという。即、乾葡萄に薬効があるとは決められないが、乾物は、その物の味を凝縮し、さらに濃厚なものにする。

果実だけでなく、もちろん野菜や魚介でも乾物を作る。それは、味だけでなく、長期保存ができるという利点がある。保存食になるといえば、漬け物も同じだ。

乾物や漬け物は、その食物が持っている成分を閉じ込めたり、変化させることができるのかもしれない。それが調べられたら、薬学はもっと進歩するのだがなぁと草介は思った。

外《と》つ国《くに》では、葡萄の葉を漬け物にするとも、実で酒を造るとも聞いた。外つ国で造る葡萄の酒に用いられる実は、我が国のものとは、品種が異なっているらしい。どんな味がするのか、一度呑《の》んでみたいものだと思う。

葡萄もなかなか奥が深い。

葡萄の産地として知られているのは、甲州《こうしゅう》だ。古くから改良が重ねられ、水晶葡萄、紫葡萄、甲州などといった品種がいくつかある。

草介と三右衛門は、互いに無言で乾葡萄を食べた。

父と息子が隣り合って、乾葡萄を食べているのも、いささか滑稽な姿だと、草介はぼんやり思う。

「ところで、母上はどちらですか？」

まあまあ、そうせっつくな、と三右衛門は庭草履を脱いで、広縁から座敷へ上がった。

「おまえに渡すよう佐久から頼まれた」

そういって三右衛門は、隣室の襖《ふすま》を開け入っていくと、風呂敷包みを抱えて戻ってきた。畳の上にどさりと置く。

「なんです？　それは」

草介が怪訝《けげん》な顔つきをすると、三右衛門がわずかに息を吐いた。

「先月、おまえが、二年後に紀州藩の医学館へ行くと伝えに来たであろう」

はあ、と草介は頷《うなず》いた。

「佐久がいうにはだな」

三右衛門が、わざとらしく咳払《せきばら》いをひとつして、居住まいを正した。

二年後に紀州へ赴くのはよいが、いつ戻るかわからない。おまえも、とっくに身を固めてもいい歳だ。旅立つ前に、妻を娶《めと》り、孫を抱かせろ、と。

「つ、妻と、ままま、孫ぉ」

草介は眼を剝《む》いた。

三右衛門が重々しく頷く。

それはまた、金蚕と格闘するより難しい。

なるほどそうか、と草介は三右衛門の前に置かれた風呂敷包みを見つめた。

その中身がなんであるか、人より一拍二拍反応が鈍い草介でも、容易に想像がつく。

「佐久が、あちらこちらから集めた年頃の娘たちの身上書が入っておる。よくよく吟味するようにと、佐久からのお達しだ」

「吟味だの、お達しだの大袈裟《おおげさ》な。それに私は、まだ――」

いいかけた草介はそこで口を噤《つぐ》んだ。まだ、なんといいたかったのだろう。

三右衛門は、そんな草介の様子を気に留めず、顔をしかめつついった。

「佐久にとっては大事だ。嫁姑《よめしゆうとめ》の立場になるのだからな。おまえがいくら気に入っても、佐久の眼鏡に適《かな》わんこともあろう」

草介は、吐息を洩《も》らしながら庭を見る。父が丹精している草木は、いつもながら葉の色艶《いろつや》がいい。

「で、母上はどこですか」

「おお、葬式の手伝いで、昨日から芝《しば》の縁戚へ行っておる。戻ってくるのは明後日《みようごにち》だ」

三右衛門はしれっといいのけた。

母の手料理を食べるどころか、母に抗《あらが》うこともできないと、草介は肩を落とした。

「まあ、ともかく風呂敷包みは渡したぞ。きちんと眼を通しておけよ。でなければ、わしが佐久から責められる」

三右衛門が、乾葡萄をひとつ放り投げて、ぱくりと口に入れ、

「ははは、やはり美味いなぁ」

顔をくしゃりとさせた。

まるで幼子《おさなご》のような真似《まね》をする父を、草介は半ば呆《あき》れつつ眺めながら、風呂敷包みの中身をどうしたらよいものかと、考えあぐねた。

「ああ、そうだ、金蚕と葡萄で思い出した。少々おまえの知恵を借りたい」

三右衛門が打って変わって至極真面目な表情になった。

「ま、犬も食わぬ話だがな」

二

草介は門を潜る前に、はっとして、身を翻《ひるがえ》した。

再び庭に下りていた三右衛門が顔を向けた。

「どうした、草介」

「つかぬことを伺いますが、母上は、私の身上書を方々《ほうぼう》に配り歩いているということは

ありませんか？」

三右衛門が、眼を宙に泳がせた。

やはりそうか。

きっとこの風呂敷の中にある数と同じだけ、世間に出回っていると考えたほうがよさそうだ、と草介はげんなりした。

それにしても紀州に赴くことが、こんな事態を引き起こすとは思いも寄らなかった。

「草介。少しは母を慮《おもんぱか》ってやれ。ひとり息子のおまえを誰よりも心配しているのだ」

医術を学ぶとおまえに告げられたときは、仰天した、と三右衛門は、耳の後ろをぽり掻《か》く。だが、紀州藩直々とあれば、水上家の誉れでもある。が、「佐久は泣いていた」と、辛《つら》そうに眉間に皺を寄せた。

「むろん、わしに気取《けど》られぬよう、台所の隅で、声を押し殺してな」

「母上が」

草介は言葉が続かなかった。

紀州へ行くと告げたとき、

「皆さまのお役に立てるよう、しっかりと学んでいらっしゃい」

と、母は背筋をぴんと伸ばして草介をしかと見つめた。その気丈な母が、父に知られぬよう泣いていたとは。

滅多に会わずとも、御薬園でお役に励んでいることを母は知っている。近くにいることがわかっているからこその安心がある。

「佐久はな、のんびり者で、植木ばさみしか振るえぬおまえの道中が不安でならんのだ。もっと剣術をちゃんと仕込めばよかったと後悔しておる」

「ああ、そこですか」

草介は、苦笑しつつ実家を後にした。


広大な御薬園は、その中央を走る仕切り道によって、東西に分けられている。東側は御薬園奉行の岡田《おかだ》家が、西側は芥川家が代々管理している。

仕切り道沿い、東側御薬園の敷地内に、小石川養生所《ようじようしよ》がある。養生所は困窮のため薬袋料《やくたいりよう》が払えぬ者や、患っても身寄りがない重病人などのための施療施設だ。御薬園の生薬はむろんここにも届けられているが、管理は町奉行所が行っている。

草介が養生所の門前に差し掛かったあたりで、

「草介どの。どちらかへお出掛けでしたか」

聞き慣れた声が背に飛んで来た。

「これは、千歳《ちとせ》さま」

振り向くと、若衆髷《わかしゆまげ》を結った千歳が颯爽《さつそう》と歩いてくる。御薬園預かりの芥川小野寺の娘だが、袴《はかま》を着け、大小二本を差し、神田《かんだ》の金沢町《かなざわちょう》にある共成館《きょうせいかん》という剣術道場に通うお転婆《てんば》だ。

「実家から戻ったところです。ですが、私が外出したと、よくおわかりになりましたね」

「お腰の物が違っておりますから」

千歳は気づいて当然といわんばかりに顎《あご》を上げた。

「や、そうですねぇ。左の腰が重くて、歩き辛くてなりません。竹光にしたいと考えてしまったくらいです」

草介は軽口でいったつもりだったが、千歳の顔色がにわかに変わった。

「武士ともあろう者が、そのような情けないことでどうするのです」

二年後には紀州へと行かれるのですよ、安穏な旅になるとは限りませぬ、いまからでも剣術の稽古をしてはいかがですか、二年修練すれば、そこそこの腕になれますと、まくしたてた。

千歳にも道中の心配をされている、と草介は心がちくちく痛んだ。己の姿は、水草の綽名《あだな》の通り、水中で揺れる頼りないものとして皆の眼に映っているに違いない。

水草の綽名は手足がひょろ長い草介を見た古参の同心がつけたものだ。それは、すっかり御薬園に浸透し、御薬園で働く園丁たちの中でも、当たり前の呼び名になっている。

「風呂敷包みもいやに重たそうですね」

千歳の問い掛けに草介の心の臓が跳ね上がる。

「これは、実家の母が漬けた梅干しやら、沢庵《たくあん》やら、干物やらをもらってきたので」

それは、まことのことだった。帰り際に父の三右衛門が持たせてくれたのだ。

「母の梅干しは、蜜を入れて漬けるので絶品ですよ。お分けいたしますよ」

「かたじけのうございます。本日は非番でしたか。ゆるりとお休みなさいませ」

では、と千歳は草介の横を通り、さっさと先に行ってしまった。

以前であれば、御役屋敷までともに並んで歩いた。いまも千歳は、草介から半分眼をそらすようにして話していた。それは草介も同じだった。千歳の顔を真っ直ぐに見ることにためらいがある。この頃、どこか互いにぎくしゃくしているような気がした。

草介は、ぽりぽりと額を掻いた。

あっという間に遠ざかる千歳の背を見ながら、はっとした。

まだ――なにも伝えていない、それがいいたかったのかもしれない。

「どうしました、水草さま、ぼんやりして」

養生所の門から出て来たのは蘭方医《らんぽうい》の河島仙寿《かわしませんじゅ》だった。頭に巻いた麻の葉模様の緋色《ひいろ》の手拭いがやけに目立っていた。

「ああ、ぼんやりはいつものことでしたね。申し訳ない」

河島は白い歯を覗《のぞ》かせ、手拭いの結び目を締め直した。

ぼんやりでなく、私はのんびりなんだがなぁと草介は思いながら、河島の鼻筋の通った端整な顔へ、笑いかけた。

河島の頭頂部には二寸（約六センチメートル）ほどの禿《は》げがあった。

長崎で蘭学と医術を修め、蘭方医となったが、河島家は代々漢方医だった。蘭方、漢方、相容《あいい》れない父子の確執が心痛となり、毛が抜けてしまったのだ。

いまはだいぶよくなって、黒々とした髪が生えてきている。禿げ隠しに手拭いを巻いていたが、養生所の入所者から「手拭い先生」と慕われていることもあって、そのまま続けているのだ。

ふと河島が首を回し、仕切り道をすたすた歩いて行く、千歳の姿を眼に留めた。

「おや、あれは千歳さまではないですか」

河島は、含んだような物言いをした。

「先ほど、ここでお会いしました」

「ご一緒に御役屋敷へ戻られなくてよいのですか」

「私は今日非番ですし、それから、先生にちょっとご相談がありまして」

いやぁ、ここで会えてよかった、と草介は、声を張った。河島はそんな草介を疑り深い顔つきで見る。

「いまから往診へ赴くところだったのですが……ああ、それなら、いい機会だ。一緒に行きませんか」

「え、なぜ私が」

「医術を学ぶのでしょう。私の診立《みた》てからお教えできることも少しはありますよ」

なるほど、と草介は、風呂敷包みを長屋へ置き、河島の元へ取って返した。

「これから往診に行くのは、弥平《やへい》という養生所の元入所者です。肝の臓を患い、酒断ちをさせていたのですが、家に戻ったら、いいつけを守らず、また呑んでしまったようで。長屋の差配《さはい》が報《しら》せてきましてね」

道すがら河島が話し始めた。

「独り暮らしの五十の親爺《おやじ》でしてね。数年前に、女房と娘を立て続けに亡くし、気落ちしてしまったのでしょう。それから酒の量が増えたという話でした。さて、水草さま。肝の臓はどこにあり、どのような役割をしているのか、おわかりですか」

唐突な河島の問い掛けに、草介は言葉を詰まらせながら、

「ええと、体内の腹部右上、肋骨《ろっこつ》の後ろにあって、赤黒い色をした大きな臓腑《ぞうふ》です。体内の毒を中和させ、また、人に大切な養分を作り出すこともし――それから、それから」

「ははは、まあ本日も合格です」

河島がにこりと笑いかけてきた。

草介はほっと胸を撫《な》で下ろす。近頃、河島は顔を合わせるたび、必ず問題を出してくる。つい先日は、胃の腑で、その前は心の臓だ。今日は肝の臓だが、次は腎の臓か、それとも肺腑か膀胱《ぼうこう》か、と草介は少々紀州へ行くことを後悔した。

「なにより怖いのは、肝の臓が弱り、働きが鈍ると、硬くなってしまうことです。そうなると、いまの医術では手の施しようがない」

だからこそ、安静と禁酒を強くいったのだがと、河島は首を横に振る。

「大柴胡湯《だいさいことう》あたりの煎《せん》じ薬《ぐすり》で間に合いますか？　あるいは小《しょう》柴胡湯など」

「いまなら大丈夫でしょうが、一時は黄疸《おうだん》も出ておりましたから心配です」

御薬園の門を出ようとしたとき、突然、咎める声が背後から聞こえてきた。

「お主ら、どこへ行く」

河島があからさまに不快な表情をして、

「うるさいのに見つかりました」

草介に小声で耳打ちした。

いま、小人目付《こびとめつけ》の新林鶴之輔《しんばやしつるのすけ》という者が養生所の査察に来ているという。

小人目付は、草介のようなお目見《めみえ》以下の御家人などの監察糾弾《きゅうだん》を行う役目を担っている。それ以外にも、町奉行所や勘定所、養生所に異変があれば立ち会い、大名、旗本の素行捜査もする、河島がいう通り、こちらからすれば煙たい存在だ。

「養生所でなにかあったのですか？」

振り向きながら草介が訊《たず》ねると、「思い当たるといえば」と、河島が口元を曲げる。

「養生所は、本来、蘭方医は外科治療、本道《ほんどう》（内科）は漢方医と決められていますが、いまは病に応じて漢蘭融合の施療をしていることですか」

「では、それを元に戻せということですか」

「それは、あの新林の報告次第でしょう」

背丈のある男が足早にこちらへ向かって歩いて来る。

「どこへ行くかと訊《き》いておるのだ」

「これは、小人目付さま。これから、知り合いの唐物《とうぶつ》問屋を訪ねに行こうと」

「ふうん。薬籠《やくろう》を持ってか」

「私は蘭方医ですのでね、古くなった医療道具を新しい物に替えに行くのですよ」

河島は偽りをいった。元入所者の往診をするなどといえば、「ならん」と返ってくるに違いないからだ。養生所内での投薬、治療、着物、食事に一切銭はかからない。だが、一旦、退所した者は別だ。しかも、養生所の医師がわざわざ往診に出掛けるなど、河島はもとより、養生所のあり方を糾弾されかねない。たとえ、病を診る医師として当然の行為だとしてもだ。

「で、こちらのお方は？」

新林が、河島から草介へ白目が見えないほどの細い目を移す。馬面で、草介より体軀《たいく》はるかに立派だが、顔と同様、手足も長い。歳の頃は二十五、六といったところか。

「私は御薬園同心の水上草介と申します」

「ほう、お主が水草どのか」

えっと、草介が眼をしばたたくと、新林が薄い唇をにやにやさせた。

「なるほど、名は体を表すとの喩《たと》え通りだ。よくそのひょろひょろの身体《からだ》で上さまの御薬園を守っておるな」

ちょっとばかり嫌味な男だ。それになにゆえ水草の綽名を知っているのかも気にかかる。

新林はまことに養生所を査察に来ただけなのだろうかと、草介の胸底から不安が込み上げてきた。

今朝、御薬園の乾葡萄を父の元に持っていったことはまだ洩れていないはずだ。だが、胸焼けで気分の悪い園丁に生薬を処方してやったことがある。梯子《はしご》から落ちて捻挫《ねんざ》をした園丁頭《がしら》にも膏薬《こうやく》を貼った。生薬の精製のとき火傷《やけど》を負った荒子《あらしこ》にも薬を塗った。風《ふう》邪《じゃ》のとき、葛根湯《かっこんとう》なども使っている。御薬園の薬を少量ではあるが、ちょいちょい勝手に用いているのはたしかだ。

養生所に来た振りをして調べているのは、じつは御薬園ではないかと汗が滲んできた。

草介の顔に傾きかけた陽があたる。さらに暑い。

「御薬園の生薬は誰が管理しているのかな」

「それは、私を含めた御薬園同心が、採取した薬草を薬種所《やくしゆじよ》にて、精製するまできちっと見ております。横流しのような真似をする者はひとりもおりません」

草介は額に浮いた汗を拭いもせず、いい放ったが、横で河島が苦い顔をした。

「ほう、横流しとは初耳だ。御薬園では、以前、そのようなことがあったということかな？」

新林が草介の言葉の揚げ足を取る。

あああ、しまった、と思ったが、新林は「お答えいただこう」と、馬面を寄せてきた。

「なにをおっしゃいます、小人目付さま。この水草、いや水上さまは、人一倍お役熱心な方です。園丁や荒子からも信頼されております。そんな方の下で、妙な真似をする者などおりませぬよ」

河島が新林を大きな瞳で睨《ね》めつけた。

新林も細い目で河島を睨《にら》み返す。

これは困ったと、草介がふたりを交互に見ていると、養生所の門から中間《ちゆうげん》らしき男が走り出て来た。

「新林さまぁ。養生所へお戻りくださいい。お目付さまがお呼びです」

新林が、小さく舌打ちした。

「いずれ帳簿など見せてもらうやもしれぬ」

草介をじろりと見て、身を返した。

目付――。

新林を呼んだ者は、たしかにそういった。

「河島先生、お目付までがどうして養生所に」

「わかりませんね。目付といえば、小人目付のさらに上の上」

目付の職域は、一口にいえないほど広い。旗本の監察と糾弾はもとより、城中の内外の職務怠慢に常に眼を光らせている。武士たちにもっとも嫌われ、恐れられているお役だ。

そんな目付がなぜ、と草介は首を傾《かし》げた。

三

下谷《したや》の裏店《うらだな》に住んでいる弥平は、河島が差配と連れ立ち障子戸を開けた途端、転がっていた酒屋の貸し徳利を慌てて隠した。

「いきなり来るなんざ卑怯《ひきょう》じゃねえか」

「卑怯でもなんでもいい。身体を診せろ。横になれ」

河島はすぐさま三和土《たたき》から上がり込む。

ぶつぶつ文句を垂れながらも敷きっ放しの夜具に仰向《あおむ》けになった弥平の腹部に、河島は手を当てる。

「痛みはないか、腹が張るような、重苦しい感じはあるか？」

「ねえよ」

河島の問いに弥平は突《つ》っ慳貪《けんどん》に返す。

「わざわざ養生所の先生がお越しくださったんだ。もう少し素直になれないのかね」

そうぼやいた差配とともに、草介も板敷きの家へ上がる。

「だからよ、もうなんともねえんだよ、先生。おれぁもうどうでもいいんだ。嬶《かかあ》も娘ももういねえ。おっ死《ち》んだって誰も気に留めやしねえ」

弥平が喚《わめ》くと、河島が叱咤《しった》した。

「馬鹿をいうな。なら、私はなんのためにここにいる。おまえを治したいからだ」

「け、医者のいうことなんざ信じるもんか」

弥平が眼を剝いて、怒鳴った。白目が濁っていた。河島も気づいたようだ。

「酒はやめろ、死にたいのか。差配さんに聞いたぞ。もとは下戸《げこ》だったんだろう。無理して呑んで、命を勝手に縮めるな」

ふん、と弥平は鼻先であしらう。

草介は弥平の狭い家をあらためて見回す。

針金と、平たい鉄の板、それにやすり、砥石《といし》などが片隅に置いてある。仕事道具なのだろうが、まったく使われていないのか、ほこりを被《かぶ》っている。病で養生所にいたのだから当然なのかもしれないが、いまも仕事はしていないようだ。

「あの、弥平さんのお仕事は」

「針師です」

河島が応える。

「縫い針を作る職人さんですか？」

横になっていた弥平がぷいと身を返して背中を向けた。

「私は弥平に作ってもらいたい針があるのですよ。外科治療用の細い針です。傷口を縫い合わせるとき、怪我人《けがにん》に、さらに痛みを感じさせたくはないですから」

なあ弥平、病を治して、どうか細い針を作ってはくれないかと、河島は頭を下げた。

弥平がにわかに上体を起こし、河島の腕にしがみつくと、食って掛かった。

「ならよぉ、なんで嬶と娘を助けてくれなかったんだよ。流行《はや》り病であっという間だ。近くの医者はよ、てめえに病がうつるのが怖くて診立てにも来なかった。この薬を飲ませれば治るって、障子戸の外に置いて逃げやがった。娘はまだ十《とお》だった。ふたりとも、苦しんで息詰まらせて死んだんだ。医者なんか、皆同じだ。先生だってそうだ。針が欲しいから、おれを生かしておきてぇだけだ」

河島は、弥平に揺さぶられながら押し黙る。

「これこれ、弥平、やめなさい」

差配が間に割って入ると、

「帰《けえ》れ帰れ。もう医者に用はねえ。おれぁ、医者の手助けなんざしねえ。針も作らねえ」

弥平は、河島の腕を振り払うように手を放した。

「わかった。もう諦めよう。ただ、酒は控え、滋養のあるものを食べてくれ」

弥平は、再び夜具に転がり背を向けた。河島が嘆息して腰を上げる。

「あのぉ、弥平さん」

草介がわずかに膝を進め、

「以前、指を切ってしまったとき、河島先生に傷口を縫っていただいたのですが、痛いの痛くないのって、卒倒しそうなほどでした」

そう大袈裟にいってぼんの窪《くぼ》に手を当てた。

「まことにあのときは、参りました」

弥平がちらと首を回した。

「あんた、お武家のくせに情けねえ奴だな」

「ええ、私は情けないですよ。もっと細い針だったらと、河島先生を恨みました。でも、弥平さんが細い針を作ってくだされば、情けない武家はむろん、女子《おなご》や子どもなど、傷を負った多くの人が安心を得ることができるじゃないですか」

弥平がじっと草介を見る。

「いい加減な医者はたしかにいます。でも、河島先生や養生所の先生方は多くの知識を持っているお医者さまです」

ですが、と草介は弥平を見返した。

「その豊富な知識も道具がなければ活《い》かせない。頭でっかちな、ただの木偶《でく》の坊です」

隣で河島があんぐり口を開けた。

「手助けじゃありませんよ。針は、医者には作れませんからね。医術を進めるために力を合わせる、それが弥平さんにはできるのですよ」

おれが、医術を進める、と弥平が呟《つぶや》いた。

「はい、そうです」

草介は、にこりと笑った。

差配は、弥平の裏店を出た河島と草介に、平謝りに謝った。

河島は、薬袋を差配へ渡し、長屋の住人で弥平を看《み》てやってくれと告げた。

差配と別れ、表通りに出ると、河島が草介に向かって急に文句を並べ立てた。

「あの場を繕うにしても、まったくひどい。ひどすぎる。頭でっかちの木偶の坊とはよくいってくれたものです」

草介は、ぽりぽりと額を掻いた。

「私はなるべく苦痛を和らげようと手早く済ませるよう日々努力しています」

「そりゃあ河島先生は縫合が上手《じょうず》かもしれませんが、痛いものは痛いですよ」

河島は、緋色の手拭いを巻いた頭に手を置いて、唸《うな》った。

「縫い針は硬くてしなやかでなければならない。弥平は、京の老舗《しにせ》の針屋で修業を積んだのですよ。私は、弥平になら細い縫合針が作れると思っていたのです」

京の老舗の針屋か、と草介はぼそりと呟きながら、弥平の家の仕事道具を思い返していた。針金が、縫い針になり縫合針になる。

同じ針でも用途が違う。

むむむ、と口を曲げて、草介は考え込む。

乾葡萄も葡萄。縫い針も縫合針も元は針金。

そうか、と手を打った。

河島は気味悪げに草介を見やる。

「ところで、水草さま。すっかり忘れておりましたが、私へ相談事があったのでは」

「いやぁ、たったいま解決しました。河島先生のおかげです」

はははと笑った草介の横を、棒手振《ぼてふ》りの葉唐辛子屋が売り声を上げながら、通り過ぎて行く。

「腑に落ちませんね。なにが解決したのか、教えていただきましょう」

河島は、ちょっとふて腐れた様子で、眼に留めた甘味屋へと草介を引っ張った。


草介は、白玉の蜜掛けを食べながら、父の三右衛門から聞かされた話を河島に語った。

林大学頭《だいがくのかみ》の孫娘が離縁の危機にあるという。孫娘はもう三月《みつき》も祖父の屋敷に身を寄せているらしい。その理由には、草介も呆れたが、当人たちにとっては重大だ。

その原因となったのが葡萄だというのだ。

林家の孫娘は大の葡萄好き。

ところが、その夫は大の苦手。

幼い頃、皿に盛られて出された葡萄の実に金蚕が食いついていたのを見て以来、食せなくなったのだ。金蚕、恐るべしだ。

大学頭である林家には、大名、旗本からさまざまな付届けがあるが、葡萄の時季になると、どっさり贈られてくる。

孫娘は林家から、うきうきと葡萄を婚家へ持ち帰っていたが、うまそうに食べる妻の姿に夫がついに激怒した。葡萄など見るのもうんざりだという言葉に、では葡萄好きのわたくしの顔も見とうありませぬねと、返したことで大喧嘩《げんか》。

孫娘は泣きながら実家に戻ってきたが、夫が葡萄を食べるといえば、帰るといっているという。片や夫に従わぬ妻はいらぬという。

なんとか仲を戻せぬものかと、林大学頭が三右衛門に、困り顔で打ち明けたのだ。

話を聞き終えた河島は、

「幕府の学問の中心を担う林家も、孫娘の夫婦喧嘩で頭を抱えるとは。話としては面白いですがね。とても他所《よそ》ではいえませんね」

いささか呆れたようにいった。

「相思相愛で結ばれたおふたりだそうです。祖父の大学頭さまも、孫娘はかわいいと見えて、成り行きが心配で近頃は食も進まないとか」

「ですが光明が見えたのでしょう、水草さま」

「ええ、おかげさまで。弥平さんの針金から思いつきました。縫い針と縫合針ですよ。

河島先生が気づかせてくださった」

「私が？　それはよかった」

河島が戸惑いつつ、白玉を口に運んだ。

白玉が美味《おい》しいですねぇと、草介は頰張りながら、ここに乾葡萄を添えるのもいいかもしれないと思った。


数日後、御役屋敷前の乾薬場《かんやくば》で、採取した薬草を干していた草介の元に、黒紋付の羽織を着た男がやってきた。

草介が顔を上げると、低い声で、

「目付の鳥居耀蔵《とりいようぞう》だ」

険しい眼つきをして名乗った。この方が、と草介は股立《ももだ》ちを取った袴を急いで整え、頭を下げた。

「お初にお目にかかります。御薬園同心の水上草介です」

「お主が、兄へ助言をくれたそうだな。夫婦喧嘩など犬も食わぬ。真面目に考えるお主も相当なお人好しだな。ま、兄の孫娘夫婦の仲も以前のように睦《むつ》まじゅうなったと、兄は喜んでおったが」

鳥居が片頰を皮肉っぽく上げた。

「これで跡継ぎに恵まれれば万々歳だ。お主のおかげよ」

いま、兄の孫娘といった。そうか。鳥居は養子先で、生まれは林家だったのだ。

「まさか、はじき葡萄を食わせるとは思わなんだ」

はじき葡萄は、皮を剝いた葡萄の実に、大根おろしを合わせ、醬油《しょうゆ》をかける料理だ。文政《ぶんせい》の頃、版行された料理帖《ちょう》にある。

甘い葡萄の実が、大根おろしと醬油の加減で、口に入れた瞬間、魚介のような風味と食感になり、後から爽やかな甘味が広がる。

また、その見た目も清涼感溢《あふ》れる、美しいものだ。

はじき葡萄を食した夫は驚きとともに、妻である孫娘に、もう一皿欲したらしい。

「だまし討ちのような小賢《こざか》しい知恵ではあるが、礼をいう」

草介は、「いいえ」と首を横に振った。

「葡萄の実は葡萄の実。変わってはおりません。ただ、わずかに手を加えただけで、見た目も、違った食し方もできる。それに、お言葉ですが、小賢しかろうと知恵は知恵。それも変わりません」

「なるほど。覚えておこう」

鳥居は口元に笑みを浮かべ、草介を見た。その口元に反して、じっと、草介を観察するような冷たい眼をしていた。

「養生所に、しばらく小人目付の新林を置いておく。なにか困り事があれば、新林にいうといい」

「かたじけのうございます」

草介は再び腰を折る。

ではな、と鳥居が踵《きびす》を返した。

四

昼餉《ひるげ》どき、いつものように草介はマンサクの幹に寄りかかり、握り飯を食べていた。こんもりと茂った葉の間から、木洩れ陽が地面に光の点を作っている。ときおり吹く柔らかな初秋の風が、あたりの樹木の枝を揺らし、葉の一枚一枚が語りかけてくるような音を立てる。

草介の至福のときだ。

「草介どの」

千歳の声に草介は慌てて握り飯を口に押し込んだ。

「ひほへさま、なに、か」

口一杯の飯粒にへどもどしながら草介は立ち上がる。

千歳が顔をしかめた。

「無理に話さずとも結構です。あの慇懃《いんぎん》無礼な鳥居さまが父へ礼に参ったのですが、なになさったのですか？」

草介は、竹筒の茶で飯粒を流し込むと、ほっと息を吐いた。

「鳥居さまの兄上の孫娘ご夫婦が離縁なさる寸前だったのを元の鞘《さや》に収めたというか」

もともと仲睦まじいおふたりと聞いてはいたので、さほど心配はなかったのですが、
と草介は額をぽりぽり掻いた。

事のあらましを聞きながら、千歳は次第に機嫌が悪くなってきた。

「なんと馬鹿馬鹿しい。夫が葡萄嫌いだから離縁など、武家の息女とは思えませぬ。夫が葡萄を食べぬなら、妻も食べぬぐらいの覚悟はないのですか」

幼子のままごとではあるまいし、夫に従うのが妻ではございませぬか、と千歳が草介に詰め寄ってきた。

むむっ、と草介は顎を引く。そういう千歳自身が一番疑わしい。剣術を止めろと夫にいわれたら、千歳は従うのだろうか。

思えば、見習い同心として御薬園にいた吉沢角蔵《よしざわかくぞう》との縁談が流れたとき、

「武芸達者な男勝りは当家の嫁にふさわしくないと、先方から断りが入ったのです」

と、その理由に憤《いきどお》っていた千歳だ。

剣術を止めろといえば、「わたくしに勝ってからおっしゃいませ」と、木刀の先を突きつけられそうだ。

千歳が真っ直ぐ草介を見る。

「わたくし、しばらく嫁には行かぬと、両親へ告げました」

はあ、と突然の告白に草介は面食らい、困惑げな声で返した。

「すっきりいたしました。縁談が流れたことで、いささか両親に申し訳なく思っておりましたので」

千歳の足元の木洩れ陽がきらきらと輝く。

そういえば、あの風呂敷包みの中身をまったく見ていなかったのを思い出した。が、千歳の晴れ晴れとした表情を見て、草介は気に染む娘はいなかったと母へ告げようと思った。

「ところで、草介どの」

「はい」

「わたくしも、そのはじき葡萄とやらを食べてみとうございます」

「ぜひとも、ご賞味ください。驚かれると思いますよ。ああ、千歳さまでも簡単にお作りになれますよ」

「わたくし、でも？」

千歳がきりりと眉を引き絞ったが、すぐに表情を和らげた。

「では、教えてくださいませ」

くるりと身を翻した千歳の後を、草介は急いで追った。

夕刻、草介が生薬を届けに養生所へ赴くと河島に呼び止められた。河島の居室の縁側にふたりで腰を下ろす。すると、河島が薄い端切れを縫い合わせ始めた。

「木偶の坊といわれたくはありませんのでね」

まだ、根に持っているようだ。

よくよく手元を見ると、以前より針が細い。

「気がつかれましたか？　弥平が作ってくれたのですよ。これから、弥平と相談しながら、針を作るつもりです。医術はおれが進めると張り切っていますよ」

「では、肝の臓も」

「酒も止め、いまはだいぶよくなりました。長屋の女房たちが飯も作ってくれているようで安心です」

針と糸を素早く手際良く動かしながら、河島が不意に声を一段落とした。

「水草さま。あの目付には用心したほうがいい」

草介は、河島の手元に眼を落としながら、訊ねた。

「なぜです？　少々険のある方だとは思いましたが、河島先生はご存じなんですか？」

河島が顔を上げ、草介を見る。黒々とした長い睫毛《まつげ》が揺れる。

「先日、養生所に高幡《たかはた》さんがお見えになりましてね」

「それなら、なぜ私に伝えて下さらなかったのですか？　お会いしたかったなぁ」

「水草さまが、例の一件で林家に父上とともに赴いた日でしたから」

「ああ、それは残念でした」

高幡啓吾郎《けいごろう》は、南町《みなみまち》奉行所の定町廻《じょうまちまわ》り同心だ。上役の与力《よりき》と反りが合わず養生所見廻り同心に役替えとなったが、いまは、定町廻りに再び戻っている。

「その高幡さんから伺ったんですよ」

河島はさらに声をひそめた。

隣に座る草介は、わずかに身体を傾け、河島に耳を寄せた。

「あの鳥居耀蔵という目付は」

河島が苦々しい面持ちで語り始めた。

鳥居は蘭学と尚歯会を嫌っているという。

過日、江戸湾岸の測量を他の幕臣と鳥居が命じられた。尚歯会の者たちと面識があったその者は、異国の測量術を取り入れ、鳥居よりも正確な数値を出した。鳥居は苦杯を嘗《な》めさせられた気分になり、地団駄を踏んで悔しがったという。そのうえ、その測量に文句を付け、尚歯会は、異国の知識を妄信した蘭癖《らんぺき》者の集まりだと老中に意見したらしい。

「鳥居は養子先で、生まれは大学頭の林家だということは？」

「ええ、知っていますよ。ごりごりの儒学者ですからねぇ。蘭学とは相容れなそうな」

河島は、端切れにぷつりといささか強めに針を刺し、苦笑した。

「蘭方医の私など、まるで塵芥《ちりあくた》を見るような眼つきでした」

えっ、と草介は眼をしばたたく。

「ですが、私のような一介の蘭方医など鳥居の眼には入りませんよ。奴の標的は高野長英先生です」

草介は「高野、長英」と呟いた。

「まさか、お忘れなんじゃないでしょうね」

河島が呆れ声を出す。

草介はむっと唇を歪《ゆが》めた。

「もちろん覚えていますよ。御薬園を訪れた後に『救荒二物考《にぶつこう》』を版行されたじゃないですか。あれは素晴らしいものでした」

飢饉の際の救荒食物として、ばれいしょとソバを取り上げたものだ。栽培法と調理法が詳しく記されていた。

「目付の鳥居は、おそらく水草さまも先生とかかわりがあると思っています」

へっと、草介は間の抜けた声を出した。

「私が、どうして高野先生とかかわりがあるというのです。ここを訪れた高野さまを案《あ》内《ない》しただけですよ。そのときも、ばれいしょの話を――」

河島が頭に巻いた手拭いに手を当てる。今日は浅葱色《あさぎいろ》の瓢簞柄《ひょうたん》だ。

「高幡さんがおっしゃるには、鳥居は蛇のようにしつこく、狐狸《こり》のように狡猾《こうかつ》な人物だということです」

水草さまのような方を罪に陥れることなど、赤子の手を捻《ひね》るより容易い、と河島は眼を細めた。

「私を罪に陥れる？　なぜです」

「わかりませんか？　水草さまは、遠藤勝助さまの推挙で紀州藩の医学館に行くことが決まっている。遠藤さまといえば」

尚歯会、と草介が応えた。

「そうです。その尚歯会の一員であるのが」

「高野長英どのですね。あっ」

尚歯会というのは、本来は長寿の者の集まりを指すが、紀州藩のお抱え儒者である遠藤勝助が主宰し、飢饉対策のため識者を募った集まりだ。その会には、三河《みかわ》の田原《たはら》藩士渡辺崋山《わたなべかざん》や高野長英が参加している。

ただ、飢饉対策ばかりでなく、蘭学に通じていた崋山や長英は、日本の沿岸防備や、異国をよく学ぶことで、交流をどのように図るかを論じてもいるらしい。

「ほら、つながりましたよ」

河島がいいながら、縫い合わせた端切れを草介の眼前にさらす。

「そんな無茶な」

「無茶でも、そういう存在が鳥居には、気に食わない。漢方医と蘭方医のようなものです。ま、私は幸いこの御薬園で、伸び伸びとやらせて頂いておりますけれどね」

河島が、養生所に来たときは、漢方医との衝突があったが、いまでは、互いによい処《ところ》を取り入れ始めている。漢蘭の融合だ。

「我ら医者が対立して一番困るのは病人です。病を治したいと思う心は医術を学んだ者ならば、誰しも持ち合わせている」

ですが、鳥居は違う、と河島は厳しい顔を向けた。

養生所を出た草介は、仕切り道から、御薬園を見渡した。

「己の嫌悪するものは、徹底的に叩《たた》き潰す男だそうです。どのような手段を用いても。小人目付の新林を養生所に詰めさせたのも、おそらく水草さまの監視のため」

河島と別れる際、いわれた言葉が甦《よみがえ》る。

不意に、強い風が吹いた。灰色がかった雲が、どこかへ急ぐように流れていく。

樹木が、草本《そうほん》が怯《おび》えるように揺れる。そのざわめきが、草介の内にも入り込んできた。

# 獅子《しし》と牡丹《ぼたん》

一

刈り取った薬草を抱える御薬園同心《おやくえんどうしん》の水上草介《みなかみそうすけ》に、陽が降り注ぐ。ときおり吹く涼やかな風に季節の移ろいを感じる。

薬草の畑も春夏が盛りのものは、終わりを告げ始めていた。その代わりに、リンドウ、センブリが花開く日を待っている。

栗《くり》は、黄色の小さな花を連なるように咲かせ、柿の黄緑色の小花はすでに咲き終え、実になるための準備の真っ最中だ。さらに季節がいけば、金木犀《きんもくせい》の香りが漂う。

春夏の御薬園は明るく華やかな色に包まれる。が、秋冬の赤や黄、茶などの落ち着いた彩りも、御薬園に、また違った趣を与える。風も陽も、人の思い通りにはならない。時もそうだ。じたばたしてもはじまらない。命あるものすべてが、大地と天の間で生きている、草介はそう思うのだ。

御役屋敷の門を潜《くぐ》り、薬草を竹矢来《たけやらい》で囲まれた約四十坪の乾薬場《かんやくば》へと運ぶ。これまでは、乾薬場の石畳に間隔だけ空けて並べていたが、いまではきちんといろは順に薬草を並べている。

これは以前、小石川《こいしかわ》御薬園に見習いとして来ていた同心の吉沢角蔵《よしざわかくぞう》の影響だった。角蔵は、ともかく曲がったことや雑なことが大嫌いだった。おかげで、薬草蔵は、薬草名を記した木札が棚に打ちつけられており、用具もきちっと収められ、畑の畝《うね》は見事に等間隔で真っ直ぐになった。

はじめは、ぶうぶう文句を垂れ、融通の利かない角蔵に、園丁《えんてい》たちは堅蔵《かたぞう》と綽名《あだな》をつけて陰で呼んでいた。が、いまでは仕事がやりやすくなったといっている。「堅蔵さまの置き土産」と、近頃は感謝しているくらいだ。

と、そこへ「やあ」と、手を上げ、白い歯を覗《のぞ》かせた河島仙寿《かわしません じゅ》が、御役屋敷の門を入ってきた。今日は養生所《ようじようしょ》で着ている裁着袴《たつつけばかま》でなく、着流しに羽織を着けていた。

「おや、先生、お出掛けでしたか」

「休みをいただきましてね。そうそう、水草さま、いま浅草《あさくさ》の奥山《おくやま》で評判の辰兵衛《たつべえ》一座をご存じですか?」

草介は考える間もなく首を傾げる。

「私はどうも世情には疎《うと》いものですから」

「ふむ、この広大な御薬園のどこにどんな花が咲き、いつ実がなるか、ほぼ熟知しているのに、まことにどこか残念ですな」

河島が、黒い眉を八の字にした。まるで、草介が悪いといわんばかりだ。

河島の本日の手拭いは朱の地に三升《みます》模様だ。三升は、役者の市川團十郎《いちかわだんじゆうろう》の紋である。さすがにこれくらいは草介も知っている。

「河島先生はお芝居をご覧になるのですね」

ああ、と河島が頭に手を置いた。

「美鈴《みすず》さまが贔屓《ひいき》らしく。先日、養生所にこの手拭いを持ってきましてね」

「美鈴さまが」

草介が眼を丸くした。

美鈴は、角蔵の妹だ。角蔵は、吹上《ふきあげ》御庭の薬園に戻ったというのに、美鈴の方はいまだに小石川を訪れているようだ。

「やはり、美鈴さまは河島先生のことを」

「まさか。私とは十近くも歳が離れているのですよ。あの娘は、お洒落《しやれ》が好きですからね、私へもからかい半分でしょう」

河島は、わずかに口元を曲げる。

「團十郎が好きだといいながら、辰兵衛一座の獅子丸《ししまる》という芸人が気に入りだといっておりますし」

いまどきの若い娘の考えはよくわかりませんと、河島は、やれやれとばかりに首を横に振る。むむ、と草介は河島を見やる。

つまり、河島は美鈴と、そのなんたら一座を観に行ったのではないか。

旗本の娘を奥山に連れ出すなど言語道断だ。だいたい、あの生真面目な兄の角蔵に知れたら、どうなることか。土煙を巻き上げて抗議にくるに違いない。

「どうしても行きたいとうるさいのでね、古手屋《ふるて》で町娘の小袖を借りて着せたら、喜んでおりましたよ」

河島は、ははははと笑って再び白い歯をきらりと覗かせる。

草介は憮然《ぶぜん》とした。河島も美鈴にいささか惹《ひ》かれているのだろう。歳がどうのというのは、照れ隠しではないかと思った。

「ま、美鈴さまのことはいいんですが、その一座の看板が西洋式の短剣を使う花王太夫《かおうたゆう》という若い娘でしてね。それはそれは見事な腕前で」

三間《さんげん》（約五・五メートル）先の的の真ん中に命中させるのは、序の口。目隠しをして、板の前に立たせた獅子丸目がけて投げ打つのだという。

「目隠しをしているのですか？」

草介は眼をしばたたかせる。

「腕や脚、胴回りは当然ですが、首筋ぎりぎりに短剣が突き刺さり、最後は、頭に載せた鞠《まり》へ、すとっと」

うわっと、草介は胴震いした。

「花王太夫と獅子丸は双子の姉弟《きょうだい》でしてね。そのふたりが美貌と男前ときているので、それがまた、人気のひとつにもなっております。歳は、千歳《ちとせ》さまくらいですかね」

双子姉弟の芸人か、と草介は思った。

「姉弟の信頼があるからこその芸なのでしょうが、いやぁ、恐ろしい。でもちょっと怖いもの見たさはありますね」

「次々と短剣が飛び、獅子丸の身すれすれに刺さる。観《み》ているほうも冷や冷やですよ」

河島は、すっかりその芸に感心しているようで、熱っぽく語った。

「なるほど、美貌の短剣遣いとは、わたくしも興味があります」

草介も河島も、肩をびくりと震わせて振り向いた。太い眉をきりりと引き締めて、千歳が立っていた。

「医師の河島先生は詮方《せんかた》ないにしても、草介どのは相変わらず隙だらけですね」

草木は私に襲いかかってきませんから、と草介が笑いながらいうと、千歳はむっと不機嫌に口元を歪《ゆが》めた。

「わたくし、その美貌の女芸人がいる一座を観てみとうございます」

わざわざ、美貌を強調して千歳は、草介を睨《ね》め付ける。

「私は、観に行くとはいうておりませぬよ。河島先生からお話を伺っていただけです」

河島が乾薬場の竹矢来に手を掛け、

「いや、水草さまは、怖いもの見たさがあるといったじゃないですか」

と、余計なことをいった。

「では、参りましょう。草介どの、次の非番はいつですか?」

「ええと、明後日《みょうごにち》になります」

「それでは、四ツ(午前十時頃)に、御役屋敷の庭に皆で集まりましょう」

「私もですか?」

河島が意外な顔をする。

「案内《あない》がいなければ困ります。それにわたくし、浅草寺《せんそうじ》にお参りに行ったことはございますが、奥山というところには一度も足を踏み入れたことがございませぬゆえ」

では、楽しみにしておりますと、千歳はすたすたと大股で歩き出すと、庭のいつもの場所で木刀を構え、素振りを始めた。

千歳が足を踏みしめている地面だけ、わずかにくぼみができている。それを見つけた園丁が先日身震いしていた。

草介と河島は、顔を見合わせ、息を吐いた。

河島も、「なんとかやりくりします。いまは重篤《じゅうとく》な者もおりませんので」と、己がいい出した責《せめ》も感じているのか、すっかり諦めた顔をした。

「ただ、奥山には色々ありますからね」

河島が、声をひそめた。

浅草寺境内の奥山は、繁華な遊興地だった。一膳《いちぜん》飯屋、居酒屋、水茶屋は言うに及ばず、大道芸に、矢場、掛け小屋の見せ物、芝居など、庶民の歓楽地だった。

そんな場所に、千歳が乗り込んでいけば、どうなるか。草介はまるで寒風にさらされるカエデの葉のような気分になる。

紅《あか》く色づくカエデならいいが、怒りに震え顔を赤く染める千歳を見るのは、いささかどころか、かなり恐ろしい。

明後日の非番には、実家の母から押し付けられた嫁候補の身上書を返しにいこうと思っていたが、無理なようだ。一応、ちらちらと眼を通したが、琴だの、茶道だの、華道だの、裁縫上手だの、どこぞの大名奉公をしただの、しとやかで優しいだの、気遣いがあるだの、ありきたりで、どれもこれも代わり映えがしなかった。

ひとりくらい、剣術自慢の女子がいてもよさそうだ、と草介はうっかり思って、首を横に振った。

千歳が木刀を振りおろす姿、揺れる若衆髷《わかしゅまげ》。

草介の胸の奥がちくりと痛んだ。

「水草さま、どうしました。薬草を分ける手がおろそかになっておりますよ」

「ああいや、べつに」

「あのおんてんばあるが、奥山で一悶着《ひともんちゃく》起こさないかと心配なのでしょう？」

草介は、河島の勘違いにちょっと救われた気がして苦笑した。

やはり非番の日などに構わず、さっさと実家へ返しに行こうと、草介は決めた。

母の佐久《さく》がなんといおうと、決めた。気に入った娘はいないとはっきりいわねば。

ふん、と草介は腹に力を込め、鼻息荒く、薬草を干し始めた。

河島は、そんな草介を不思議そうな眼で見ていたが、「ところで例の新林《しんばやし》ですが」と、手招きした。草介は中腰の姿勢で首を回す。

目付《めつけ》の鳥居耀蔵《とりいようぞう》の配下で、小人《こびと》目付の新林鶴之輔のことだ。先頃から、養生所と御薬園の監視に来ているのだ。

「じつは、肝心な話は、これからでして」

どうやら、辰兵衛一座は話の枕だったらしい。

「いまは養生所を探っています。御薬園から、どれだけ生薬《しょうやく》が入ってきているか、西洋薬を薬種屋からどれほど購《あがな》っているか、帳面とにらめっこしておりますよ。漢蘭融合の医療についてもしつこく訊《き》いてきます。どのように新林の眼に映るかはわかりませんが——いずれ」

河島がふと長い睫毛の先を揺らした。

「私と高野長英《たかのちようえい》先生との繋《つな》がりも知れる」

草介は耳を疑う。

「しかし、高野先生と河島先生は、長崎でほんのわずか時が重なっただけで」

「もちろん、私など高野先生に声を掛けられる立場じゃありませんでしたからね」

いったでしょう、高野先生を捕えるために、鳥居はどんな手を使ってでも、人を追いつめる、と河島が不快な表情をした。

「それにつけても、あの新林という男には困っております。養生所の一室を己の居室にしてしまいましてね。昼は我らを見張り、夕は帳面の文字を追い続けているせいか、眼科医に薬を所望し、夜は夜で、酒ばかり食らっておりますよ。養生所で、酒は困ると幾度いっても聞き入れない」

あれでは身体《からだ》を壊しかねないと、河島は急に医者の顔になった。

「はあ、まだお若い方でしたよね」

「二十四と聞きました。よほど、鳥居にこき使われているのでしょうか。居室の前を通ると、独り言のような恨み言のようなものが聞こえてまいります」

ふむ、と草介は額をぽりぽり掻《か》いた。

「さて、水草さま。酒の呑《の》み過ぎは、肝の臓に障《さわ》りますが、胃の腑《ふ》が荒れるのはなにゆえでしょう」

えっと、草介は眼を剝《む》いた。いきなり質《ただ》され、草介は焦りつつ応える。

「暴飲暴食ですかねぇ」

河島は、それだけじゃありませんが、と笑うと、では明後日と、去って行った。

二

当日、河島は薬種屋に用事ができてしまい、芝居小屋前で待ち合わせることになった。奥山へ行けば、辰兵衛一座の幟《のぼり》が幾本も上がっているので、すぐにわかるということだった。

さすがに、小石川から浅草までは道のりがあるため、駕籠《かご》を用意した。

園丁たちには、千歳の道場を見学に行くのだと偽ったが、園丁頭だけには、千歳の要望で奥山へ行くと告げてある。ただ、父の芥川《あくたがわ》にはくれぐれも内密にしてくれと、頼んだ。

「ようがす。あっしは口が裂けてもいいませんや。おふたりの、いい思い出になると思いますぜ」

少し涙ぐんでそういった。その口調には、なぜだか草介への憐憫《れんびん》が含まれていた気がした。おふたりの思い出というところが、大いに気になる。紀州へ行くことはまだ御薬園の皆には話していないはずだがと、草介は首を捻《ひね》りながら、駕籠に乗った。

千歳を乗せた駕籠は先を行っていた。

浅草寺門前で駕籠を降りると、参詣《さんけい》の人々で溢《あふ》れていた。千歳は、雷門《かみなりもん》の大提灯《おおぢょうちん》を潜り、参道の仲見世通りを、きりりとした顔つきで大股で進む。通り過ぎる千歳を振り返る者が幾人もいた。若衆髷に袴、大小を差した姿に驚いているのかと草介は思ったが、それとは少し違うようだった。

「花王太夫？」の声がどこからか聞こえた。

なるほど、千歳を短剣投げの芸人と見間違えたのだ。美貌と聞いていたが、ふむむと草介は唸《うな》った。

千歳は本堂でお参りをすませ、

「さあ、奥山とやらに連れて行ってくださいませ」

と、笑顔で草介を促した。妙に嬉《うれ》しそうなのが逆に不安だった。

本堂の裏手が奥山といわれる場所だ。

まず人の多さと賑《にぎ》やかさに千歳が眼を瞠《みは》った。床店《とこみせ》で売られている細工飴《あめ》や、紙で作った蝶々《ちょうちょう》に針金をつけて操る者に感心し、唐辛子売りの口上に耳を熱心に傾けていた。

千歳は、見るもの聞くものがすべて珍しいという顔をしていた。

　草介は草介で、植木屋の鉢植えに眼を奪われていた。通常は、高地に生える樹木だった。御薬園にはあるが、実家に植えたいと思った。

「なんと繁華な。草介どのも、奥山には来られたことがあるのですか」

　千歳が声を上げた。

「いえ、私も奥山は数度しか。両国広小路《りょうごくひろこうじ》も負けず劣らず賑やかですが」

と、草介はぶるっと身を震わせた。

　父親の芥川にはなんといって出てきたのであろう。その疑念を感じたのか、千歳が不敵な笑みを浮かべる。

「道場へ行って参りますとそれだけです」

　芝《しば》の本邸へ戻るとき、千歳は駕籠や舟を使って帰る。雑多な場所へは立ち寄らない。もし、芥川に、千歳を奥山に連れて来たことが知れたりしたら、私はどうなるのだろうと、草介の足取りが急に重たくなる。

　おやと、千歳が足を止めた。

　若い娘の声が響いている。軒下に「みすず屋」と看板が下がっている。

「みすず屋とは、面白うございますね。河島先生がいたらなんといったでしょう。あそこが矢場ですね。覗いてもよいですか」

ですか、をいう前に、千歳はすでに入っていた。

矢場の娘たちも、遊んでいた男たちも、ぎょっとした顔を千歳へ向ける。

千歳はそんな視線などおかまいなしに、弓を手に取り、まるで玩具《おもちゃ》ですね、と呟《つぶや》く。

「あ、あのお武家さま」

おずおず声を掛ける矢場娘など千歳は気にもとめない。

「これを使い、矢をあの的に当てればよいのですね。では矢をくださぃ」

「おいおい、若衆髷のお武家さんよ、玩具でも弓矢には変わりねえぜ」

楊枝《ようじ》をくわえた若い遊び人ふうの男が千歳をからかい、近くにいた仲間と下品な笑い声を上げた。

「ご忠告、痛み入ります」

目元を細めた千歳は、弓に矢をつがえて引き絞ると、ひゅんと放った。矢は的に吸い込まれるようにど真ん中の赤い印に刺さる。

「うへえ」

誰かが頓狂《とんきよう》な声を上げ、やや遅れて「当たーりー」と矢場娘が叫んだ。

千歳は次々と矢を放つ。どれもが真ん中だ。

娘たちは呆気《あっけ》にとられ、もう「当たり」の声すら出さない。

はじめに千歳をからかった若い男は、ぽかんと口を開け、楊枝を落とした。

「やはり、物足りませぬ」

千歳は弓を置き、矢場を出た。草介は慌てて銭を払う。

さくさく歩く千歳に追いついた草介は、

「弓も嗜《たしな》んでおられたのですか？」

と、訊《たず》ねた。振り向いた千歳が、眉間《みけん》に皺《しわ》を寄せ、いまさらという顔をする。

「芝の本邸には弓場がありますので」

はあ、と草介はただ頷《うなず》いた。

少し先に、筵《むしろ》を掛け回しただけの簡素な芝居小屋がずらりと並んでいるのが見える。色とりどりの幟が上がっていた。

「さ、千歳さま、河島先生がしびれをきらしておりますよ、急ぎましょう。肝心の芸が見られなくなりますよ」

千歳は名残惜しそうな顔をして歩き始めたが、今度は、見世物小屋の前に立ち止まり、

「まあ、草介どの」と、眼を見開いた。

「大いたちだそうです。ろくろ首も見られるそうです」

と、瞳をきらきらさせ、草介の袖を引いた。

こんなにも無邪気で童《わらし》のような千歳を見るのは初めてだった。木刀を振るい、険しい顔をし、草介をときに叱咤《しった》する千歳も、千歳だ。

だが、このときばかりは女子の愛らしさを感じた。共にこうしていられる時がずっと続けばよいと、草介は無理と知りつつ願う。

「千歳さま。大いたちというのは、大きな板に赤い絵具が塗ってあるのですよ」

「それで、大板《おおいた》、血、ですか?」

千歳が不服そうにいう。

「ろくろ首は、作り物の身体に長い首をつけ、後ろにいる者がさも首が伸び縮みするかのように、しゃがんだり、立ったりするだけです」

千歳が太い眉を寄せる。

「いかさまではありませんか。それで木戸銭《きどせん》を取るなど、解《げ》せませぬ」

草介は、千歳を柔らかな眼で見る。

「皆、騙《だま》されるのがわかっていて楽しんでいるのですよ。怒るより、笑っているほうがいいでしょう」

千歳は、草介の視線を避けるように、ぷいと横を向き、「そのとおりですけれど」と、小さな声でいった。

雑踏の中、草介はあたりを見回す。

「それにしても、河島先生の姿もないし、幟の数が多すぎて見当たりません」

千歳さまは、ここを離れずにいてください、捜してきますと、草介は芝居小屋の並ぶ一角を足早に歩く。

すると、芝居小屋の裏手で、若い男女がこそこそ身を隠すようにしているのが眼に留まった。草介は、芸人同士の逢《あ》い引《び》きかと、その場をそろりと離れようとしたが、なにやら互いに深刻そうな様子が気になった。

「あたしの白粉《おしろい》をいつもより塗って、ごまかしましょう。もう痛みはない？」

女子が、まだ前髪立ちの若い男の首筋のあたりに白粉を塗りはじめた。白でなく、肌色がかったものだ。

「遠目に見れば、わからないよ、姉ちゃん」

「ごめんね。あんたがあそこで耐えてくれたから、座頭にも気づかれなくてすんだの」

若い男が唇を噛《か》んだ。

姉弟かと、さすがの草介も気づいた。

「謝るのはおれのほうだ。おれが足さえくじかなきゃ。だいたいおれを支えるあいつが鈍臭《どんくせ》ぇんだ。おれを投げ飛ばす切っ掛けを間違えやがったから、着地をしくじったんだ」

「駄目よ。仲間内の悪口はなし」

「けど、それで姉ちゃんがこき使われてよ。いくら座頭に恩があろうと――」

しっと、姉が己の口元に指を当て、

「さあ、行きましょう。支度をしないと怪しまれるから」

姉がそういって、筵を一枚上げると、そこからもぐるように中へと入っていった。ちらとふたりの横顔が見えた。ともに鼻筋の通った美しい顔立ちをしていた。あれが辰兵衛一座の評判の花王太夫と獅子丸に違いない。双子と聞いたが、たしかによく似ていた。

草介は、見てはならないものを見たような気がした。

獅子丸の首筋に傷。それは、花王太夫が短剣投げを仕損じたということだ。

「水草さま、こっちですよ、こっち」

芝居小屋の隣接する細い路地の向こうから、河島が手を振っていた。隣には千歳もいた。

草介は、慌てて路地を通り抜けた。


芝居小屋は、花王太夫、獅子丸の人気で大入りだった。草介たちはちょうど昼時の客の入れ替えもあって、舞台前方の桟敷《さじき》に腰を落ち着けることができた。

千歳は、丸太を組み、筵を張り巡らせただけの小屋を物珍しそうに見上げる。

河島は、紺地の変わり菱《びし》模様の手拭いを巻いていた。もうだいぶ脱毛は良くなったはずだが、外出時でも手拭いをしている。習慣というのはそうそう変えられるものではないのだと、草介はひとり感心していた。

いくつかの芸が終わると、舞台袖に、金と赤の、眼が痛むような裃《かみしも》を着けた中年の男が登場した。この男が座頭の辰兵衛のようだ。

にこやかで、これでもかというくらいの恵比寿顔《えびすがお》をしていた。

「さあて、最後は皆様お待ちかね。我が辰兵衛一座の大看板。花王太夫の短剣投げの妙技をご覧いただきとうございます」

辰兵衛が、朗々と声を張り上げる。小屋が割れるような歓声と万雷の拍手に包まれる。

「花王太夫は、さほどに人気があるのですね」

千歳はきっと舞台を睨《にら》んだ。

花王太夫が禿《かむろ》の手を引いて、舞台の上手《かみて》から現れた。若衆髷に、白の小袖、朱の裃には、淡い桃色の牡丹《ぼたん》の意匠。

薄化粧を施した面貌《めんぼう》が輝いている。

やはり、小屋の裏手で見た女子だった。

そういえば、浅草寺参道で、千歳を太夫と見間違えた者がいた。舞台衣装の派手さを除けば、凛《りん》とした姿がたしかに似ている。

的が置かれた下手《しもて》からは、若党ふうな男が出てきた。銀鼠《ぎんねず》の半袴に紺の熨斗目《のしめ》、前髪立ちだ。娘たちのため息がもれる。こちらが獅子丸だ。

「まずは、三間先の的に十本の短剣を打ち込みます。すべて、命中いたしましたら、ど投擲《とうてき》した。

「うぞご喝采《かっさい》を」

花王太夫は、禿から短剣を受け取ると、鋭い気合いを発して、投擲《とうてき》した。

見事、的に命中する。花王太夫は歓声も耳に届かないのか、的だけに集中して十本を投げ打った。的に刺さった短剣を抜き取る役目は獅子丸だった。

すべてが真ん中だ。

千歳が、ふうんと頷いた。

「わたくしもやってみとうございます。腕がうずうずいたします」

「いやいやいや、それだけはおやめください」

草介があたふたするのを、千歳は横目で見ながら、

「芥川家の娘が芝居小屋の舞台に上がることはございませぬ。ご安心ください」

さらりといった。からかわれているのか、本気なのか、草介はどっと疲れが出る。

「いよいよですよ」

河島がいった。

「目隠しをして、弟へ向け短剣を打ちます」

座頭の辰兵衛の声が一段高くなる。

「これより、花王太夫は、目隠しをいたしまして、あちらにおります太夫が双子の弟、獅子丸目がけて短剣を投げ打ちまする。少しでも手元が狂えば、獅子丸の身体に突き刺

さり、あれ舞台の露と消えまする」

見物客の娘たちの間から悲鳴が上がる。

「心の臓の弱いお客さまは、どうぞお帰りくださいませ。木戸銭もお返しいたします」

座頭の言葉に、生唾を呑む音だけがした。腰を上げる者などひとりもいないことを座頭は知っている。

「では太夫」

と、座頭はにこりと笑った。

花王太夫が禿から受け取った黒い布を目元に当て、すっかり覆い尽くして巻き付ける。花王太夫は、客席に身体を向けながら、結び目を幾度か直す。

千歳は舞台を険しく見つめながら、

「あの黒い目隠し、瞳のところだけ、布が薄くなっているのでしょう。ああして、結び目を直す振りをして、薄い部分を探しているのですね。くだらない」

唇を曲げて一笑に付した。

「ですが、千歳さま、視界がわずかでも閉ざされて、的を狙うのは、やはり厳しいものではありませんか」

草介が訊ねると、千歳は頷いた。

「もちろん、それは認めましょう。しかしながら、まったく見えていないと偽るところが気に入りません。目隠しなしでも、十分な芸どころか、あの花王太夫はたいした武芸達者だとわたくしは思います」

千歳は腕を組み舞台を射るように見つめる。

「それでは一本目」

花王太夫が、右腕を上げ短剣を投げる。

背を板に預けた獅子丸の、右腕の横にすっと突き刺さる。

「おお」

ため息が小屋に満ちる。

二本目は左腕、三本目は右足、そして左足と、獅子丸の身体すれすれに刺さるたび、小屋全体がどよめき、歓声が上がった。

千歳は、真剣な眼差《まなざ》しで剣先を追う。

「草介どの。少しずつではありますが、剣先がずれております」

えっと、思わず草介は千歳を見る。

「獅子丸という者、微動だにいたしませぬが、死角になっている左腕の小袖は切れているはず。傷がついておるやもしれませぬ」

眼を細め、千歳は花王太夫を注視する。

花王太夫の額に汗が滲《にじ》む。両の肩が大きく上下する。禿から受け取った短剣を構えたまま躊躇《ちゆうちよ》している。

座頭が苛立《いらだ》ちつつも、顔には笑みを浮かべ、

「さてさて、花王太夫が、弟獅子丸の首元すれすれに、短剣を投げまする」

禿に向かい、顎を上げる。戸惑う禿が花王太夫の袖を引いた。

花王太夫は、はっとしたように、「えい」と声を発し、右腕を振り下ろした。

「あぶない」

と、いうが早く、千歳が扇子を投げた。

矢のように飛んだ扇子が短剣を弾《はじ》き、舞台の床に落ちる。

小屋中が息を呑んだ。

三

「獅子丸!」

花王太夫が黒い目隠しを急ぎ外して、獅子丸の元へと駆け寄った。花王太夫の顔は蒼《そう》白《はく》だ。扇子と短剣をみとめた花王太夫が、安堵《あんど》の表情を浮かべた。

小屋内がざわめき、すぐに怒声や文句が飛び交った。

「みなさま、お静かにお静かに。禿がほんのわずか手違いを起こしまして」

禿が泣き出しそうな顔をしてその場に蹲《うずくま》った。

「違います。すべてはわたくしのせいでございます。わたくしが仕損じたのでございます」

花王太夫が舞台にかしこまり、深々と客席へ向け頭《こうべ》を垂れた。

座頭が花王太夫を怒りの形相で睨みつける。

「みなさまに拙《つたな》い芸をお見せしたわたくしからお詫《わ》びをいたしたく」

「ええい、黙れ黙れ。早《はよ》う舞台から引け!」

座頭が花王太夫を怒鳴りつけ、

「本日は、これぎりでございます。みなさま、これぎりでございます」

大声を張り上げた。


あの花王太夫が養生所に来たというので、大騒ぎになった。腰を痛めていた爺《じい》さんまでが、這《は》いずってきたほどだ。河島は、呆《あき》れ返りながら診療部屋の戸を閉めた。

まことの名は千代《ちよ》と多吉《たきち》だと、ふたりは並んで座り、そういった。

「では、千代さん、いつから、両目が霞《かす》むようになっていたのですか」

河島は、多吉の左腕の傷にさらしを巻きながら訊ねた。刀傷はかすり傷程度だったが、くじいた足の腫《は》れがひどかった。

千代は小さな声で、五日ほど前からと応えた。

姉の隣に座っていた多吉が、

「おれのせいだ。おれが曲芸で足をくじいて、それから姉ちゃんを休ませてやれなかった。ひどいときは一日に三度も四度も短剣投げをさせられたんだ。箱根《はこね》から江戸へ下って来るまでずっとだ」

そろえた膝の上で握った拳を震わせた。

「それは座頭もひどいな。江戸での興行はもう十日経つが、その間もずっと休みなく？」

河島の問い掛けに、千代が頷く。

眼科医が、細く切った紙を千代の下瞼《したまぶた》に置いた。紙がどれだけ涙を吸うかで、その量をはかるのだという。

「やはり涙の量が少ないようですな」

千代の上瞼を開き、充血のないこと、そして、腫れもないことを診る。

千代によれば、いつも眼の中になにかが入っているような気がするという。

薬種屋で眼病薬を買い、洗浄したが、一時よくなってもすぐ元の翳《かす》み目《め》になっていたといった。河島が首を横に振る。

「薬種屋の薬は、赤目や出来物にはいいですが、千代さんの眼病には効きません」

白澀症《はくじゆうしよう》ですな、と眼科医は診立てた。

つまり、乾眼《かわきめ》のことだ。

「眼が悪くなったのは、江戸に着いてからですよね。原因は、江戸の町の土埃《つちぼこり》や砂埃のせいでしょうか」

草介が訊くと、河島は、それ以外にもありますと、いった。

「厠《かわや》の臭気、炭の煙といったものも眼病になるのですよ。ただ、眼を患っていると気づいている者がじつは少ない。自分が見えているものが、当たり前だと感じています。視力は本人の自覚ですから。出来物や、千代さんのように、見えていたはずのものが見え辛《づら》くなることでようやく気づくんです」

河島の言葉で眼科医が、うむと首肯《しゆこう》した。

「千代どのは、見たところ瞬《まばた》きが少ない。それも涙の量が少ない原因となり、眼が乾き、霞むようになる」

「人によって瞬きの数が違うのですか？」

草介が眼をぱちぱちさせた。

「そうですよ。多い人もあれば少ない人もいる。皆、同じではありませんよ。水草さまもよくいっているではないですか。人はそれぞれ違うものだと」

河島が呆れるようにいった。

「わたくしは、武芸者のひとりとしてお話しさせていただきます」

　草介の横に座る千歳がいきなり口を開いた。

「道場では、組太刀《くみたち》でさえも相手から眼をそらさぬよう、隙をつくらぬよう、眼を見開いております。千代どのは、的や多吉どのへ向けて短剣を投げるのです。一瞬の瞬きであろうと、手元が狂うことにもなりましょう」

　と千歳は眉を引き締める。

「なにより多吉どのを傷つけてはならないと千代どのは常に緊張しているのです。それが、乾眼の元であるとわたくしは思います」

　ほう、さすがは千歳さまと、眼科医がお世辞でなく膝を打った。

　でも、と千代が不安げにいった。

「治るのですか？」

　もちろん薬を飲み、養生して、と眼科医がいうと、千代が首を横に振った。

「そんな暇はありません。すぐにでも小屋に戻り、座頭にお詫びをして、また明日から舞台に立たねばならないのです。いますぐ治る薬はないのですか」

「それは無理ですよ」

　河島が千代をなだめる。

「舞台に上がらなければ、一座に迷惑がかかります。あたしたちは追い出されます。芸のできない芸人など一座にはいらないのですから」

それで、首筋にわずかに傷をつけたことも隠していたのだと、草介は思った。

「捨て子同然だったあたしたちを育ててくれたのは、辰兵衛一座です。恩もあります」

千代が身を乗り出し、声を張る。美しい顔だけに悲痛さが増す。

「けどよ、姉ちゃん。小せえ頃から毎日毎日、怒鳴られて、蹴られて、殴られて、芸を仕込まれたのを忘れたのかい？　たしかに恩義は感じなくもないが、病になってまで、返《けえ》さなくたっていいじゃねえか」

不意に千歳が居住まいを正した。

「では、おふたりの代わりに、わたくしが舞台を務めましょう」

えええ、と草介は仰《の》け反《ぞ》った。

千歳の言葉に、千代と多吉は顔を見合わせ狼狽《ろうばい》した。千代が千歳に向け、指をつく。

「ありがたいお言葉ですが、れきとしたお武家の姫さまが町場の芝居小屋に立つなど、あってはなりません。あたしたちは芸人です。芸を見せてお足《あし》を稼いでいる者ですよ」

「武家は人助けをしてはならないと？」

千代が黙った。

「多吉どのの役は草介どのにお願いします」

ああ、やっぱりと草介は頭を抱えた。

河島もさすがに言葉がない。眼科医は剃髪頭《ていはつ》に手を当てた。

「できるはずねえよ、姉ちゃんは十数年かけて修練してきたんだ」

冗談じゃねえ、と多吉が舌打ちした。

「わたくしもです。千代どのと同じくらい武芸を修めております。座頭にも、立腹しております。幼い子を殴る蹴るなどして、芸を教え込むなど――」

千歳が声を荒らげたとき、いきなり診療部屋の戸が開けられた。千歳の膝前に舞台へ投げた扇子が飛んできた。

なにを、と千歳が片膝を立てる。

「座頭！」

千代と多吉が膝を回して頭を下げた。

一座の座頭、辰兵衛だ。舞台での柔和な表情とはまるで違っていた。こちらが、いつもの顔なのだろう。

「ご免こうむりやすぜ、お武家の姫さん。あっしら一座のことに首ぃ突っ込まねぇでもらいてぇ」

辰兵衛が凄《すご》んだ。だが、それに怯《ひる》む千歳ではない。

「眼病の千代どのを舞台に出せば、どうなるかおわかりでしょう」

「ああ、怪我《けが》ですめば御の字よ。それも評判のひとつにならあ。芸を仕込んで、これまで飯を食わせてきた。それができなくなりゃ、一座にいる意味はねえ」

「多吉がどうなっても構わぬというのですか。そなたには、情もないのですか」

千歳がカッとして、辰兵衛を睨みつける。

「情をかけて、芸ができるようになりゃ、苦労はねえ。芸ができなきゃ、旅芸人としちゃ役立たずだ。こいつらだって、承知しているから、多吉の首筋をかすめた刃の傷を隠してたんだろうよ」

追い出されても行く当てなんざねえからな、と辰兵衛が笑った。

くそっ、と多吉が辰兵衛に飛びかかる。

「姉ちゃんはずっと一座の看板として無理をさせられてきた。無駄飯食らいの奴らより、おれのほうがよほど曲芸は得意だ」

「驕《おご》るんじゃねえや。足ぃくじいた奴が生《なま》いいやがって。千代から、てめえの分の穴埋めをさせてくれといってきたんだよ。ただ飯食わせるわけにゃいかねえ。てめぇら双子はふたりでひとりだからな」

「嘘《うそ》つくんじゃねえ。姉ちゃんに負《お》んぶに抱っこしやがって。双子がいい見世物になるって、いったことだって忘れちゃいねえ」

双子は多産の犬になぞらえ、犬腹と呼ぶことがある。とくに武家や商家などでは跡継ぎ争いになるため、嫌がられることが多かった。それを辰兵衛は逆手に取ったというわけだ。

辰兵衛の襟元を摑《つか》み上げる多吉を、河島が止めに入った。河島に引き離され、畜生と、多吉は蹲り、床に爪を立てて悔しがる。

「養生所の先生方よ。ここはお上《かみ》の施療所だ。薬袋料も入所も銭がかからねえんだよな。助かるぜ。じゃあな、千代、多吉。ゆっくり養生しろや。治った頃にゃ、江戸に一座がいるかどうかは知らねえが、な」

辰兵衛がふんと鼻を鳴らし、診療部屋を出て行った。

なんて男でしょう、と千歳が憮然《ぶぜん》とした。

「多吉。座頭になんてことするの。座頭がいったのは本当のことよ。でも、あんたのためだけじゃない。あたしは舞台が好きなのよ」

千代が多吉の背を揺さぶる。

「馬鹿、馬鹿。多吉の馬鹿」

千代は首を横に振りながら、多吉の背を叩《たた》き続けた。

草介はそっと診療部屋を出た。

四

眼科医は、千代に煎じ薬を処方した。

芍薬《しやくやく》、茯苓《ぶくりよう》、当帰《とうき》などのほか、牡丹皮《び》が含まれているものだ。

数日後、草介は、奥山へ再び出かけた。

植木屋から、例の鉢植えを購うためだ。

辰兵衛一座の幟が立っていなかった。どうしたことかと駆け寄ると、一座の芝居小屋は、筵がはぎ取られ、無惨な姿をさらしていた。

その前で、辰兵衛が煙管《キセル》をくわえ、佇《たたず》んでいた。

「あの日、千代がもう出ねえのかって、お客が怒ってよ、めちゃくちゃにしていきやがった。しばらく休むしかねえや」

辰兵衛が舌打ちした。

それはお気の毒でした、と草介は鉢植えを抱えたまま頭を下げた。

しょうがねえよ、あのふたりはうちの看板だったからな、と辰兵衛は皮肉っぽく口を歪める。

「まことは、治るまで待っているっていいたかったんじゃないですか？」

「なにをいいなさる。舞台ができなきゃおまんまの食い上げだ」

「私、あの日、座頭が養生所の門前で手を合わせていたのを見ちゃいました。歩き出してからも、幾度も振り返っていましたよね。あのような物言いをする人がすることじゃないなと、不思議だったんですよ」

辰兵衛が、顔を歪めた。

「ああして接することしかできねえ。千代と多吉は、おれの実の子でさぁ」

いきなり辰兵衛がいった。

草介は眼を剝いた。

「旅回りの途中で出会った女でよ。千代と多吉の双子をもうけて、ふたりが三つのとき、死んじまった。三年ぶりに女の元を訪ねて仰天してよ。ふたりを持てあましてた長屋の奴らから引き取って、女芸人たちに育ててもらったんだ。けど、あいつらは知らねえ、いえるはずもねえ。身勝手な父親を恨んでるだろうしよ、それに恩を感じさせておいたほうが手元から離れねえ。まったく酷《ひで》え親父だ」

と、辰兵衛は自嘲ぎみに笑った。

「ひとつ伺っても、よろしいですか?」

草介が訊ねると、ああ、と辰兵衛が煙管を吹かしながら頷いた。

「ふたりの舞台名は座頭がつけたのですよね」

辰兵衛が、へへっと笑った。

「多吉は優男に見えて、負けん気が強くて、血の気が多くてよ。一座の仲間に煙たがられていることもある。けど、それぐれえでいい」

旅一座はどんな険しい峠も、雨風もともに凌《しの》ぐ家族なんだ、座頭は親父《おやじ》だ。恨まれて当然、疎まれて当たり前だ、と辰兵衛は煙管の灰を地面に落とした。

「でなきゃ、一座みんなの腹を満たしてやることができねえ」

「いずれは多吉さんを座頭にしようと」

「そうできりゃいいけどな」

辰兵衛は肩を揺らし、丸太がむき出しの芝居小屋を見上げた。草介は踵《きびす》を返した。

「そういや、お武家の姫さん、てえした女だな。本音でいやあ、千代の代わりに出てほしかったぜ。けどよ、相手のあんたがちょいとばかり、腰が引けちまいそうだ」

はい、と草介は振り向いて微笑《ほほえ》んだ。


日暮れ前、草介は養生所に千代を訪ねた。

養生所前の、御薬園を東西に貫く仕切り道まで草介とともに出て来た千代は、大きく息を吐いた。

「眼の具合はいかがですか?」

「まだ、霞んでおりますが、気持ちが楽になりました。瞬きもしっかりしております」

千代が赤い唇に笑みを浮かべた。

多吉の足は、ずいぶん腫れが引いたという。

束ねただけの千代のつややかに光る髪が、夕暮れ間近の風に吹かれて揺れた。御薬園の草木が、さわさわと優しい音を奏でる。

「千代さんに処方されているのは、緊張を和らげる加味逍遥散《かみしょうようさん》という煎じ薬だと思いますが、牡丹皮という生薬が含まれています」

「牡丹皮？　それは花の牡丹ですか？」

はい、と草介は頷いた。

生薬となるのは、牡丹の花ではなく、根ですが、と告げた。消炎や鎮痛、鎮静、婦人の血の道にも効果がある。これにさまざまな生薬を加えて薬となる。

「辰兵衛一座のようですね。色々な芸を持つ人たちが合わさって、ひとつになる」

だといいですけど、と千代はいった。

多吉は稽古でも仲間といつも喧嘩《けんか》腰、できない者を平気で詰《なじ》る。だから、嫌われているのだという。

「そういうところが座頭そっくり」

「でも、此度《こたび》のようにひとつ間違えば、大きな怪我にもなりかねない。厳しさは、優しさでもありますよ」

妙なお武家さまですね、腰に刀もないし、と千代が艶《なま》めかしく笑う。

「私は御薬園同心ですから。日夜、草木と仕事をしてますので。ところで、花王太夫の名ですが、花王はなんのことか、ご存じですか？」

「きれいな名だとだけしか思っていませんでしたが」

千代は、肩に掛けた羽織の襟に指をかけた。

「花の時季はまだ先ですが、数十枚の花弁を持った大輪の牡丹は、古《いにしえ》の清国《しんこく》で、花の王、つまり花王と呼ばれていたのですよ」

では、と千代が眼をしばたたく。

「座頭の辰兵衛さんは、千代さんと多吉さんに、牡丹と獅子の名をつけたんです」

獅子は強い獣だが、小さな虫に身を滅ぼされることもある。その虫を退治してくれるのが牡丹の夜露だという言い伝えがあった。

「多吉さんの負けん気が、一座を乱すことにもなりかねないと座頭は心配していたようです。それで、千代さんには牡丹になってほしいという願いが込められているようですよ」

座頭がそんなことを考えていたなんて、と、千代が呟いた。

「じつは、小屋もあの日、おふたりが途中で舞台を降りられたので、怒ったお客に壊されてしまって。興行はなくなりました」

「そんな、まさか」

「おふたりが戻って来るまで、待っていると素直にいえない方なんですねぇ」

千代が顔を覆った。

「涙がたくさん。こんなにたくさん。もうすぐ治るかもしれません。早く舞台に立ちたい。お客さまを喜ばせたい」

千代は肩を震わせた。

草介は、辰兵衛が姉弟の実の父親だということは黙っていたが、なんとなく千代は気づいているのではないかと思った。


完治ではないが、十日後、千代と多吉は、養生所を退所した。眼科医からは、くれぐれも眼を休めること、目蓋《まぶた》を強く閉じて涙を出すこと、瞬きを意識することを守るよういわれた。草介は、千代に眼科医とは別の薬袋を渡した。

薬草蔵で作業をしていた草介の元に、手に木刀を下げて千歳が訪ねてきた。

「結局、一座に戻るのですね。でも、惜しいことをしました。一度くらいは舞台に上がってみたかったです」

「私は遠慮いたします」

草介がきっぱりいうや、千歳はふっと頬を緩めた。

「ところで、千代さんに渡したのはなんのお薬ですか？」

「ああ、あれはメグスリの木のお茶です」

「奥山で購って来た鉢植えですか？」

「あれは実家へ植えようと思いまして。自生しているところが高地なので、うまくなじんでくれるといいんですがね。お茶は御薬園で作った物です」

草介がいったとき、河島が血相を変えてやってきた。蔵の中から首を出した草介に、

「新林にメグスリの木の茶を与えたでしょう。なんてことをしたんです」

河島が大きな眼をぐりぐりさせていった。

「新林さまは、お酒も呑まれるし、帳面とにらめっこして眼も疲れると思いましてね。メグスリの木のお茶は、眼の疲れにも、肝の臓にもいいと」

「だからです。あんな奴は、病にでもなって、さっさと養生所から出て行ってもらわないと」

草介は、呆れて口をぽかっと開ける。

「お医者さまとは思えない発言でしたね」

河島がしまったという顔をした。

千歳が笑いを嚙み殺している。

「ともかく。旅一座の芸人を勝手に入所させた、茶も御薬園の物を一介の同心が勝手に用いている、と新林は鳥居に報告するといっています。そういう奴なんですよ」

はあ、と草介は額を掻く。

「獅子身中《しんちゅう》の虫というではないですか。いくら養生所がお上の施設でも、些細《ささい》なこと

で、潰されるかもしれない」

「では、わたくしが、牡丹の夜露になりましょう」

千歳がいった。

「養生所は御薬園内にある庶民のために開かれた施療施設です。代々御薬園預かりを務める芥川家の娘として、小人目付とはいえ、新林のような卑怯《ひきょう》な輩《やから》は許せません」

木刀を上段に構え、ぶんと振り下ろした。

その瞬間、まさに千歳は瞬きをしていなかった。

千歳にも、メグスリの木のお茶が必要かと、草介は、思った。

# もやしもの

一

秋が深まるにつれ、御薬園《おやくえん》に注ぐ陽の光も、めっきり弱々しくなった。常緑の草木は別にして、カエデ、柿の木、ケヤキ、コナラ、百日紅《さるすべり》、メグスリの木などが赤く色づき始め、カツラ、エゴノキ、その昔、清国《しんこく》から贈られた大イチョウの葉も黄味を帯びてきている。そして水上草介《みなかみそうすけ》の憩いの場所であるマンサクの木の下も、幹に寄りかかると、黄色の葉の間から、青空が覗《のぞ》くようになった。

薬草にも紅葉は見られる。弟切草《おとぎりそう》やゲンノショウコ、イタドリ、イヌタデなどである。春には花弁の華々しさがあるが、秋から冬は、葉の彩りがある。植物とはなんと色彩が豊かなものかと、草介は常に思っている。

葉の収集を趣味としている草介にとっては、落ち葉を拾う絶好の機会でもある。紅葉で色づいた葉、枯れて土色になった葉、イチョウの鮮やかな黄色の葉。さまざまな葉を採取するのはことのほか楽しい。

　今日は早朝から冷え込んでいた。草介は、袖無しの綿入れを着け、薬草畑の草取りをしていた。

「そういや水草さま。またぞろ、お上《かみ》が禁止令を出したそうですぜ。初物を求める奴らが多過ぎて」

　若い園丁《えんてい》が、薬草畑で鍬《くわ》を振るいながらいった。

　しゃがみこんで園丁に背を向けていた草介は、ふうんと耳を傾けた。

　たしかに近頃の初物食いはいささか度を越している。夏野菜のきゅうりなどを春に食い、それを自慢し合っているのだ。

　初物を作るには、それだけ手間もかかる。だが、よく売れるために農家でもせっせと夏野菜などを春に初物として栽培する。そのため、物価が上昇し、業《ごう》を煮やした幕府は幾度も初物禁止令を出している。

　が、そんなことでめげる庶民も農民もいやしないのが現状である。

「でもなぁ、野菜も魚も旬に食うのが一番うまいと思うがなぁ」

　その季節には、その季節の陽が照り、雨が降る。それを無理やり変えるのだから、野菜だって戸惑うに違いない。実にも味にも影響が出るだろうと、草介は考えている。

「だいたい、季節より早く作られた野菜は、もやしものといわれているんだぞ」

「いやだな、水草さまは。江戸っ子の初物好きはいまに始まったことじゃありませんよ。もやしものといわれようが、構やしないんです。どれだけ早く口にしたかなんですから。食い物だけじゃないでしょ。鶯《うぐいす》の初音をいつ聞いたかだって競うぐらいですからね。江戸っ子はなんに関しても気が短《みじけ》ぇんですよ」

あ、水草さまの気は長《なげ》ぇか、と笑った。

草介は、むむと口元をへの字にする。

「けれど、鰹《かつお》は無理だろうなぁ。海に向かって早く来いと呼んでも、わざわざ泳いで来てくれやしないぞ」

へっ、と園丁は眼を丸くして、

「そんなくだらねえことをよく思いつきますね」

呆気《あっけ》にとられた顔をした。

くだらないはいい過ぎだろうと思い、草介は悪戯《いたずら》っぽくいった。

「くだらないで思い出したが、おまえ、この頃、下り腹はよくなったのか」

「えへへ。くだらないと下り腹と、うまく返したつもりでしょうが、養生所《ようじょうしょ》の薬と河《かわ》島《しま》先生のおかげですっかりよくなりやしたよ」

河島仙寿《せんじゅ》は、以前、この若い園丁が腸を患ったときから、いまだに面倒を見ているようだ。

園丁は、さらに襟元を開いて、

「ほら、おっ母《か》さんの手作りの、唐辛子入りの腹巻きもちゃんと着けてますからね」

と、自慢げに見せた。

「なるほど、用心がいいな」

草介は少し悔しくて剣突《けんつく》にいった。

「あ、こら。そこは彼岸花の球根があるから気をつけろ。掘り返しては駄目だぞ」

「へーい」

園丁はのんきな声を上げる。彼岸花は花を終え、葉が伸びた後、土の中で球根となる。

そして、また花の時季をじっと土の中で耐え忍ぶ。それが、草木の営みだ。

とはいうものの、町場の初物好きのための促成栽培ではないが、御薬園でも、似たようなことはしている。これから寒さに向かうにあたり、植物を守るためだ。

落ち葉を拾い集めた腐葉土や、野菜くずなどで地熱を作り、雨や雪などがあたらないように、油障子を立てかける。野菜類を早く栽培するには、さらに炭団《たどん》などを用いて、中を温かくしてやるのだという。

それだけ手をかけて作るのだから、値が少々高くなっても仕方がないだろう。

「あ、そういや、園丁頭《がしら》の末の娘さんがお嫁に行かれるって話、ご存じでしたか?」

草介は眼をしばたたいた。

園丁頭からは、一言も聞かされていない。

「そうなのか?」

「そうですよ。なんでも嫁ぎ先は生薬《きぐすり》屋で、向こうのたっての望みと聞きやした。他の園丁も荒子《あらしこ》も知っておりますよ」

「そうか」

草介はその後の言葉が続かなかった。せっかくの祝い事なのだ。遠慮なく話してくればよいのに。そのうえ、皆が知っていて自分だけが知らなかったのが、寂しい気がした。

「まあ、おれらはお上からお扶持《ふち》をいただいてはおりますが、ここを離れれば素町人《すちようにん》。けど、水草さまはれきとしたお武家だ。それで、頭も話すほどじゃねえと思ったんじゃねえですかい?」

自分がどのような表情をしているのかはわからなかったが、園丁は草介を慰めるような口調でいった。

と、園丁が鍬を振るう手を止め、思いを馳《は》せるようにぼうっと空を見上げた。

「ああ、きっと、おしんちゃん、きれいな花嫁御寮《ごりよう》になるんだろうなぁ。望まれてお嫁入りするんだから、大事にしてもらえるだろうなぁ。そうでなきゃ、おれが許さねえ」

急に鍬の柄をぎゅっと握りしめた。

「おしんちゃんというのか。会ったことがあるのか?」

「へえ、頭《かしら》の家に招かれたことがありましてね。そのときに。あのジャガタライモみたいな頭に似ても似つかない、愛らしくて気だてのいい娘さんで。たしか歳は十六で」

園丁が、目尻をてれりと下げた。

年が明ければ数えで十七か。十六での嫁入りは、珍しいことではないが、早いといえば早い。まだまだ親元を離れるのは寂しかろう。

この御薬園には、縁談を反古《ほご》にして行きそびれた女子《おなご》がいる。毎日剣術にいそしみ、己を鍛錬している。その姿は清々《すがすが》しく、凛《りん》として草介の眼に映る。

夫を持ち、子を産み育て、家を守ることが幸せだと思う女子が大多数だろう。だが、己を見つめ、ひとつのことに打ち込む女子も、それはそれで幸せと感じているものなのか。

もっとも幸せの感じ方など、それこそ千差万別、星の数ほどある。ややや、とそこで草介は、首を傾《かし》げた。

ならば、男の幸せとはなんだろうか。考えたこともなかった。

やはり妻《めと》を娶り、子をもうけ、一家をなすことか。

しかし、急ぐことばかりがいいとは限らない。それはいえると思うのだ。己の歩幅で進んで行くのは悪くない。

ああ、なるほど、と草介は頭の中でぽんと手を打つ。男でも女でも、同じ歩幅で歩ける相手が隣にいたらいいのかもしれない……。

草介は、いまだに実家へ返せずにいる数十もの身上書を思い出し、気が重くなった。

けれど、それ以上に、近頃の園丁頭の様子も気になっていた。

気疲れなのか、身体的な疲労なのか、草介にはわからない。どことなく元気がない。

つい先日も、鋤《すき》を使いながら、

「妙に重く感じやがる。あっしも歳ですかねぇ」

そうぼやいていた。

草介があれこれ考えていると、園丁が声を出した。

「それと、水草さま。園丁頭がこのごろ怒りっぽいんですがね。ジャガタライモみたいな顔が怖くて怖くて。祝い事があるってのにさ。じつは、縁談がいやなんですかね」

「おまえもそう思うか？」

へえ、と園丁が頷《うなず》いたときだった。

「おうおう。ジャガタライモがどうしたって？」

急にがなり声がして、思わず園丁も草介も振り返る。立っていたのは籠《かご》を両肩に背負った園丁頭だ。

「ジャガタライモはほっくほくだなって」

「うるせえ」

おどけた園丁の脳天を園丁頭がひっぱたく。

「まあまあ、頭。娘さんをほめているんですから、割り引いてあげてくださいよ」

草介がとりなすようにいうと、園丁頭は、さらにむすっと口元を曲げた。

「そうだ。末娘さんがお嫁入りするそうじゃないですか。なにゆえ、黙っていたのですか、水臭いですね」

園丁頭は、苦い顔をして、若い園丁を睨《にら》むと、すぐに草介へは笑みをこぼした。

「まあ、四十の恥かきっ子でしたんでねぇ、変に嬉《うれ》しがっているのも、みっともねえと思いやして。すいやせん。水草さまが、後になっちまって」

園丁頭が腰を折る。

「べつに聞かされなかったことを責めているわけではありません。ただ、せっかくのお祝い事ですから」

「ありがとうごぜえます。ようやく肩の荷が下りたような気はしますがね」

それにしても、御薬園勤めの親父《おやじ》の娘が生薬屋に嫁ぐなんざ、話ができすぎてまさぁと、なぜか苛立《いらだ》つような表情を見せた。

「いやいや、良縁じゃないですか。お相手にはもうお会いになったのですか？」

「なかなかの男前でしてね、おしんも気に入ってますよ」

どこかぶっきらぼうにいう。園丁がいうように、園丁頭はこの縁談にあまり乗り気ではなさそうだ。そんな雰囲気が言葉の端々から伝わってくる。

「あのう……」

草介が言葉を続けようとすると、園丁頭が暑くもないのに、首に巻いた手拭いを外し、大きく息を吐いて、汗を拭き始めた。顔から首筋にかけ、汗が噴き出している。顔を歪《ゆが》めながら、ごしごしと園丁頭は汗を拭う。しかも、この時期に単《ひとえ》一枚だ。

園丁頭はこんなに暑がりだったろうか。草介は、さりげなく訊《たず》ねた。

「そのような薄着で寒くはありませんか？」

草介が問うと、

「なぁに、これから堆肥作りもしなきゃならねえでしょ。動き回っているせいか、暑いのなんのって。今頃になって汗が出てきたんでやしょう」

園丁頭は、どうってこたぁありませんと応え、ぎろりと若い園丁を睨みつけた。

「おう、おめえ、ちょっと手伝え。早えとこ準備しとかねえと、堆肥が間に合わなくなっちまう」

園丁頭が、籠のひとつを投げる。

「わかりましたよぉ。じゃあ、水草さま、あとはよろしくお願いいたしやす」

と、草介に鍬を渡すと、若い園丁は腰をかがめて籠を手にした。

「うん、承知した。任せとけ」

籠を背負った二人の姿を見送り、半刻（約一時間）ほど鍬を振るったとき、草介はようやく、はっとした。なにゆえ同心の私が園丁の命に従っているのだろう。

たしかに、堆肥作りは大切だが、次の薬草を植えるために土を耕すのも大事な仕事だ。やはり、園丁頭に比べるとまだまだ貫禄《かんろく》がないせいかと、詮《せん》無いことを考えた。

さて、と草介は鍬で土を起こしながら、今日こそ母の佐久《さく》に、数多《あまた》の身上書を返しに行こうと思っていた。

いつまでも同心長屋に置いていても、もう見る気すら起きないどころか、却《かえ》って、吟味を重ね決めかねているのだろうかと母に勘違いされても困るからだ。

「草介どの、草介どの」

千歳《ちとせ》の声だ。少し強めの声音は既に草介の耳にすっかり馴染《なじ》んでいる。

大股で颯爽《さっそう》と歩いてくる千歳に、草介は手を止めた。

「いかがいたしましたか？」

「ただいまそこで、園丁頭にお会いしました。末娘どのの嫁入りが決まったとのことですが――」

千歳の顔が幾分曇っている。

「生薬屋の天真堂《てんしんどう》というのだそうですね」

店の名までは知らなかった。

江戸で薬を扱っている店は、薬種《やくしゅ》問屋、薬種屋、生薬屋などと呼ばれている。

それ以外にも、夏しか回らない振り売りの定斎《じょうさい》屋や、往来の床店がある。

「あの店の惣領《そうりょう》息子は喜太郎《きたろう》というのですが、どうもよくない噂《うわさ》があるようです」

きりり、と千歳は眉を引き絞った。

二

千歳によれば、父の芥川小野寺《あくたがわおのじ》が懇意にしている須田町《すだちょう》の薬種問屋美濃屋《みのや》の番頭が御薬園を訪れた際、話していたのだという。

「偽の人参《にんじん》を、御薬園の御種《おたね》人参（高麗《こうらい》人参）と称し、安価で扱っているようです」

草介は鍬を下ろし、ぽりぽり額を掻《か》いた。

「それは困りましたね。ですが、偽人参は、よくある話ではあります。それを惣領息子が売っているということですか」

その喜太郎がむろん園丁頭の娘の相手だろう。

草介がさして驚きを見せないのが、気に障ったのか、千歳がきゅうと眼を細めた。

「偽物がよくある話だからほうっておいてもよいと申されるのですか？　草介どののお

考えとはとても思えません」

千歳は、鼻息を荒くした。

「御種人参が高価なものなのは、誰もが知っておりますから、あまり安いと怪しみます。それに、薬種を取り扱う店なら、偽人参、贋薬《がんやく》は厳罰に処せられることは知っているはずですからね」

「しかし、御薬園で採れたものだというのですよ。御薬園そのものが侮られたのです。わたくしは、芥川家の者として許せません」

千歳がくるりと背を向けた。若衆髷《わかしゅまげ》が揺れる。

「もう結構。わたくしひとりで探ります」

取りつく島もない物言いで千歳は去って行った。


夕刻、草介は実家へと足を運んだ。

玄関で声を上げると、葱《ねぎ》を載せたざるを手にした母の佐久が急ぎ足で出て来て、あらあら、まあまあと、草介を見るなり頭のてっぺんから声を出した。

「なにもそのように驚かなくてもよいでしょう。私の家なのですから」

「急に戻ってもそなたの夕餉《ゆうげ》の支度などしておりませぬよ。戻るなら戻るといってもらわねば」

そういいつつ佐久は、草介の手元に眼を留め、いきなり相好《そうごう》を崩した。

「お相手を決めたのですね。母はそればかり心配しておりました。それで、どの娘ですか」

母の勢いに、草介は玄関先でたじたじになりながら、

「ともかく上がってもよろしいでしょうか」

と、訊ねた。

「そうですよ、なにをもたもたしているのです。早く履物を脱いで、ほらほら」

尻を叩《たた》かれる勢いで佐久に急《せ》かされ、草介は居間へと入った。父が碁盤を前に唸《うな》っている。

「おう、草介。いいところに来たな。これをちょっと見てくれぬか」

どれどれと、盤上を見る。

どう見ても白地が優勢だった。白石は母だ。

「佐久め、まったく容赦ないわ。これからは置き石を五つから九つにしてやる」

置き石とは、初手から好きな場所に自分の石を置く事だ。対局者に力量の差があればあるほど、置き石の数を増やす。

五子から九子にするとは、捨て台詞《ぜりふ》にしてはかなり情けない。己の弱さをあらわにしているだけだ。

まあ、いくつ増やしても父が母に敵《かな》うはずもない。母の父親、つまり草介の祖父は、少禄《しょうろく》の御家人ではあったが、旗本や大名の囲碁指南をしていた。その手ほどきを幼い頃から受けていた母には逆立ちしても勝ちを得ることはないだろう。

幼い草介にも囲碁指南をしようと張り切っていたが、草介が盤上に、黒白の石で花の形を作って喜んでいたのを見て、祖父も母も諦めたらしい。

「あ」

父が口から黒石を吐き出した。碁笥《ごけ》から取り出した黒石を、乾葡萄《かんぶどう》と間違えて口に放り込んだのだ。

この父にして、この息子ありやもしれぬなぁと、草介が我が父を見ると、さりげなく母の白石をすすっと移動させている。

草介は父の傍らにかしこまった。

「どうせ母上には知れてしまいますから、おやめください。何手まで覚えていると思っているのですか？　お祖父《じい》さまは、上手《じょうず》（七段）。母上は二段ですよ」

「やっぱり無駄か。ああ、死ぬまでには一度ぐらい勝ちたいものだな」

「無理ですよ」

「草木の知識では負けぬのにな」

「それだけで十分ではないですか」

ため息を吐《つ》く三右衛門《さんえもん》を眺めつつ、草介は己の姿をついつい重ねた。千歳に剣術で敵うことは生涯ないだろうが、草木、生薬《しょうやく》についてならば、負けるはずがない。

と、三右衛門が胡坐《あぐら》を組み直し、煙草《たばこ》盆を引き寄せると、ぼんやりいった。

「まあ、芥川さまも佐久には敵わなかったからなぁ」

草介は眼の玉が飛び出すほど驚いた。

「芥川さまが？　我が家にお越しになられたことがあるのですか？」

三右衛門はなんの不思議もないとばかりに頷いた。

「わしとて、御薬園同心だったのだぞ。芥川さまは、下城の際、いまでもふらりと立ち寄られることがある。以前よりは減ったがな」

それにな、と父は煙管《キセル》に刻みを詰めながら、声をひそめた。

「わしと芥川さまは、恋敵でもあった」

一瞬、天井が回ったような気がした。そんな草介に構わず、三右衛門は話し続ける。

「わしは芥川さまに勝ったというわけだ。身分や銭ではないぞ。わしのほうが男前であったし、人柄のよさも決め手だったのだろう」

と、父が胸をそらせた。自ら男前だの、人柄のよさだのといってしまうあたりを疑ったほうがいい。

だが、芥川にとって、草介は憎《に》っくき恋敵の息子ということになるではないかと、頭を抱えた。これから芥川や千歳にどう接してよいのかわからなくなる。父も余計なことを聞かせてくれたものだ。園丁頭の末娘の縁談といい、芥川の件といい、今日は驚くことばかりだ。どっと疲れが出てくる。

「また乾葡萄を持ってきてくれたのか」

違います、と草介は背筋を伸ばし、きっぱりいった。

「なんだ、つまらん。なら、あっちか」

と、父が口先を突き出し、草介の傍らに置かれた風呂敷包みへ眼を移した。

「で、草介、どうなのです。気に入った娘はいたのですか？」

母が、盆に茶菓子を載せて居間に入って来るより早くいった。

それでも碁盤へちらと眼を向け、かすかに微笑《ほほえ》む。それみたことかと、草介は父を見た。三右衛門は、そらとぼけた顔で天井を見上げて、顎《あご》先をぽりぽり掻き、煙管の煙をくゆらせた。

草介の前に置かれたのは、芝《しば》の大木戸近くの菓子店のぼた餅だった。

「ほら、母が縁戚の弔いの手伝いに行きましたでしょ。その礼だといって、名物のぼた餅を、わざわざこちらまで届けてくれたのですよ。よくできた嫁だと感心いたしました」

と、母は嫁という言葉をさらりと差し込んできた。

「はあ、そうですか。これはうまそうだ。早速、いただきます」

この店のぼた餅は通常のものよりも大きなことで有名だった。

母は、ぼた餅を口にする草介を、眼を皿のようにして見続けている。

「あの、母上。そのように見られていてはいささか食べ辛《づろ》うございますが」

しびれを切らし、母がずいと膝を進めて来る。

「さあ、おっしゃい。どこの誰が気に入ったのですか？」

草介は、ぼた餅を茶で流し込み、

「母上にはお骨折りいただきましたが、どなたも私の気に染む方はおりませんでした」

母へ、深々と頭を下げた。

ええぇ、と母は、眼をまん丸くして、仰《の》け反《ぞ》った。

「数十人もの娘を選んだのですよ。それでも不満があるというのですか。なんと図々《ずうずう》しい。逆に、あなたの嫁になりたいという方が幾人かいらっしゃったのが稀有《けう》であるというのに。どうご返答をしたらよいのやら」

途中、聞き捨てならない言葉があったような気がしなくもなかったが、草介は、頭を垂れたままで、口を開いた。

「お断りしてください。私はまだ妻を娶るつもりはございません。御薬園同心として、務めて参りましたが、ようやく己の道が見えて参ったところです」

「なにが己の道ですか。妻を娶り、子をなすことも人として立派な道でございますよ」

はああ、と佐久は額に手を当てた。

「なにやら頭が痛《いと》うございます」

「ならば、五苓散《ごれいさん》を」

草介と三右衛門が同時にいった。

「まったく、そうしたことだけには親子共々長《た》けていて助かりますけれど、ああ」

と、佐久が長息した。

「わかりました、と安易に得心するわたくしではございません。いいですか、草介。嫁取りにはさまざま繁多なものがございます。武家は、好いた惚《ほ》れたで夫婦《めおと》になれるわけではございません」

家格、役職、相手先からの持参金等々、と佐久は立て板に水のごとく話した。

「しかし、家格の誤魔化しはききませぬが、性質や面体《めんてい》も偽りを記していることもありますれば」

草介がぽりぽり額を掻く。

「母上は、私をどのように喧伝《けんでん》なされたのですか？　それが知りとうございます」

うっと、佐久が一瞬怯《ひる》んだ。

「背丈は五尺三寸（約百六十センチメートル）、中肉にて、面貌も性質も優しく、御薬園同心を務めている、とだけ記しましたが」

嘘《うそ》はありませんでしょうと、草介を横目で見る。

「それで、私を気に入ってくれた方はどのような娘さんなのでしょう」

それはと、佐久が口ごもる。

「ひとりは、二十八の出戻り。もうひとりは小普請の御家人の娘さんです。歳は十八」

うーむ、と草介は額をぽりぽり掻く。

二十八の大年増《おおどしま》と十八の娘。

少々極端ではあるまいか。というより母は先ほど幾人かといったはずだった。結句、ふたりではないかと、悔しさと情けなさが交錯した。

佐久は、風呂敷包みを解いて、身上書を選《え》り始めた。

「ああ、このおふたりです」

佐久が差し出したのを草介が覗き込む。たしかに読んだ覚えはあったが、裁縫上手で物静かな性質と、ふたりともに同じだった。これでは、歳若い方に軍配が上がりそうだ、と思ったとき、

「やはり若い方が、子もどんどん産めますものね。草介、どうです？　この方にしては。母が話を進めましょうか」

佐久がぐいと顔を寄せて来た。

「ちとお待ちくだされ。私とて妻を迎えるとなれば、覚悟やら気構えやら必要かと」

「そんなのんきなことをいっていたら、せっかく、あなたでもいいといってくれている方がとっとと片付いてしまいますよ」

それにと、佐久がいささか気まずい顔をした。

「まさか母上。そちらのお宅へ我が家の由緒書《ゆいしょがき》をすでにお渡しになっているのではないでしょうね」

草介に問われ、佐久が、わっと突っ伏した。

三

由緒書というのは、源氏の流れを汲《く》む先祖を持ち、戦国期には足軽として徳川《とくがわ》家に仕え、功を収め、褒賞をいただき、いまの草介で何代目であるとかなんとかいう水上家についてあれこれ記したものだ。

「お上からの褒美など、水上家はいただいたことがあるのですか？」

草介が首を傾げると、佐久はもちろんございましたとも、と勢いよく顔を上げた。

「人参です」

ご先祖さまが敵方へと突進なされた際、敵を次々打ち倒し、首をはね上げ、胴を突き、馬上の武将にもひるむことなく立ち向かい、槍《やり》が折れるほどの奮戦をなさいました。ですが、敵の矢が腕をかすめて傷を負い、養生するようにと賜ったのですと、どこかの講釈師のような節回しで佐久は語った。

ここでも人参かと、草介は微《かす》かに笑みを浮かべた。

開府した東照大権現《とうしようだいごんげん》（徳川家康《いえやす》）は、自家薬を生成するほど、生薬に詳しかったといわれている。それにしても褒美が人参というのは、どうも眉唾《まゆつば》臭い。

脇差《わきざし》の一振りだったならば、家宝としていまも健在だろうが、頂戴したのが人参だったら、すでに二百四十年以上が経過している。

後生大事に取っておいても枯れ木のようであるに違いないし、その何代も前の先祖がすでに使い切っているだろう。

草介は、母へ向け、もう一度頭を垂れた。

「私は、二年後には紀州《きしゆう》へ参ります。それまで、あの御薬園で為すべきことがございますゆえ、嫁取りはなにとぞ、ご勘弁ください」

「これほど母の心が通じないとは。このような親不孝に育てた覚えはございませぬ」

佐久は、再び突っ伏し、今度はわっと泣き声を上げた。

「これ、草介。母を泣かすとはなんたることだ。母がおまえの身を案じ、水上家のためを思うていっているのがわからぬのか」

父の三右衛門は、伏したままの母に近づきながら、ちゃっかり碁盤に足先を触れ、石をめちゃくちゃにした。

なんと卑怯《ひきょう》な、と草介は呆《あき》れ返りつつ、両親を、やれやれと見つめた。

「私は、もう一生孫の顔を見ることもないままあの世へ旅立つのですね。舅《しゅうと》さまになんとお詫《わ》びを申し上げたらよいものか」

よよ、と袂《たもと》で目元を拭いつつ、佐久はさらにいう。とんだ愁嘆場《しゅうたんば》だ。

「あなたには、まことなら兄がおりましたが、産み月が満ちる前に流れ、次に、あなたが生まれたのですよ」

母はまことに涙を流していた。知らなかった。仏間に並んだ位牌《いはい》など、よく見たこともない。生を受けながら、この世を見ぬまま消えた命があったのか。祖父母が、自分をなめるように慈しんでくれたのもそのせいだったのだ。

草介は己がひどく驕慢《きょうまん》に思えた。

この世で、たったひとりの、かけがえのない母の望みを叶《かな》えてやってもいいのではないか。このように意地を張らずともいいのではないか。

病を知り、その病に打ち勝ち、多くの人の為になる薬を、たしかな効き目のある薬を作りたいと草介は考えている。はたしてそれが、叶うかどうかもわからない、遥《はる》か先の遠き道であるとしても、一歩一歩進めば、ふと振り返ったときに、長い道ができているはずだ。

そう信じている。

真っ直ぐでなく、曲がりくねったものであるかもしれない。そんな道をともにゆるりと歩いてくれる姿が草介の脳裏にぼんやりと浮かび上がる。きりりとした目元をした、気の強い、そして誰よりも優しい、女性《にょしょう》だ。

草介は、ぶるっと首を振り、その可憐《かれん》な姿を頭の中から消し去った。

四

数日後。

園丁頭が、御役屋敷の庭で、怒声を園丁たちに浴びせていた。滅多にないことだった。

養生所で足りない生薬を受け取りに、薬種所を訪れる途中だった河島と仕切り道で出会い、同道して来たところだった。草介も河島も、その光景を眼にして驚いた。

むろん、仕事でしくじりがあれば叱言《こごと》をいうことはある。

だが、今日はことのほか激しい。

園丁たちを地面に座らせ、眼を引ん剝《む》いて怒鳴り散らしているのだ。

草介たちが御役屋敷の門を潜《くぐ》って来たことにも気づいていない。園丁のひとりが、振り向き、肩をすぼめて、首を振る。

わけがわからないといったふうだ。

穏やかで、頼りがいのある園丁頭とはまるで人が違っていた。顔に血を上らせて、唾を飛ばしている。

「水草さま、例の件ではありませんかね」

「例の件？」と、訊《き》き返した草介に、河島は眉を下げ、絶望的な顔をした。

「小耳に挟んだんですが、末娘の嫁入りのことで、ひと悶着《もんちゃく》あったと」

あああ、あれかと、神妙な面持ちで座っている園丁たちへ草介は眼を向けた。

おしんの腹の中には、すでに子が宿っているという話だ。珍しく居酒屋で酔いつぶれた園丁頭が呻《うめ》くようにいったらしい。

とはいうものの、眼前の怒りのすさまじさは尋常ではない。

「水草さま、止めたほうがよさそうだ」

河島がいった。

「そのようですね」

草介は、園丁たちへ叱責を続ける園丁頭に声を掛けた。

「頭、なにかあったのですか」

仁王のように、くわっと口を開いた園丁頭が草介を睨む。相当な怒りようだ。

「水草さまがお戻りになられた。それぞれの持ち場につきやがれ。いいか、手ぇ抜くんじゃねえぞ、てめぇら」

やっと解放され、安堵《あんど》したのか、園丁たちは、へいと声を揃《そろ》え、乾薬場《かんやくば》や畑、薬草蔵へと、まさに蜘蛛《くも》の子を散らすように駆け出して行った。

園丁頭は、まだ興奮がおさまらないのか、肩で大きく息をしている。

草介は園丁頭にさらに近寄ると、

「一体、なにがあったというのです。あのように園丁たちを叱る姿を初めて見ました」

園丁頭は、汗を拭いながら、

「面目ねえ、水草さま」

と、急にくずおれ、膝をついた。

河島がその身を支えるように腕を伸ばした。

発端は、昼の休みに、荒子のひとりが到来物だといって皆を薬種所に集め、菓子を分けたことだったという。

その際、乾薬場に刈り取った薬草を置きっぱなしにしていたのを見た瞬間、カッとなってしまったと、園丁頭が唇を震わせ、汗を流しながらいった。

あいつら、遊びに来ていやがるのかと、気づいたら、皆を地面に座らせ怒鳴りつけていたという。菓子を分け与えた荒子が園丁頭の怒鳴り声を聞きつけ、皆を呼んだ自分が悪いのだと、詫びを入れてきたが、園丁頭は聞き入れなかった。自分でも、なぜそこまで怒りが湧いたのか、わからないと強く目蓋《まぶた》を閉じ、首を左右に振り続けた。

「河島先生。おれぁおれぁ」

どうかしちまったんですかねぇ、と怒りから一転、河島の腕にすがりつき、眼に涙を滲《にじ》ませる。

河島が、はっとした表情を見せると、黒々した眉をかすかに寄せた。

「水草さま。御役屋敷の座敷をお借りします」

「では、広縁から上がりましょう」

草介と河島のふたりで、園丁頭の両脇を抱え、御役屋敷まで運び、庭に面した座敷に横たえさせた。

「すいやせん、水草さま、河島先生」

園丁頭は顔を歪ませ、情けねえ情けねえと呟《つぶや》いていた。

曇天の今日は、さらに寒い。それでも園丁頭は単だ。

「寒くはありませんか？」

園丁頭は首を横に振ったが、念のため草介は自分の綿入れを脱いで、その身に掛けた。

「水草さま、ちょっと」

河島が広縁の端に歩きながら、手招きした。

河島の隣に立つと、草介の喉元《のどもと》を河島がいきなり指先で突いてきた。

「ここに、あるのはなんですか？」

いま質《ただ》されるのか、と半ば呆れた草介は、頭の中から懸命に答えを探す。

「ええとたしか、甲様《こうよう》……機里爾《きりいる》」

「正解です。よく学んでいらっしゃる。水草さまには、漢方医どころか、蘭方医《らんぽうい》も敵わないかもしれません」

そんな、と草介は額をぽりぽり掻く。しかし、身体でどんな役割を果たしているのかはよくわからない。いまは、臓器の名称を覚えるだけで精一杯なのだ。河島にこれ以上問われたら、困る。

「あの、それが園丁頭とどのようなかかわりがあるのですか？」

草介は横たわる園丁頭をちらちら見ながら、訊ねた。

「喉の腫《は》れといったらいいのでしょうか。清国では古くから癭《えい》病と呼ばれています。じつは二十年前にヨードというものが発見されましてね。この病と深くかかわっているようなのです」

よーど、と草介は呟いた。

西欧の研究者が、海藻類から、その結晶を取り出すことに成功したという。

「このヨードというのが重要で、我が国では、わかめや昆布をみそ汁や酢の物にして食しますが、西欧諸国、あるいは清国などでは食べられない地域がある。すると、瘿病に罹《かか》りやすいといわれています」

「つまり、園丁頭はそのよーどというものが足りないと？」

「いいえ、ここが、ややこしいのですが、摂《と》り過ぎてもよくないし、摂らないとまたよくない。ほどほどに摂れということですが、まれに、どういうわけか罹りやすい体質の者がいるとのことです」

河島は、にっと笑った。

「身体の質《しつ》ということでは、漢方の領域になるのではありませんか」

え、ええ、と草介はかくかくと頷く。

漢方は、各々の体質によって、薬を選び、処方し、身体の質を変えることから病を予防し、罹らないようにする。

「ここ最近、園丁頭に変わったことはありませんでしたか？」

河島に問われ、思い当たることが色々あった。

寒いのに単一枚。急な発汗。それと、畑を耕していて、ときおり手を眺めて、首を傾げていたことだ。園丁頭に訊ねると、なんだか鍬が重くなったような気がするといい、「あっしも歳ですかねぇ」とぼやいていた。それが半月ほど前で、そして、今日のあの怒りだ。

それを伝えると、河島はふむふむと頷き、

「私も初めて診る病なので自信はありませんが、園丁頭の喉元を見てみましょう」

黄色地にふくら雀《すずめ》の意匠を染め抜いた手拭いを締め直した。

やはり、園丁頭の喉元はぷっくりと腫れていた。河島は、その部分を触診しながら、痛みがないか、誰か家の者で、腫れに気づいた者がいなかったかを訊ねた。

女房が、首だけ太った気がするのと、飯をよく食べるので困るといったというが、それくらいだという。園丁頭自身は、急なのぼせや、心の臓の鼓動が前より速いと話した。

いくら眠っても、寝た気がしない。疲れが溜《た》まっているせいだろうと、飯だけは食った。飯が食えるのだから、なんでもないと思っていたと園丁頭の声は不安げだ。

「飯は食えるが、痩せてきていないか？」

「そういや、食ってもすぐに腹がすくんでさ」

そうか、と草介は得心した。眠っていても病のために心の臓は忙《せわ》しなく、通常よりも動いている。だから、疲れが取れない、飯を食べても痩せていく。

「先生、やっぱり悪い病ですかい？」

園丁頭が弱々しい声を出す。

「そうだな、悪いといえば悪い。嫌な言い方をすれば、これは立派な病だ」

河島は容赦なく告げた。

園丁頭が天井を見上げてため息を吐いた。

「神さんがどっかで見ていたに違いねえ。あっしはね、水草さま。おしんが一針一針、懸命に縫った花嫁衣装を破っちまったんでさ。尻軽の腹ぼて女が、祝言なんざおこがましい、みっともねえって、おしんの眼の前で」

まさか、と草介は眼をしばたたき、河島は深い息を吐いた。

「頭、それは違う。さきほどもいったが、これは病だ。娘さんのこととはかかわりない」

河島はきっぱりいった。

「けどよぉ、先生。十六の娘と、表店《おもてだな》の若旦那といっても十七の若造ですぜ。いくら夫婦約束を交わそうと、もう腹の中に子がいるなんて知れたら、大ぇ《て》変なことになりまさ」

草介は思わず身を乗り出す。

「つまり、天真堂のご両親はまだ知らないということですか？」

園丁頭は首を縦に振った。

「なるほど。喜太郎という息子は、両親にそのことを告げていないのか」

しょうもない男だな、と河島は口元を強く結んで、腕を組んだ。

「月はどのくらいになるのかわかるか？」

「四ヶ月は月の物がねえといっておりましたが、喜太郎さんは、必ず両親を説得するから、もう少し待っていてくれといって」

園丁頭は懐から薬包を取り出した。

「これをおしんに、毎日、飲ませるようにと、薬を置いていきやした。おしんが、子を孕《はら》んでから具合が悪いんで、それを治す天真堂の家伝薬だと。水草さま、お願いだ。こりゃまことにそういう薬なのか調べてもらいてえ」

指先を震わせながら園丁頭の差し出した薬包を草介は受け取った。丸薬では見当もつかないが、煎じ薬だ。これならば、混ぜられた生薬の色、匂いなどで種類がわかる。

「では、調べてみます」

「あっしゃあね、水草さまぁ。四十過ぎて生まれたおしんがかわいくてかわいくて、仕方なかった。天真堂の喜太郎さんが、おしんを上野《うえの》の花見で見初《みそ》めて、ぜひ嫁にと両親を連れ、挨拶に来たときには、びっくり仰天でさ。おしんが取られちまうのは悔しいが、立派な表店へ嫁入りできるってのが、心底嬉しかったんですよぉ」

なのに、この顚末《てんまつ》だと、園丁頭は両手で顔を覆って、大声で泣き始めた。

## 五

薬種所に入った草介は、薬研《やげん》を挽《ひ》いていた。隣には河島が座っている。

園丁頭は、そのまま御役屋敷に留め置き、家には、早朝の仕事があるため帰宅はしないとの文を遣わせた。もともと、園丁頭や園丁たちに設けられた長屋があるので、余計な心配はしないはずだった。

「あの病に、どのような薬を処方するおつもりですか？」

河島が訊ねてきた。

「園丁頭は、体力もありますし、柴胡加竜骨牡蠣湯《さいこかりゅうこつぼれいとう》をと思っています」

柴胡、茯苓《ぶくりよう》、生姜《しようきよう》、半夏《はんげ》、人参、桂皮《けいひ》など十数種もの生薬を合わせたものだ。

「苛立ちや発汗、のぼせなどに効果がありますので。ただ、ここは御薬園ですから、竜骨や牡蠣が足りません。養生所から分けていただけるとありがたいんですが」

草介がいうや、河島が白い歯を見せた。

「水草さま。嫁入り先は生薬屋ですよ。竜骨も牡蠣も売るほどあります」

ああ、と草介は眼を見開いた。

「そうですねぇ、その通りでした」

「それと、園丁頭から受け取った煎じ薬のほうの処方は」

草介は、薬包を取り出し開いた。薬研で細かに挽かれているので、確定はできないが、気になる色の物がいくつかあった。

鼻先を近付けると、麝香か生姜の匂いに混じって、独特の香りを放つものがあった。

草介は、近くにいた中年の荒子を呼び寄せた。

「これを、どう思う?」

荒子は薬草の精製を仕事としている。

草介が差し出した煎じ薬を、眼を細めて見つめ、指先に付けて匂いを嗅ぐと、荒子が顔を上げた。

「水草さま、こんなもの、どこで手に入れなすったんで?」

「やはりそうか。ある生薬屋の家伝薬だというのだが」

「笑わせちゃいけませんや。どこの女郎屋で購《あがな》ってきたんですかい? 水草さまも隅におけねえなぁ」

私ではない、と草介は本気でいい張った。

「むきになるのが、また怪しいですぜ」

ふたりのやり取りを見ていた河島が、うずうずしながら声を掛けてきた。

「水草さま、教えてくださいよ」

はい、と草介は河島を真っ直ぐに見つめ、煎じ薬の中身を告げた。

河島の顔が険しいものに変わる。

「では早速、天真堂へ行きますか。喜太郎という馬鹿者に会いに」

大伝馬町《おおでんまちょう》に店を構える天真堂は、間口七間（約十三メートル）もの立派な店構えの生薬屋だった。薬袋をかたどった看板が庇《ひさし》から下がり、天真堂と書かれた屋根看板、路上には立て看板がある。

店の内外問わず、薬名を記した紙が貼られ、奥では生薬を入れた百味簞笥《ひゃくみだんす》の前で幾人かの奉公人が薬研を挽いている。

店座敷で客の相手をしている若い男がいた。

奉公人のお仕着せではない。

「あれが、喜太郎でしょうね」

「そうでしょう。たしかに男前ですね。ああ、ところで、水草さまの二本差し姿もさまになっておりますよ」

「からかわないでください。それでなくとも、重くてたまらんのですから」

河島が、くくっと含んだように笑い、

「店先で、やりますか」

喜太郎とおぼしき若者を睨んだ。

草介はぽりぽりと額を掻く。

「それだと、私たちがゆすりたかりの悪党のように思われますねぇ」

草介の言葉に河島がいまさらという顔をした。

「話によっては、弱みにつけ込んで、竜骨と牡蠣をぶん盗《ど》るんですから、ゆすりと同じですよ。ほら、ぼんやり顔でなく、腹に力を入れて、少しは怖い顔をしないと侮られますよ」

草介はむぐむぐと顔を動かした。

はっきりした顔立ちの河島ならば、そうした顔もできる。草介は、ちょっとだけ両親を恨んだ。

「では、行きますよ、水草さま」

河島はすたすたと歩き、店の前に立つ。

早速、奉公人が飛んできて、用を訊ねてきた。羽織と脇差、総髪を束ねた河島の風体から、すぐに医者と思ったのだろう。

草介は、背後からつま先立ちで、河島の後頭部を見る。二寸あった脱毛もだいぶ髪が伸びていた。周囲の髪で隠しつつ、結んでいる。河島が奉公人へ口を開いた。

「喜太郎さんに用事があるのだが」

「若旦那ですか？　いま他のお医者さまの応対をしておりまして」

奉公人はそういって、喜太郎を見る。

「では、こう伝えておくれ。ある娘に渡したこちらの家伝薬で訊きたいことがあると」

一瞬、戸惑った顔をしたが、奉公人はすぐに喜太郎の処《ところ》へ行くと耳打ちした。

喜太郎は相手をしていた剃髪《ていはつ》の医者に、なにやら告げて頭を下げると、すぐさま転げるようにして来た。

「なんでございましょう。うちの家伝薬についてのお訊ねということですが」

あきらかに喜太郎は動揺していた。

「おしんさんといえば、わかるはずだね、喜太郎さん」

喜太郎は店座敷にかしこまったまま、がたがたと震え始めた。短い息を繰り返す。

「これです。おわかりですよね」

草介は、袂から薬包を出した。

「小石川御薬園同心の水上草介と申します。こちらは、養生所の河島仙寿先生です。私たちは、事を荒立てるために参ったのではありません。喜太郎さんの本心が伺いたいのですよ」

喜太郎の震えが止まり、上目遣いに草介を見つめてきた。

「ここじゃ、なんです。座敷に上がってくださいまし」

喜太郎はそういって立ち上がると、草介たちを母屋の座敷へと導いた。

女中が茶菓子を置き、去って行くと、喜太郎の様子ががらりと変わった。

「で、どれだけ用立てすれば見逃していただけますかね」

と、いきなり切り出してきた。

「どういう意味でしょうか？」

草介が首を傾げると、

「あれ？　おしんへやった薬のことで小石川《こいしかわ》からわざわざ来たんでしょう？　扶持米暮らしのお武家と医者が雁首《がんくび》揃えてここまでくるのは、それしかないじゃない」

喜太郎は、裾を割って胡坐《あぐら》を組んだ。

「おしんちゃんはいい子だよ。おれ、玄人遊びに飽き飽きしててさ、金目当てで近寄ってくる女ばかりだったからねぇ」

けど、おしんちゃんは違ってた、花見で声掛けたときも、天真堂の息子だとはいわなかったと、喜太郎はまるで自慢するようにいい放った。

「だけど、まさか、おしんちゃんの腹が膨れるなんて思ってもみなかったからさ」

参ったよね、と茶をすする。

「本気でいってるのか」と、河島が声を荒らげた。すると、喜太郎が慌てて唇に指を当てた。

「駄目だよ、大きな声出したら、お父《と》っつぁんに聞こえちまう。うちのおっ母《か》さんもおしんちゃんを気に入っているんだよ」

草介は、この手前勝手な若者の言葉に憤りを抑えつつ訊ねた。

「おしんさんと夫婦になるのはまことだと」

「それは、もちろんだ。気立てもいいし、かわいいし、優しいしね」

だけど祝言のときに腹ぼてじゃ外聞が悪いだろう？　うちのふた親だって、ふしだらな娘ってことになりゃ、家に入れたくないよ、おれの子かどうかもわからないってことになったら、困るからね、と笑った。

「おまえのしたことが、どれほどのことなのかわかっているのか？」

河島の剣幕に、喜太郎は怯むことなく、右耳の穴をくじった。

草介は、膝立ちになると、右側に置いた大刀《だいとう》を握り、畳にこじりを突き立てた。

「私は、普段、植木ばさみしか振るいません。ですが、生まれて初めて刀を抜きたい気分になりました。初めてですから、どう刀を振るうかわかりませんよ」

さすがに喜太郎も仰け反った。河島も驚き顔を草介に向ける。

「待ってくれよ、お武家さま。あ、水上さまか。だって、おれ、おしんちゃんに惚れてるし、夫婦になるんだよ。いいじゃないそれで」

喜太郎が必死にいい募る。

「あなたがおしんさんへ渡した薬には、大黄《だいおう》、附子《ぶし》、芍薬《しやくやく》、牡丹皮《ぼたんぴ》、檳榔子《びんろうじ》などが含まれていた。これが家伝薬であるはずがない。堕胎薬《だたい》だ。おしんさんを騙《だま》し、子を流すつもりだったのでしょうが、ひとつ間違えば死に至る薬です」

まさか、と喜太郎が首を横に振る。

「そんなはずはないさ。処方はちゃんとしたつもりだ。附子は毒だが、他の薬にも使われているじゃないか。それに、やることやってりゃ、子なんか、すぐまたできるんだ」

「貴様」と、拳を振り上げた河島を制した草介は、大刀を握る指をぷるぷる震わせる。

今生《こんじょう》で会うことができなかった兄を思う。

「命は、誰もひとつしか持てないのですよ」

鍔《つば》に当てた親指が痛い。ですから、と草介は、さらにいい放った。

「つもりで薬を作ってはいけない。さじ加減という言葉の通り、きちんと量をはかるのが肝心なんだ。贋薬を作れば、死罪となるのは、生薬屋の息子であるならご存じのはず。いますぐ、奉行所へ行って、この薬を渡しても我らは一向に構わない。あなたの命よりも、おしんさんと、その子の命のほうが大切だ」

「命をはかりにかけるなよ。御薬園の同心さんとお医者さまだろう」

河島が、ふんと鼻で笑った。

「たしかに。だが、おまえさんは、すでにひとつの命を消そうとした。三人のうち、残す命がふたつだとしたら、私は迷わず、おしんさんと子を選ぶな」

「畜生、ふざけるな。貧乏御家人と貧乏医者が。どうせ銭金がほしくて、おれを脅しに来たんだろう。早くいえよ。いくらでもやらあ」

「それは、偽人参で儲《もう》けた金子《きんす》ですか？」

「そんなことはしてねえよ」と、喜太郎が喚《わめ》く。

「それも、気づかれれば確実に死罪は免れない。すぐにやめることです。やっかいなお方がこのあたりを見張っておりますしね」

草介の言葉に河島が、眼を瞠《みは》る。誰だかすぐにわかったようだ。

草介は再び座り直し、静かに刀を置いた。心の臓がばくばくしていた。こんなふうに刀を使ったのも初めてだった。

「あの、若衆髷の女――か」

喜太郎が呟くと、草介は笑顔を向けた。

「そうです。あのお方は、とんでもなくお強いですよ。怒らせたら一刀両断にされます」

おれは、どうすればいいんだよ、と喜太郎は青ざめた顔で、草介ににじり寄ってきた。

これまでの威勢も、すっ飛んでいた。

草介は、ほくほく顔で御薬園に戻った。

「これだけ、竜骨と牡蠣があれば、十分な薬が作れます。やはり、ゆすりでしたかね」

駕籠《かご》代も天真堂払いだった。

天真堂の主《あるじ》夫婦には、なにも告げなかった。

喜太郎が、以前世話になった方々だと偽り、なんとか誤魔化していた。

そうした調子のよさが喜太郎の長所でもあるのかもしれない。

だが、喜太郎は己の犯したことの恐ろしさと、身勝手さに気づいたのだろう。

駕籠に乗り込む草介にそっと囁《ささや》いた。

「おしんには、子を産んでから、祝言を挙げようと伝えます。あちらの親御さんと、うちのふた親を説得して、おしんを迎えます。おしんに、薬のことを告げたら許してくれますかね」

「それは、詫びの入れ方次第でしょうね」

おしんがこの男のどこに惚れたのかは知れない。が、金や身代が目当てではないと、喜太郎がおしんの心根を見抜いたように、おしんも喜太郎の心の内側に惹《ひ》かれるものがあったと思うしかない。

六

河島と仕切り道を歩きながら、草介はどんよりとたれ込める雲を見上げた。

これから、ひと雨ごとに寒さが増す。

「でも、園丁頭に柴胡加竜骨牡蠣湯が効いてくれればよいのですが」

それと、園丁頭がきちんと養生してくれるかどうかも怪しいと思っている。

「長崎の友人に文を出してみましょう。西欧人に多い病であるなら、西洋薬の処方があるかもしれません」

「それは心強いです。ぜひお願いいたします。ところで、あの、甲様、き、きりきり」

「甲様機里爾ですか？　あれは、戦で使う、扉のような大型の盾の意味です」

「盾、ですか」

草介には、まるで蝶《ちょう》が羽を広げたような形に見えた。

草介が前方を見つめると、養生所の前に誰かが立っているのが見えた。

こちらに向かって来る。近づくにつれ、その面貌がはっきりとした。

小人目付《こびとめつけ》の新林鶴之輔《しんばやしつるのすけ》だ。右手になにかを持っていた。

「河島先生、お待ちしておりました」

河島の顔が強張《こわば》る。新林が手にしているのは、油紙に包まれた書状だ。

「先ほど、飛脚から届いたもの。まったく蘭学者《らんがくしゃ》同士というのは、嫌味なことをなさる」

「意味がわかりかねますが」

河島はわずかに侮蔑《ぶべつ》を込めた口調でいう。

新林の細い目が河島を睨《ね》め付けた。

「書状が異国の言葉で綴《つづ》られておる。これは余人に読まれたくないとの証《あかし》」

「中身が異国の文字であったとご存じなのは、私宛ての書状を勝手に開いたとなりますが」

「当然であろう。いま査察に入っておるのだ。河島先生はもとより、他の医師も同様。ここは御公儀御薬園なれば、いささかの不正も見逃す訳には参らぬ。とくに蘭学者など、そもそもの考えがわからぬゆえ」

「馬鹿な。が、新林さまは覗きがお好きだったとは」

河島は新林の視線をそらすことなくいった。

新林が、苛立つようにじりじりと足先で地面を踏みしめた。

「私に読んで聞かせていただけるかな。でなければ、町奉行など通さず、目付の鳥居《とりい》さまのお屋敷へ同道なされるか」

「あ、あの、新林さま」

草介の呼びかけに、ふたりの間の緊迫が一瞬解ける。

「おふた方とも、引いて下さい。これから、病人のために薬を作らねばならないのです」

「ほう、お忙しいところ失礼した。よい薬が天真堂にはございましたかな」

草介と河島は思わず顔を見合わせる。

新林はその様子をにやにやと眺めた。

「あの生薬屋は、人参を――」

「小人目付さま、よいところに」

千歳の声が飛んできた。

「これは、芥川さまのご息女」

新林が丁寧に頭を下げた。

「天真堂の人参の噂は、どうやらただの噂だったようでございますね」

わずかにうろたえた表情を新林が見せた。

「しかし、我が配下の小者が――いや」

「噂は噂。そうでございましょう？」

千歳が柔らかな声音でいう。

はっ、と新林は唇を噛《か》み締めた。

新林は、河島の足元へ書状を投げ、踵《きびす》を返した。一旦、荷を下ろし、河島はすばやく書状を手にする。差出人は、河島の長崎遊学時の友人で、以前、御薬園を訪れた阿蘭陀《オランダ》通詞《つうじ》からのものだった。

「仙寿、元気か。過日は世話になった。阿蘭陀通詞として、まだまだ学ぶことがたくさんあるが、そちらはどうだ。あの同心は相変わらずか」

新林は歩を進めつつ、文言を口にした。

眼を見開き、河島は立ちすくむ。

「あいつ、阿蘭陀語が読めるのか」

千歳は養生所へ戻る新林の背を強い眼で見つめていた。

「千歳さま、かたじけのうございました」

草介が声を掛けると、千歳の目元がふわりと緩んだ。

「なんの。おふたりが出掛けたあと、園丁頭から天真堂へ行ったことや、あれこれ話を伺いまして、おしんさんとお会いして参りました。おしんさんには頭《かしら》の病のこともお話しして」

ですから、花嫁衣装を破ってしまったのは、病のせいだと告げた、と千歳はいった。

草介らが天真堂を出た直後に、喜太郎はおしんに文を書き、おしんはその文を読み、大事に胸に抱えたという。そのうえ、驚いたことに、おしんは喜太郎から渡された薬を「妙な味がする」と、飲んでいなかった。女性というか、腹の子を守る母の勘の鋭さというか。それでも喜太郎に惚れているのが不思議だった。病も薬も男女の仲もやっかいだ。草介は、うーむと心のうちで唸る。

「では、わたくしは先に御役屋敷に戻りますゆえ。天真堂の人参の噂は、あの新林という小人目付の使っている小者が撒《ま》いたものだと、あの周辺を探っていてわかりました。あの喜太郎という惣領息子は、ただの遊び人だったようです。新林がこれからなにを仕掛けてくるのか、なにが目的か、気をつけねばなりませんね」

　はい、と草介が、頭を垂れたとき、千歳がいきなり振り向いた。

「そういえば、ふたりのうち、どちらを選ばれたのですか？　父より聞きましたが」

　まさか、実家へ芥川さまが寄られたのか？　と、草介は焦った。

「あれはその、母が勝手にしたことでして」

　へどもどしている己を情けないと感じていると、

「もう結構」

　千歳がふと微笑み、いつものように颯爽と道を行く。並び歩くことは、どうも難しそうだな、と草介は、ぽりぽり額を掻いた。

　河島は書状を襟元にはさみ、忌々《いまいま》しい顔をしていたが、大きく息を吐くと、

「しかし、大事に至らず、よかった。人騒がせな十六と十七でしたね。世間は知らないが、子作りは知っている。いまどきの若者は何事もせっかちですな」

　皮肉っぽくいって、荷を抱え直した。

「人も、いま流行《はや》りのもやしものにならなきゃいいですがね。そうは思いませんか、水草さま」

「でも、おしんさんの腹の子は違います。ゆっくりゆっくり、ちゃんと月が満ちて、生まれてくれるでしょう」

楽しみですねぇ、と草介は笑みを向けた。

# 栗毛毬《りつもうきゅう》

# 一

水上草介《みなかみそうすけ》は、甘く香ばしい香りに、鼻をひくひくさせながら、父、三右衛門《さんえもん》の囲碁の相手をしていた。

父は先ほどからすこぶる機嫌がいい。

当然だ。草介は、囲碁が滅法苦手だ。へぼ碁だ。

母、佐久《さく》の父は、上手《じょうず》の域まで達している囲碁名人だった。その手ほどきを受けていた母に父が勝てる見込みはまずない。その悔しさを息子にぶつけられても困るが、それで多少溜飲《りゅういん》が下がるならと、相手をしている。

だとしても、父のアゲハマがどんどん増えていく。草介の黒石が取られっぱなしなのだ。すっかり、白石に囲まれている。囲碁は、自らの陣地を盤上に広げていく遊戯ではあるが、いにしえの武将たちに好まれたらしい。草介が、武将であったなら、あっという間に陣は壊滅、水上家滅亡である。

「草介、どうだ。嫁取りは」

父が、にっと笑って、ぱちりと石を鳴らして置いた。ああ、またやられた。

「私には、まだその気がありません」

私を気に入ったというふたりの女子《おなご》がいたらしいが、母は断りを入れてくれただろうか、それがいささか心配ではある。

ふうん、と父が胡坐《あぐら》を組んだ脚に肘を載せて、盤上を睨《にら》む。

「好いた女子でもおるのか？」

ぎくり、と草介は身を硬くした。

「よし、決まりだな」

「き、決まりって、私はなにもいってはおりませんよ。好いた女子など——」

んーっ、と父が顔を上げ、草介を不思議そうに眺める。

「おまえの負けだといっておる」

そんなことかと、草介はようやく気づいた。余計なことをいわずによかった。ものの見事に盤上は白石の勝利だ。草介が石を置くことも叶《かな》わず、地を数える必要もない。投了だ。

「参りました」

草介は父に向けて、頭を下げる。

三右衛門は重々しく頷《うなず》くと、嬉《うれ》しそうに目尻を垂らした。

「おお、近づいてくるぞ。いい香りだ」

「お待たせいたしました」

障子がするりと開いて、母が膳を持ち、座敷に入ってきた。

後ろには、下僕がおひつを抱えている。

「おや、勝負もついたご様子。良い頃合いでございました」

碁盤の石を碁笥《ごけ》に入れる草介と、ご機嫌な三右衛門をちらと見つつ、佐久は笑みを浮かべ、「さ、こちらへ」と膳を置く。

その途端に草介の腹の虫が鳴った。

「膳を置いただけだというのに、はしたない」

「いえ、母上の栗《くり》ご飯を心待ちにしておりましたものでございますから」

草介がいうと、

「わしとの対局は時間潰しか、ふん」

三右衛門は拗《す》ねるようにいう。

母は、そんな三右衛門を無視して、飯茶碗《めしぢゃわん》に栗飯をよそいながら、

「草介、もし、おまえが母の栗飯を食べたいと思うても、母があの世へいけば食べられ

なくなるのです。そんな世辞をいう前に、早《はよ》う妻《めと》を娶りなされませ。この味を教えてから、わたくしは浄土へ旅立ちますゆえ」

むむむ、と草介は唸《うな》った。

今は、なにをいっても母は嫁取りに結びつけたがる。

「そうだそうだ。ああ、わしも、嫁御と佐久が仲良く台所に立つ姿が見たい」

父までが調子に乗る。

なんという夫婦であろうと思ったが、草介の実の親である。

一刻も早く実家を立ち去りたいと、草介は尻の辺りがむずむずしている。しかし、栗飯は食べたい。このせめぎ合いに、悶絶《もんぜつ》しそうだった。だいたい、「栗飯を炊く」と三右衛門から御薬園《おやくえん》に届いた短い文にのこのこやってきた己も己だと、呆《あき》れている。

「おお、さすがは佐久の炊いた栗飯だ。二十年以上食うても飽きがこぬ」

三右衛門は早速一口栗飯を含んで、目蓋《まぶた》を閉じ、その味を噛《か》み締める。まるで桃源郷にでも迷いこんだような至福の表情だ。

ほわほわと湯気を上げる飯茶碗を受け取った草介は、まず、鼻から香りを吸い込む。この香ばしさ、黄金《こがね》のごとく輝きを放つ栗の実が飯の間に見え隠れしている。実が多くてもいけない、飯が多くても興ざめだ。佐久の栗飯は、塩、醤油《しょうゆ》、そして栗の実ともち米の量がぴたりとはまっている。

膳の上は、香の物とすまし汁。いやいや、これだけで十分だ。

草介は栗と米を口に入れた。

栗のほっくりとした食感、米の粘り。舌の上で栗と米が躍る。草介はまたたく間に一膳を食べ終えた。

「あらあら、草介。そのように急がなくともまだたっぷりとありますよ」

栗の実は、気を増し、胃の腑《ふ》や腸の具合を整え、健康増進に役立つ。これからさらに寒い季節を迎えるにあたり風邪予防に食しておくとよい木の実だ。

そういえば、と佐久が、草介に二膳目を差し出しながらいった。

「先日、母が芝《しば》の縁戚の弔いの手伝いに参りましたおり、なんとも勇ましい若者に出会ったこと、お話ししましたか？」

いいえ、伺っておりませんと、草介が首を横に振りながら、飯茶碗を手にした。母の話より、栗飯に集中したかった。

佐久は、そのときのことを思い出したのか、夫である三右衛門がいることも忘れ、眼をうっとりとさせた。

「それはそれは、りりしい殿御でしてね」

はあ、と草介は、栗飯を頬張りながら、母の話に曖昧《あいまい》に相槌《あいづち》を打つ。

「母が、縁戚の下男を連れて、芝の通りへ使いに出たときでございました」

ちょうど駕籠《かご》が一挺《いっちょう》、通りかかった。駕籠かきも、客が少なかったのか、荷を背負って杖《つえ》をついた腰の曲がった年寄りの横に止まり、「よう、婆《ばあ》さん、どこまで行くんでえ」と声を掛けた。老女は、首を振って歩き出す。

「そんなよぉ、よたよたしてたら、危ねぇぜ。その荷も重そうだ。悪《わり》ぃこたぁいわねぇから、乗ってきなよ」

先棒担ぎの者が、しつこくいう。声は優しげだが、無理強《じ》いしているのは明白だ。老女が断っても、駕籠かきは譲らない。どこへ行くのか、駕籠の方が楽だ、とさらにしつこく迫り、とうとう、老女の手を引いた。

あっという間もなかった。老女の手から杖が転がり、荷の重さで地面に膝をついた。駕籠かきは、「ほらいったこっちゃねえ。荷ごと乗せてやらあ」と、げらげら笑う。

「あまりに無礼な駕籠かきなので、一言いおうと思ったところに」

茶屋で喉を潤していた供連れの武家が、その様子を見て、すっくと立ち上がり、駕籠かきの前に立ちはだかった。

「痩身《そうしん》で、背丈も、さほどではなく、まだ前髪立ちの少年のようでありながら、両刀をお腰に差し」

佐久は、少しばかり興奮して続ける。芝居の筋でも語っているような口ぶりだ。

「無体《むたい》な真似をする駕籠かきども」

と若い甲高《かんだか》い声で一喝すると、手挟《たばさ》んでいた木刀袋のまま、先棒担ぎの男のみぞおちを突いた。軽く突いたように見えたが、男は眼の玉を引ん剝《む》いて、腹の辺りを手で押さえ、膝から崩れ落ちた。

「兄弟《きようで》ぇに、なにしやがる」

後棒担ぎの男が、飛びかかってくると、武家はすっと身を引く。

男がたたらを踏んで転げそうになったその背へ、武家は「えい」と、木刀を落とした。

「その体さばきの見事なこと。まるで、水の流れのようにしなやかでございました。決して力一杯振り下ろしたわけではありませんのに、背で木刀を受けた男は、ぐえっと妙な声を出して、地面に突っ伏してしまい、それがまるで蛙《かわず》のようで」

佐久は、袖口を口元に当て、うふふ、おほほと笑い転げる。

「して、武家は、その後どうしたのですか？」

草介は、話に夢中な母から、おひつを引き寄せ自分で三膳目をよそいつつ、訊《たず》ねた。

「その老女を抱え起こすと、供の者に、家まで送るように命じ、駕籠かきたちへは、このような所業を二度とするでないといいながら、医者代にでも、酒代《さかしろ》にでもしなさい」

と、一分銀を投げたという。駕籠かきは、それを拾い逃げるように去った。

「なんとも清々《すがすが》しい若侍でございました」

「はあ」

情けないが、とても草介には真似できない。

「で、その者の面体《めんてい》はどうであったのだ」

三右衛門は、不服そうにいった。父も初めて聞く話らしい。我が妻が、どこぞの武家を褒めちぎるのが不満だったのだろう。じつは父も剣術は苦手だ。

「笠《かさ》を着けておられましたので、残念ながら、お顔を拝見することは叶いませんでした」

「ははは、どうせ無骨な、げじげじ眉を持ったような者だったのだろう」

意外や、父も粘っこいと草介は思ったが、いいえ、と母も負けていなかった。

「きっと、錦絵から抜け出たようなお方ではないかとわたくし、思うております。野次馬の歓声に、照れ隠しなのか笠の縁をお下げになられ、去って行かれるその背が。うふふ」

ほんにかわいいと佐久がいった刹那《せつな》、ぽんと、手を叩《たた》き、腰を浮かせた。

「そうそう、若衆髷《わかしゆまげ》のようでしたが、元結で結い上げ、艶めく黒髪を垂らされておりました」

ぼふっと、草介と三右衛門は、口から栗飯を噴き出した。

「まあ、父子《おやこ》して汚い」

眉根を寄せる佐久に、「すみません」と、草介は頭を下げつつ、膳の上に飛ばした栗と飯を指で拾い上げ、口に入れた。見ると、眼前の三右衛門も同じことをしている。眼があった瞬間、互いに、これは黙して語らずという協定が結ばれた気がした。

「ああした方が、草介の傍《そば》にいてくだされば、安心して、紀州《きしゅう》へ送り出せるのですけれど」

佐久がため息を吐《つ》きつつ、草介を見た。

二

千歳《ちとせ》だ――。母が芝で出会ったのは、千歳以外に考えられない。

痩身で背丈もさほどではない。若く甲高い声――なにより揺れる黒髪。

千歳であれば、無体をする者たちに立ち向かって行くのは当然だ。

母の佐久は、女子とは気づいていないようだ。草介が紀州へ旅立つ二年後に医学館までの用心棒と考えているのかもしれない。

むむ、と唸りつつ草介は、懐に収めた栗飯の握り飯の温かさを感じながら、御薬園の同心長屋へと戻ってきた。

佐久が出会った若い侍が女子で、しかも、御薬園預かりの芥川《あくたがわ》小野寺《おのじ》の娘だと知れば、仰天するに違いない。父も元は御薬園同心だ。千歳のことは知っている。

芥川はいまだに草介の実家に立ち寄ることがあると、父の三右衛門がいっていた。芥川が、「まだ男の格好で剣術道場に通っている」と、三右衛門に嘆いていても、佐久には話さなかったと考えられる。それでも、まさか父子で飛ばした飯粒を拾い食いするとは思わなかった。

若かりし頃、佐久を取り合った男同士。妙な友情があるのかもしれない。

夕暮れ近くなると、途端に冷え込む。冬はもうそこまで来ている。草介は、長屋に入るや、手焙《てあぶ》りの火を熾《おこ》し、綿入れを羽織った。

「ああした方が、傍にいてくだされば」

母の言葉が甦《よみがえ》る。

千歳の顔がぼんやり浮かぶ。胸のあたりがじんわりと温かいのに、重苦しい。はあ、と草介が息を吐いたとき、ああ、懐の栗飯のせいかと、のそのそ取り出した。

ひと心地ついてから、そういえば、染物屋の弥八《やはち》さんは、どうしただろうと思った。そろそろ、御薬園を訪ねてきてもいい頃だ。

弥八は染師だ。小さいながらも下谷《したや》で染物屋を営んでいる。

江戸では、染物屋といえば、町の名にもなっている紺屋《こんや》が有名だ。とくに、神田《かんだ》には藍玉を使う紺屋が多く集まっていて、紺屋町と呼ばれ、藍染川《あいぞめがわ》で晒《さら》された布を、屋根より高く干している光景が見られる。風に吹かれるその様《さま》は、なんとも美しい。

だが、染物屋は色によって店が異なる。紅花《べにばな》や茜《あかね》で染める紅屋、紫根《しこん》や蘇芳《すおう》を用いる紫屋、茶色から金茶や黒色までの色を出す、茶染屋があった。

弥八は、茶染師だ。女房と奉公人の小僧、それと通いの職人二人とで、店を切り回している。

染物の染料は、ほとんど草木である。

ただし、染料が同じでも、絹や木綿、麻など布の素材によって、色が変わる。それは、絹が蚕の繭からできる糸で、木綿は綿花、麻は麻の繊維でできた糸の違いなのだと、弥八が教えてくれた。生き物から取った糸と、植物からできた糸の差なのだそうだ。

茶染には、楊梅《やまもも》の樹皮を染料に使っている。しかし、染料だけでは、布に色が定着しないため、仲立ちが必要になるといった。灰、鉄漿《かね》や、大豆の搾り汁や明礬《みようばん》などを用いる。

使う仲立ちによって、色もさまざまなものになるらしい。明礬を用いれば、黄色や金茶、鉄漿では黒色に近くなるという具合だ。ただ、その配分は店によって異なり、秘伝なのだといった。

弥八の話は、興味深く、草介はただただ聞き入った。やはり植物はたいしたものだ。人の暮らしを、身の内側から外側まで支えてくれている。草介は、己の茶袴《ちやばかま》を見て納得する。

弥八と出会ったのは、一年半ほど前だ。

その日、草介が御薬園で精製した生薬《しょうやく》を小石川《こいしかわ》養生所《ようじょうしょ》に届けに行ったときだった。店の奉公人の母親が、入所していたのを、弥八が見舞いに訪れていたのだ。

初夏の陽射しが心地よく、御薬園の花々が咲き乱れていた頃だった。

養生所は、東の御薬園側の仕切り道沿いにある。

御薬園は、幕府の若年寄支配だが、養生所は町奉行所の管轄である。そのため、養生所には、奉行所から派遣された小石川養生所与力と同心が詰めている。

ところが、近頃になって、小人目付《こびとめつけ》の新林《しんばやし》鶴之輔《つるのすけ》やら、その上役である目付の鳥居《とりい》耀蔵《ようぞう》が眼を光らせていて、どうにもやりにくい。わけは知らぬが、養生所が、漢方、蘭《らん》方《ぽう》の垣根を越えて施療にあたっているのが気に食わないらしい。それも、鳥居耀蔵が、高《たか》野《の》長英《ちょうえい》と高野が会員となっている尚歯《しょうし》会《かい》に私怨《しえん》を抱いているからとの噂《うわさ》もある。

しかしながら、草介と高野長英の繋《つな》がりなど、糸のように細いものでしかない。

草介が、高野と会ったのは一度きりだ。

むしろ、養生所の蘭方医である河島仙寿《かわしませんじゅ》のほうが、高野との繋がりは深い。同じ頃、長崎で蘭学を学んでいたのだ。河島にしてみれば、

「とても声をかけられるお方ではなかった」

と、いうくらいの先輩だったらしいが。

御薬園を再び高野が訪ねて来るなど、よくよく考えれば、ないに等しいのだが、鳥居はそうは思っていないという話だった。

ともあれ、弥八とは、そうした小人目付も目付も御薬園にはおらず、草介も伸び伸びと、草木を栽培していた時に知り合った。

ほどなく、奉公人の母親も快復して、退所したが、その後も弥八は、養生所ではなく、草介の元を訪ねて来るようになっていた。

やはり植物を扱うことで、馬があったのだろう。この葉は染料になるかだの、あの葉は染料にならず失敗しただの、そんなことで笑いあったりしていた。

いつだったか、弥八がこぼしたことがあった。御役屋敷の濡れ縁に、ふたり座って、草介が淹《い》れた枇杷《びわ》茶を飲んでいた時だ。

「あっしらには、まだ子がなくてね」

はあ、と草介は応えるしかなかった。草介自身が独り身であるから、考えたこともなければ、そうした思いに至ったこともない。

もっとも、今は母の佐久が、やれ嫁だ、やれ孫だと口うるさいので、そういうものかと考えているが、そのときの弥八の思いなど、身に置き換えるような気遣いはできなかった。

「夫婦になってもう十年経つんでさ」

弥八は三十三、女房のおえんは二十八。

互いに子を望んでいた。子授けのご利益があると聞けば、どこへでも飛んでいった。待乳山《まっちやま》の聖天宮《しょうでんぐう》にも、芝赤羽《あかばね》の久留米《くるめ》藩上屋敷内の水天宮《すいてんぐう》にも、赤坂《あかさか》にある西大平《にしおおひら》藩の豊川稲荷《とよかわいなり》神社にも詣でた。仕事を休み、子宝の湯に浸《つ》かってきたこともあるという。

それでも、子はできず、あっという間に十年が経っていた。

ときどき、子だくさんの家の者を見ると、おえんは、うらやましそうに、ひとりくらいうちに回してくれたっていいのに、とお天道《てんと》さまを恨むように呟《つぶや》くという。

草介は弥八の話に耳を傾けながら、ぽりぽりと額を掻《か》く。

子は授かり物。欲しいからといって手に入るものではないと思っている。

植物とて同じだからだ。花を咲かせてくれ、実を結んでくれと願ったところで、人がどうこうできるものではない。あるとき、不意に花が咲き、実を結ぶこともある。

「草木もそれぞれに時期というものがありますからね。桃栗三年柿八年じゃないですが」

「相変わらず、のんきな物言いで。けど、水上さまと話していると、なんでしょうね、こっちがほっとしますよ」

所帯を持った頃は、「仲が良すぎるんだ」と、からかわれていたが、十年も経つと誰もいわなくなった。代わりに、弥八に子種がないとか、おえんが石女《うまずめ》だとか、口さがない者たちは陰口を叩《たた》いているらしい。

「子ができないのは、きっと身体《からだ》の弱いあたしのせいだ。だから別れておくれ」

おえんはときどき涙を流す。そのたびに、馬鹿をいうな、と弥八はなだめるという。

「共白髪じゃねえですけど、うちは爪ん中が共茶色ってね、そういってやるんでさ」

弥八も、子は欲しかった。小さい店でも、跡継ぎがいると思えば、もっと仕事に精が出るかもしれない。おえんにも、苦労をさせずにすむ気がしていた。けれど、いまはそうではないと、草介にいった。

奉公人がいっぱしに育ったら、店を譲ってやってもいいと思うまでになったのだというう。

「もうおえんも二十八だ。子を産むのも、大ぇ変《て》になってきまさぁ。染めの仕事は、冷てぇ水を使うし、力も使う。女にゃ厳しい。足も手も腰も冷える。けど、おえんは、あまり丈夫じゃねえのに、あっしの手助けを懸命にしてくれまさ。けどね、どうも、おえんも三十路《みそじ》を迎えたら、すっぱり子は諦めると思っているようでして」

弥八は、湯呑《ゆの》みを静かに口に運ぶ。

「だから、うちでしか出せねえ色ってのがありゃあなと、あっしは考えました。ほら、役者の菊之丞《きくのじょう》の路考茶《ろこうちゃ》じゃねえが、おえんとふたり、うちの店の色ってのが出せたら、それはあっしたちの子も同然だ。この頃、おえんも納得してくれるようになりやして」

弥八は、目尻に皺《しわ》を寄せて笑った。

草介は、弥八の話を聞きながら、鼻の奥をつんとさせていた。

互いを想い合い、前向きに生きようとする夫婦をうらやましく思った。

夫婦といえど、もとは他人だ。相手の本当の気持ちなど、底を探ってもわかりはしない。むしろ探らずにいるほうがいいともいえる。

けれど、想いが届かない相手には、どうしたらよいのだろうと、ふと考えた。

草木のように、風で揺れながら、葉を寄せ合うことができればよいのにと思う。

葉、かと、草介は考えこみ、不意に閃《ひらめ》いた。弥八へ真剣な顔を向ける。

「栗ですよ、栗。使ってみたらどうですか？」

弥八が眼を見開いた。

「栗なんざ、使ったことがねえけど、そいつは染料になるんですかね」

「それは、わかりません。でも、栗の葉は、干すと茶色になる。栗の実を守るイガも煮出すと茶色の液になります」

そりゃ、葉っぱは枯れりゃ茶色になりますよ、と弥八が苦笑した。

「やっぱり、水上さまは面白《おもしれ》ぇなぁ」

「私は至極真面目にいっているんですよ」

草介は不満げな声を出した。

「そもそも栗はですね」

　実は古くから食されており、健康にもよく、葉を乾燥させたものは栗葉《りつよう》といい、イガを天日干しにしたものは栗毛毬《りつもうきゅう》。樹皮も日干しにして用いる。かぶれなどの皮膚炎、煎じれば下痢止めなどの収斂《しゅうれん》作用がある。

「栗がいいってことはわかりましたが、なぜ、茶色の染料になるというんです？」

　そこなんですよねぇ、と草介は唸った。

「これは、私が思っていることですが、今、弥八さんは楊梅の樹皮を用いているんでしょう？　楊梅の樹皮は、楊梅皮《ようばいひ》というのですけど、それも皮膚炎や下痢止めに効果があるのです。となると、栗と楊梅は同じ成分が含まれているのではないかな、と考えたのですよ」

　へぇ、なるほど、と弥八が膝を打つ。

「幸い御薬園には、昨年の栗葉も栗毛毬もありますから、内緒でお分けしますよ」

「そんな真似をしたら――ここは上《うえ》さまの薬園でしょうが。栗の葉なんざ、てめえで集めまさ」

　弥八が辺りを見回し青い顔をした。

「上さまは、栗の葉や実の数まで数えていませんよ」

「そいつは、そうですがねぇ」

まだ、弥八は心配そうに草介を見た。

「この枇杷茶も御薬園の枇杷の木ですから。弥八さん、飲んじゃいましたよ。栗葉のことは私が上役に掛け合っておきますので、ご安心ください」

草介のその言葉で、ようやく弥八はほっとして、栗の葉を持っていった。

三

それから三月あまり経ったとき、弥八がやってきた。乾薬場《かんやくば》の石畳が前日の雨のせいでまだ湿っており、草介は、御役屋敷内の薬種所《やくしゆじよ》で、蒸される薬草の匂いの中、荒子《あらしこ》とともに薬研《やげん》を挽《ひ》いていた。

園丁《えんてい》が呼びに来たので、表に出ると、笠《かさ》を取った弥八が頭を下げた。

草介は、いつものように御役屋敷の濡れ縁に誘う。

千歳が、乾薬場の横で泥濘《でいねい》にも構わず木刀を振るっていた。

弥八はそれが気になっているのか、草介と千歳を交互に見ていた。

「千歳さまですか。弥八さんがいらっしゃる時、いつも道場に行ってらっしゃったのでしょう。御薬園預かりの芥川さまのご息女です」

弥八は、口をぱかんと開けた。

と、千歳が弥八を見て、素振りをやめ、すたすたと歩いてきた。

「あなたが、弥八さんですか」

へ、へえ、と弥八が濡れ縁から下り、平伏しようとするのを、千歳は制した。

「膝が泥で汚れます。挨拶はそのままで結構。草介、いえ水上どのから伺っております。ご夫婦で新しい色を栗の葉で工夫なさっているとか。珍しい色ができるとよろしいですね」

弥八は、もったいねえお言葉、ありがとう存じます、と頭が地面につくほど腰を折った。

「わたくしも楽しみにしておりますゆえ」

へへえ、と弥八は頭を下げたまま応えた。

千歳は、草介に「気にせず栗の葉を分けてあげてください」というと、再び、乾薬場の横に戻り、素振りを始めた。

「優しい方なんですけど、気も強いんです」

草介が弥八に耳打ちすると、

「なにか、おっしゃいましたか」

千歳の鋭い声が飛んできた。

草介と弥八は、ぶるっと身を震わせる。

「えーと、そうだ。お茶をお持ちしますね」

草介は一旦、長屋に戻り、茶の支度をして戻ってくると、弥八は、濡れ縁に腰掛けながら、もじもじしていた。いつもと様子が違っている。

「カリン茶です。喉にいいですよ」

弥八は遠慮がちに一口すると、すぐ湯呑みを置いた。

「どうかなさいましたか？　栗の葉ではやはり駄目でしたか？」

弥八は首を横に振ると俯《うつむ》き、ぼそぼそいった。

「なんでしょうねぇ、おえんとふたり開き直っちまったからでしょうかねぇ」

「はあ」

弥八は、腿《もも》の上に置いた両の手を行ったり来たりさせ、さらに小さな声でいった。

「できちまったんですよ」

「できたって、変わった茶色ですか。それはすごい。どのような色なんですか」

弥八が、えっと、草介をまじまじ見る。

「わっかんねえんですか？　あっしの様子で、わかりませんかね？」

弥八は、幾分呆れた調子でいっているが、どこか嬉しいような、歯がゆいような、照れくさいような、そんな顔をしている。

草介はもともと人より一拍二拍反応が鈍い。むむむと、唸って額をぽりぽり掻いた。

「色ではない物ができたということですよねぇ。ならば、なんでしょう」

ああ、じれってぇ、と弥八が堪《たま》らず大声を出した。

「やや子ですよ、やや子！」

えっと、草介は眼をしばたたく。

千歳の木刀も上段で止まった。

「赤子が。おえんさんに？」

叫んだ草介の元に駆け寄ってきた千歳が、眉をきりりとさせて、顔を寄せてきた。

「ご妻女の他に誰がいるというのです！」

あああ、そうでしたと、草介は身を後ろに引く。

「ご妻女ってもんじゃねえですが。まったく水上さまには参りますよ。栗の葉を勧めてくれた時にゃすげぇ方だと思ったもんですが」

あははは、と草介は笑ってごまかしつつ、残ったカリン茶を流し込んだ。

「でも、ようございました。新しい命が宿るのはおめでたいことです」

千歳がいうと、弥八は恐縮しつつも、

「へえ。おえんはあんまり身体が強《つえ》ぇほうじゃねえし、歳もいってる。代わってやりてえくらいですが、これぱっかしは、そうもいかねえ。ともかく、男でも女でも、丈夫な子さえ産んでくれりゃ、あっしはもう」

それで満足で、と鼻の頭をこすり上げた。

「祝い酒とはいきませんが、どうです、もう一杯、カリン茶でも」

「いただきまさ」

弥八が手にした湯呑みに、草介は土瓶の茶を注いだ。


それから、弥八はほとんど顔を出さなくなった。顔を見せても、栗の葉を持ってすぐに帰る。おえんが身重になったので、働き手も減って、職人ふたりと小僧とてんてこ舞いしているのだろう。

そういえば、おえんの産月《うみづき》も近づいている頃だ。それで、今年の栗の葉を取りに来ないのかもしれないと、考えているうちに、眠気が襲ってきた。

実家で栗飯をたらふく食べ、身体も温まってきたせいだろう。

これでは、まるで幼子と同じだなぁと、詮《せん》無いことを思いつつ、草介は、まだ夕刻にもかかわらず、早々と夜具を敷いた。

すると、戸を激しく叩く音がした。

夜具に転がっていた草介は、眠い眼をこすりながら、

「心張り棒《しんばりぼう》はかってませんので、どうぞ」

と、戸口に向かって声を掛けた。

戸が勢いよく開けられ、入って来たのは、養生所の医師、河島仙寿だった。

河島は、すでに夜具が敷き延べられているのを見るや、呆れた顔をした。

「何刻《なんどき》だと思っているのですか。まだ、暮六ツ（午後六時頃）の鐘も聞こえんというのに」

「ああ、申し訳ない。実家で腹がくちくなるほど栗飯を食べて帰り、手焙りで暖まっているうち目蓋が急に重くなってきまして」

「まるで童のようですな」

草介はむっと口を尖《とが》らせた。たしかにそうではあるが、人にいわれたくはない。

「ま、そんなことはどうでもいい」

河島はちょっと、突《つ》っ慳貪《けんどん》にいうと、履物を脱いで、座敷に上がり込んできた。

「染師の弥八さんが来ました」

「あ、今日、お見えになったのですか？」

草介が応えると、河島は頷いた。

「じゃあ、栗の葉は、園丁の誰かが弥八さんに手渡したのですね」

河島が首を横に振る。

どこか煮え切らない様子の河島を、探るように、草介は訊ねた。

「弥八さんになにかあったのですか？」

河島が深刻な表情を見せた。

「弥八さんではありません。女房のおえんさんのほうです」

「おえんさんは、いま身重だったはずじゃ」

草介の眠気がちょっとだけ覚めた。

「おえんさんがどうしたというのです?」

「弥八さんとふたりで、ここへ来る途中、産気づいたんです」

えっと、草介は眼を剝いた。

「産気づいた? じゃあ、いま養生所に」

「そうです。ですが」

「ですがって、どうかしたのですか?」

草介は思わず腰を上げた。

「私は産科医ではありませんが、非常に難産であることはわかります。看病人に産婆を呼びに行かせました」

「弥八さんは、おえんさんの身体を気遣って、仕事もさせなかったはずですよ。精のつくものを食べさせ――」

「水草さま、落ち着いてください」

河島が静かにいった。

「逆子なんです」

# 四

そんな、と草介は力が抜けるように座り込んだ。通常、赤子は頭から産道を抜けてくる。逆子というのは逆に、腹の中で赤子が頭を上にしていることで、足が曲がっていたり、時には肩などが産道口に向いていることもある。

「難産って。どれほどのものですか。弥八さん夫婦にとって待ちに待った赤子なんです」

水草さま、と河島が厳しい声で言った。

「待ちに待った赤子であろうが、産気づいても赤子がうまく出せなければ、母体も弱っていく。場合によっては、母親も赤子も命を落とすことになりかねない。おわかりでしょう」

しかし、と草介は歯を食いしばり、首を横に振り続けた。なんとかして、おえんも、これから生まれてくる赤子も救う手立てはないものですか、このまま手をこまぬいて、おえんだけに任せるのですか、それでも医者ですか、と草介は河島の襟元を摑《つか》んだ。

河島が辛《つら》そうに顔をそむけた。

「私だって悔しいのですよ。おえんさんの苦しむ姿を、ただ見ているだけの私は、何者なのだと責めることしかできない。本道の医師たちも皆、見守るだけだ」

「弥八さんは」

「おえんさんの傍で、懸命に励ましています。ですが、いきむ力が足りないようで」

草介にも何もできない。赤子ができたことを報《しら》せに来てくれた時の弥八を思い出す。照れくさそうに、でも、心の底から嬉しそうだった。

「ならば、岩（癌《がん》）の摘出に使う通仙散《つうせんさん》を用いることはできませんか」

「無理です。全身を麻痺《まひ》させる薬です。赤子が耐えられない。よしんば赤子を取り上げるとしても、なにをせねばならないか」

あっと、草介は押し黙る。

おえんは自力でいきむことができない。そうなれば、腹を切るしかないのだ。

「赤子は、どこで育っていますか？」

河島が質《ただ》してきた。

こんな時に、いつもの質問かと草介は一瞬、苛立《いらだ》ちを覚えたが、ああ、そうか。

「子宮ですね。それも切らねば赤子を取り出すことはできないわけですね」

河島はさらに深い息を吐いた。

赤子を取り出し、縫合できたとしても、母体が助かる見込みは少ないと、首を横に振った。草介は、珍しく気弱な河島に腹を立てた。

「なぜ、私のところに来たのです。なぜ私のところで弱音ばかり吐いているのですか」

今すぐ、養生所へお帰りください、と草介は立ち上がり、三和土《たたき》に下りて戸を開けた。

河島が、水草さまのおっしゃる通りですよ、と一言いって、懐から、何かを取り出した。

「弥八さんから頼まれたものです。これを水上さまに見ていただきたいと託された」

えっと、草介は河島の顔を見た。

手には、袱紗《ふくさ》ほどの布が握られていた。

受け取った草介は、それを眺めた。

不思議な色をしていた。

ただの銀鼠《ぎんねず》色とも違う。茶鼠《ちゃねず》色がかった銀とでもいうのだろうか。見る角度によって、銀色に輝き、茶の奥深い色にも見えた。

「これは、もしかして」

草介は己の声が震えているのがわかった。

「水草さまが、弥八さんに勧めた栗の葉で染めたものだそうです。やっと、自分たちの色ができた、その礼に、夫婦ふたりで来る途中だったのですよ」

ああ、と草介はその場に膝をついた。

礼など、いらぬのにと、草介は布を強く握りしめた。

「助けてあげてください。河島先生の医術で、おえんさんと赤子を、弥八さんを救ってあげてください。お願いします」

河島に向かって、三和土に頭を擦りつけた。

と、養生所の看病人が叫びながらやってきた。

「先生、産婆が着きました」

「わかった。水草さま、あなたも一緒に来てください。弥八さんの傍に」

草介は頷いた。


養生所の医療部屋には、弥八とおえん夫婦がいた。おえんは、息も絶え絶えに、歯を食いしばり、唸り声を上げていた。額の汗を女看病人が拭っている。

草介を見るなり、弥八が飛んでくる。

「すいやせん。おえんの奴が、どうしても水上さまにお会いして礼がいいてえって。朝から栗飯炊いて、御薬園までは大した道のりじゃねえからと、食べていただきてえと聞かなかったんでさ。そしたら、途中で腹が張って動けなくなっちまって」

洟《はな》と涙でぐしゃぐしゃになった顔で弥八は草介の腕を摑んだ。

「弥八さん。見せていただきましたよ、不思議ないい色ですね。でも、それは弥八さん夫婦の賜物《たまもの》だ。私は何もしておりませんよ。ともかく、おえんさんと赤子の無事を祈りましょう。私たちにできるのはそれくらいだ」

と、いきなり女の厳しい声がした。

「祈ってないで、お湯を沸かしてください」

見れば、おえんの足元に二十五、六の女子がいた。産婆といえば、年寄りばかりだと思っていたがそうではないらしい。目元のはっきりした、いささかきつい顔貌《がんぼう》をしている。

「その蘭方の先生は、女子の身体もおわかりですね」

河島が少々心配そうな顔をした。それを見てとったのか、

「わたくし、お妙《たえ》と申します。十六の時から、赤子を取り上げて参りました。お産はさまざまです。どう始まり、どう終えるか。何刻かかるか、誰にもわかりません」

ただ、わたくしたちはその手助けをするのみです、といい放った。

そこへ、新林鶴之輔が姿を見せた。

「その女。養生所の者ではないな。誰が、勝手に入れたのだ」

「私です。ここから一番近い、産婆を呼びにやりました」

河島がお妙の前に出る。

「奉行所の与力と同心の許可は得たのか」

「すでに奉行所に戻られております」

新林は河島の腕をとる。

「ここは上さまの養生所だ。そこの女も、身重の女も、入所の許しがなくば、施療はならぬ。帰れ。勝手な真似はさせぬ」

ご無体な、と弥八が新林の足元にすがる。

「おえんは、身体が丈夫じゃねえ、その上逆子なんだ。今動かしたら、死んじまう」

新林は弥八を見下ろし、笑みを浮かべた。

「死ぬ時は、死ぬ。それが人だ。諦めろ」

弥八が床に手をつき、身を震わせた。草介は弥八の背を抱き、新林を見据えた。

「ふざけるな、人の命をなんだと思っている」

河島が怒りながら、新林の腕を振り払う。

そのとき、

「わたくしが許可いたします」

千歳が澄んだ声でいい放った。

「御薬園預かりの芥川家のご息女。ここは、町奉行所支配。御薬園の管轄外」

ふっと千歳が笑う。

「それでは、小人目付さまとて、支配違いではございませんか。養生所と御薬園は人々を傷病から救う役目を担っております。上さまのお慈悲をもって作られた施療所だということを、お忘れめさるな」

千歳がぎゅっと新林を睨みつける。ちょっと怖いと、草介は思った。

新林は、小さく舌打ちした。

「もういい加減にしてください。支配がどうとか、許可がどうとか、今眼の前で何が起きているかをまず知りなさい」

お妙が呻《うめ》くおえんを指し示した。

千歳は、お妙に「頼みます」と一礼した。

「さあ、おえんさん頑張りましょう」

お妙は、おえんに声をかけると、この方に座位でのお産は苦しいだけです、仰向《あおむ》けに寝かせてあげてください、それから、力を出せるように、梁《はり》から縄をかけて、しっかり結んでと、てきぱき指示を出す。

「先生はお残りになり、余計な人たちはとっとと出て行きなさい」

河島はぎゅっと手拭いを締め直した。

「このすべて、奉行所に報告しておくぞ」

「勝手になされませ」

千歳の言葉に、新林が背を向けた。

「草介どの、あとはお願いします」

千歳はそれだけいうと、医療部屋を離れた。

養生所に入所中の者皆が、おえんの心配をしていた。さらしの用意をし、草介と弥八が湯を沸かし、盥《たらい》に入れて運んでいると、

「いいかえ、いつ生まれてもいいように湯を沸かしておくんだよ」

足の骨を折った婆さんに怒鳴られた。

医療部屋の戸の向こうからおえんの声がかすかに聞こえるたび、弥八は手を合わせた。ただただ、時だけが過ぎていく。もう何刻であるのかもわからない。女看病人が、灯りを持って、医療部屋へと入る。

大丈夫よ、いい子ね。そのまま出てくるのよ。おっ母《か》さんのところへおいでなさい。お父《と》っつぁんも待ってるのよ、と先ほどとは打って変わって優しいお妙の声がした。

「産気づいてから、ずいぶん経《た》つ。おえんはもういきめるほどの力もねえはずだ」

弥八ががたがた身を震わせる。草介は弥八の肩を強く摑んだ。

「産婆のお妙さんと河島先生を信じてください。父親になろうって方がそんな弱音を吐いてどうするんです」

へい、と弥八は頷いた。

「あんなにいい色が出せたんじゃありませんか。その自信を持ってください」

「けどよ、水上さま」

「待ちましょう。ひとつの命が生まれ落ちる瞬間に我々は立ち会っているのですから。私もね、耕して耕して、肥えた土に種を蒔《ま》き、その芽が出てきた時ほど嬉しいことはありません。この芽を大切に育てて、大きくしてやろうと、さらに意欲が湧くんです」

弥八が泣き笑いした。

「水上さまは、なんでも草木に喩《たと》えちまうんだな。やっぱりおかしなお方だ」

廊下では冷えますすと、女看病人が、夜具と手焙りを置いていってくれた。

弥八は、そうだ忘れてたと、斜めがけにしていた荷を下ろした。

竹の皮に包まれた、栗飯の握り飯だ。

草介は、ありがたいと、ひとつ取って、おえんのいる医療部屋に軽く会釈をして頬張った。もち米が多く、母の佐久のものよりもねっとりしていたが、これも美味《うま》かった。

「男ってのは、しょうがねえですね。てめえの女房が赤子を産むのに命かけてんのに、こうしててめえの腹を満たしてる」

弥八は、肩を揺らした。

「そうですね。私たちも産んでもらったんですよねぇ。感謝しなくちゃいけませんね」

弥八は、再び手を合わせた。頼む頼む、無事でいてくれと、小さく呟いていた。

夜が更け、さらに寒さが身にこたえる。

草介は、はっとして顔を上げた。

夜具にくるまっているうちわずかに眠ってしまったようだ。弥八も隣で舟を漕《こ》いでいる。

灯りの油はとうに切れていたが、もうあたりは薄明るい。一番鶏《どり》の鳴き声が響き渡った時、赤子の産声も聞こえた。

五

「水上さま、う、生まれた。生まれた」

「よかったですね、弥八さん」

「ああ、産湯だ、産湯」

弥八が夜具を放り投げ、台所にすっ飛んで行こうとした時、戸が開かれた。すでに、女看病人が湯の用意をしていたようだ。

「まったく、男ふたりが廊下でうたた寝をしているなんて情けない」

と、お妙がピシャリといったが、すぐに弥八に笑顔を向けた。

「男の子ですよ」

草介も医療部屋へと足を踏み入れた。

赤子は真っ赤な顔で産湯を使っていた。

「こいつが、あっしの子か。見てくだせえよ、水上さまぁ。本当に赤子は顔が赤《あけ》え」

草介は、弥八と同じことを思っていた。

「さ、おえんさんをねぎらってあげなさい。よく頑張りましたよ」

お妙が弥八をおえんの元へ促した。

おえんが静かに笑いかける。弥八はおえんの枕辺《まくらべ》に座り、その手を強く握って、

「ありがとよ、ありがとよ」

と、感謝の言葉を繰り返した。

河島も安堵《あんど》して、座り込んでいた。

「先生、ご苦労さまでした」

「苦労したのは、おえんさんとお妙さんです。赤子も頑張ってくれました」

私が腹を圧迫したりしましたが、逆子でも、臀部《でんぶ》が産道口に向いていたのが幸いでしたよと、ようやく笑顔を見せた。が、そのとき、弥八の切迫した声が響いた。

「おい、おえん。どうした。おい、おえん」

お妙がすぐにおえんの手首を取る。

「河島先生。おえんさんの脈が」

ありません、と声を震わせた。

　草介もおえんに眼を向けた。

「どうした、おえん。今、おまえの赤子が生まれたばかりだぞ」

河島は憤るかのように、おえんへ近寄り、その首元に指を当てた。

河島が、「くそっ」と吐き出す。

「おえんは、どうしたんですかい？　死んじまったんじゃねえでしょうね。赤子と命を引き換えにしたってんですかい」

　弥八が河島の肩を揺さぶる。

「おたおたするな」

河島は、おえんの頭を後ろに反らし、口を開けさせると、自らの口で塞《ふさ》いだ。

お妙が呆然《ぼうぜん》とした顔で河島を見つめる。

河島は自らの息をおえんに吹き込み、襟を広げ、心の臓を圧《お》し始めた。

周りは、河島のすることを、ただ眺めていることしかできなかった。

「おまえの赤子が乳を欲しがっているぞ。逝《い》くな、戻れ、おえん！」

河島はそう叫びながら、再び息を吹き込み、心の臓を圧す。

その場にいた誰もが祈っていた。なにもできない歯がゆさを感じながら草介は、河島の姿を見つめた。

幾度繰り返しただろう。

おえんが、こふっと小さく息を吐いた。お妙がおえんの手首を取り、眼を潤ませた。

「先生、脈が！　戻っています」

弥八が、堪らず、わっと泣き伏した。

皆が喜びに浸っている中、河島と草介は、医療部屋を出た。

「おえんさんはだいぶ身体が弱っている。少し面倒を見なければならないな」

「でも無事におふたりが助かってよかった」

草介は、大声で泣く弥八の顔を思い出して、目頭が熱くなった。

廊下を歩きながら、河島はいった。

「以前、読んだ西洋の医学書にあったのを思い出したんです。息を吹き返すかどうかは、わかりませんでしたが」

「ほう」

新林の声が背後からした。

「入所者が騒いでおったが、死人《しびと》を蘇《よみがえ》らせたというのはまことだったのか」

振り返った河島を嫌な眼つきで見つめた。

「それがどうかいたしましたか。死の淵《ふち》を彷徨《さまよ》っていたおえんは死人とはいえませぬ」

「ご禁制のキリシタンの妖術でも施したのであろう。少々吟味が必要だな」

と、新林が、にやにや笑った。

「新林さま、何をいっているんです。先生は」

新林は、有無をいわさず河島の腕を摑み、絞りあげた。

なんてことだ、と草介は、寝不足の頭で、御役屋敷まで走ると、薬草蔵に入った。そこへ園丁頭《がしら》が現れ、草介のしていることに眼を瞠《みは》ったが、草介が、事の次第を告げると、「あっしもお手伝いしますさぁ」と、籠《かご》を手にした。

籠をひとつずつ左右の腕に掛けて背負うと、再び、養生所へと向かった。門から、新林に引っ立てられるように河島が出て来るところだった。

「新林さま！」

草介は、これ以上は出せないというほどの大声を出した。新林が籠を背負っている草介を訝《いぶか》しげに見つつ応えた。

「どうなされた、御薬園同心の水草どの」

「河島先生を養生所から連れ出すことはなりません。人の命を救った者がなぜ吟味を受けるのです」

新林が草介を細い目で睨《ね》めつける。

「死んだ者を生き返らせたというのは、おかしいだろう？　それは医術ではない」

「阿蘭陀《オランダ》語をお読みになれる新林さまのお言葉とは思えませせぬ」

新林が素知らぬ顔をした。

「水草さま、私なら大丈夫ですから、構わんでください」

河島の言葉に、いいえと草介は応えた。

「そこを退《ど》け、退かぬか」

新林が一歩踏み出した時、草介は、ひとつ目の籠の中身を門前にぶちまけた。新林が、おおっと身を引いた。

「な、何だこれは、栗のイガか。貴様」

「ただの栗のイガではありません。これはかぶれを治す栗毛毬と呼ばれる生薬です！」

草介はふたつ目の籠を振りながら、胸を張る。追いついてきた園丁頭が、「そこで威張ることじゃねえ」と、ぼそりといった。

園丁頭もふたつの籠から栗のイガをまき、さらに若い園丁までが持って来た。門前には栗毛毬の針山ができた。

「この痴《し》れ者《もの》どもが、童か」

「さあ、お通り下さい。栗毛毬はとてつもなく痛いですよ。蹴り飛ばしても痛い」

新林が悔しげに歯を剝いた。

「栗のイガは、実を守るためにあります。河島先生は、病や怪我《けが》を治し、人を守る栗のイガです。養生所にとって大切な方です」

と、叫んだ刹那背にぞくりと悪寒が走った。

草介が振り向くと、立っていたのは、目付の鳥居耀蔵だ。

「出ることも叶わぬが、これでは入ることもできぬわ」

「と、鳥居さま」

新林が片膝をついた。が、そこには栗のイガがあり、「痛い」と叫んで転がった。

鳥居は、呆れた顔で新林を冷たく見下ろすと、草介へ眼を向けた。その瞳にひょろひょろの草介の姿がどのように映し出されたのかは、わからなかった。

だが、鳥居は不意に笑みを浮かべ、

「栗とはさほどに役立つものか」

と、訊ねてきた。

草介は、栗の実の効用と、その葉、イガ、樹皮に至るまで、人のためになると告げた。

なるほど、こうしたことにも役立つなと、鳥居は皮肉もこめていった。

「その医者を放してやれ」

「し、しかし。死人を生き返らせたのですよ」

新林は膝をさすりつつ、草介を睨んだ。

「ほう、それは興味深い。どのように」

河島は唇を嚙み締めてから、鳥居へ真っ直ぐな視線を放った。

「医学書にあった蘇生法《そせい》に従ったまで。此度《こたび》に有効であるのかはわかりませんでしたが」

「蘭方医学は人を用いて試すのだな。それによって死ぬ者も多いと聞くが」

鳥居は笑みを浮かべる。

草介は、声を懸命に抑えつつ、いった。

「ならば、なにゆえ医術があるのです。なにゆえ薬があるのです。人が人を救いたいと、病に打ち勝ちたいと思うことは、そんなにもいけないことですか」

拳がぷるぷると震える。

「河島先生の施療がいけないならば、この御薬園はなんのためにあるのですかっ」

草介が鳥居に向かって一歩踏み出した瞬間、あっ、おう、ひいと悲鳴が順に響き渡った。

「痛い、痛たたたぁ、新林ぃ」

「鳥居さま！」

はっとして見ると、鳥居耀蔵が栗毛毬の中に埋もれて喚いていた。

ああ、と思ったがもう遅い。

草介が鳥居に詰め寄った時、後ずさりした鳥居がイガを踏んで、ひっくり返ったのだ。

河島も、園丁頭も園丁も、眼を皿のようにして、鳥居を起こそうとする新林を眺めていた。草介の顔が蒼白《そうはく》だったのには、誰も気づいていない。

「養生所の門前で一体、なんの騒ぎです。赤子は無事でしたか」

大股で歩いてきたのは、千歳だ。これから道場へ行くのだろう。

栗の針山の中で、ジタバタしている鳥居と新林を見て、千歳は眼をしばたたいた。

「おや、これは、変わったお戯れを。草介どの、お手を貸しておやりなさいませ」

千歳は今にも噴き出しそうな口元をしている。

「はい、そういたします」

草介が手を差し出すと、思いの外、素直に鳥居はその手をつかんだ。

起き上がると、草介を睨みながらも、

「栗の効用はようわかった。栗のイガは、敵から実を守るためにあるのだな」

よく覚えておくぞ、水草どの、と鳥居は険しい表情で、忌々しげに、栗毛毬を蹴り飛ばした。足先に痛みが走ったようだが、痩せ我慢をしている姿が、見ているほうにも伝わってきた。

御薬園の門へと向かう千歳の肩が堪《こら》えきれずに揺れているのが、見えた。

「私はどうなるのでしょう」

草介は、栗毛毬を、今度は素手でなく、竹ばさみで拾いながら河島へ訊ねた。

「鳥居が勝手に転んだのですよ。水草さまのせいではありません」

「ですが、先生も、このままでは」

「それは、わかりませんね、蘭方医学が妖術とは、馬鹿馬鹿しいにもほどがある。それを盾にして、高野先生を引っ張り出そうという魂胆だったのかもしれません」

しかし、栗毛毬を撒《ま》き散らすとは思いも寄りませんでしたが助かりました、と河島は笑った。

鳥居と新林は、町奉行に報告すると、養生所から一旦、退いたが、多分、すぐにでもやってくるだろう。

おえんと赤子は、お妙の看病もあって、無事に退所した。母子を乗せた大八車を引きながら、弥八は幾度も振り返っては頭を下げていた。

その十日後、養生所に行くと、河島が頭に巻いた茶色の手拭いを見せびらかすように、草介に見せた。

「栗葉色と名付けたそうです」

「いいですねぇ。今度は、栗毛毬でも試してくれないですかねぇ」

「あら、栗毛毬の水草さま」

産婆のお妙が、女部屋から小盥を持って出て来た。

「河島先生が、看病人として推薦してくださったのです。産婆だけでなく、河島先生のお傍で医術も学びたいと思いまして」

草介は、それはよかった、と思いつつも、以前見習い同心で小石川に来ていた吉沢角《よしざわかく》蔵《ぞう》の妹、美鈴《みすず》のことが急に思い出された。

美鈴は河島に惹《ひ》かれている。

突然、冷たい風が吹く。なにやら、別の波乱が巻き起こりそうな予感がして、草介はちょっとだけ息を吐いた。

接骨木
<sup>にわとこ</sup>

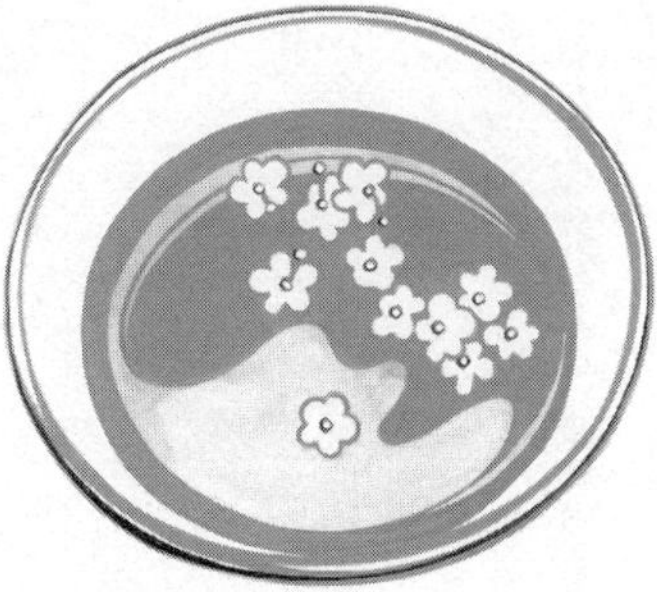

# 一

小石川御薬園《こいしかわおやくえん》に注ぐ陽射しは日中も頼りなくなり、冬がいっそう深くなった。霜柱で盛り上がった土は、足で踏みしめると、ザクザク音がする。きんと張り詰めた空気に、頬や指先が痛みを感じるくらいだ。

それでも、寒椿《かんつばき》や菊、ヤツデの白い花や南天の赤い実、もう少しすれば、香りのよい蠟梅《ろうばい》の花が咲く。彩りの少ない冬だからこそ、いっそう鮮やかに眼に映る。

不意に乾いた冷たい風が通りすぎた。

白い息を吐きながら、樹林の落ち葉集めをしていた御薬園同心の水上草介《みなかみそうすけ》は、背筋をぞくりとさせて大きなくさめをした。

ともに作業をしていた園丁頭《えんていがしら》が呆《あき》れたように顔をしかめる。

「水草さま、水っ洟《ぱな》、水っ洟。垂れちまいますよう」

ああ、と草介は腰から手拭いを引き抜くと、鼻の下を拭った。

「今朝はずいぶん冷えるなあ」

「そりゃあ、冬でやんすからねぇ。水路にも薄氷が張っておりましたよ」

「ははあ、寒いわけだ。もう一枚、薄物を着込んでくればよかった」

草介は、襟巻きをかき合わせた。

「若《わけ》ぇのに、情けねえこといわねえでくださいよう。身体を動かしゃ、温まりますよ」

と、園丁頭が前に屈《かが》んだ瞬間、足元になにかが落ちた。

「あ」

草介と園丁頭が同時に声を上げた。

巾着袋だ。園丁頭が慌てて拾い上げる。

「頭ぁ、それ温石《おんじゃく》でしょう。ずるいなぁ」

火鉢や囲炉裏《いろり》などで温めた石だ。それを懐に入れ暖を取る。つまり懐炉《かいろ》だ。漢方医術で、身体を温めるために用いられることがある。

「いいじゃねえですか。嬶《かかあ》が持って行けって、うるさかったんですよ」

照れ隠しにいい放った園丁頭は、懐にねじ込むように入れると、草介に尻を向け、再び落ち葉を集め始めた。

嬶か、と草介はぼんやり思った。母の佐久《さく》に、草介が断りを入れてから、縁談話は宙に浮いたままだ。しかし、母がこのまま諦めるとは思えない。正月は、実家で過ごすつもりでいるが、どんな策を練っているかと思うと、気が重い。

「薬草畑の根掘りは進んでいるかな」

「まあ、毎年のことで手馴《てな》れた者ばかりですから、心配はございませんよ」

草介は園丁頭に頷《うなず》いた。手足のひょろ長い草介を見て、水草の綽名《あだな》を付けた古参の同心も作業に当たっているはずだ。

当帰や大黄、地黄《じおう》などは、秋から冬の間に根を掘り取り、乾燥させて生薬《しょうやく》とする。根を傷つけず採取するのは、なかなか難しい。

拾い集めた落ち葉のほうは、土と米ぬかを混ぜて腐葉土を作る。それが畑や薬草畑の堆肥となるのだ。すでにふたつの籠《かご》はいっぱいだった。離れた処《ところ》で作業している園丁たちの分も合わせれば結構な量になる。

「残りの冬支度も急がねえとなりませんねぇ。雨も風も冷たくなってきやしたし、雪も近そうだ」

「うん、そうだな」

低木で、寒さに弱いものは、木枠を作り葭簀《よしず》を張り巡らして風雪から守らねばならない。春や夏の花の頃や、秋の収穫も忙《せわ》しないが、冬は冬で、作業はたんまりある。

草介は葉の落ちた木々を見上げた。

人ばかりでなく、樹木たちも、冬を越す準備と春を迎える支度に一所懸命だ。落葉し、枝だけを晒《さら》している樹木も、よくよく見れば、芽を出しているのだ。鱗片葉《りんぺんよう》という鱗《うろこ》状の硬い鎧《よろい》のようなもので芽を覆い、寒さを耐え忍ぶ。

人の手が及ばずとも、その季節ごとに生き抜いていく。地に根を張り、人の生よりも長く長く歳月を重ねる樹木はいくらでもある。この頃、御薬園の周りを囲む杉やクスノキなどを見上げるたび、草介は己のちっぽけさを思う。だからこそ、この先、なにができるだろうかと考える。

ふと、草介は足元に眼を向けた。枯れ葉の中に緑の葉が隠れていた。

おお、と草介は眼を見開く。

斑《ふ》入りクチナシの葉だ。斑入りとは、緑葉に白っぽいまだら模様の入っているものだ。それが殊《こと》の外《ほか》美しい。クチナシは常緑樹だが、少々寒さには弱い。その赤い実は山梔子《さんしし》と呼ばれ、利尿や止血、消炎に効果がある。

樹林にクチナシは植えられていない。落ちた葉が風に運ばれてここまで飛んできたのだろう。

草介は、葉を早速拾い上げ、籠ではなく袂《たもと》に入れる。

「水草さま、相変わらず葉っぱ集めをしていなさるんで？」

「まあ、唯一の楽しみだからなぁ。私は画《え》を描けぬから、押し葉を作りたいのだよ」

「もうかなりの数になるんでやんしょ」

園丁頭が、集めた落ち葉を籠に詰めながら、訊《たず》ねてきた。

「どれくらいできたかなぁ」

草介は、うーんと額をぽりぽり掻《か》いた。

御薬園には、四百五十種以上の植物が栽培されている。そのすべてというわけにはいかないが、紀州《きしゅう》へ発《た》つ二年後までには、これまで作った押し葉を分類し、その草木の持つ効能などを書き添え、芥川《あくたがわ》に預けていきたいと思っている。

草介は顎を上げ、空を見た。低い陽が南にあった。

「そろそろ休もうか。皆にも伝えてくれ」

草介は、園丁頭に落ち葉を入れた籠を任せ、一旦、御役屋敷まで戻った。

採取され、土を洗い流した薬草の根が、すでに乾薬場《かんやくば》に並べられていた。根によっては、一度乾かしてから、釜茹《かまゆ》でし、再度、干すものもある。草介は眼を細め、育った根を満足げに眺める。

「お邪魔しております。水上さま」

いきなり背に飛んできた声に、慌てて振り返った。

御役屋敷の濡れ縁に、娘がひとりかしこまっている。

「ああ、これはこれは」

草介は笑みを浮かべた。

吉沢角蔵《よしざわかくぞう》の妹、美鈴《みすず》だ。

いま角蔵は、吹上《ふきあげ》奉行の父親の下で、吹上御庭同心を務めている。

「角蔵さんは、ご息災ですか」

草介が濡れ縁へ歩を進めながら訊ねると、美鈴は、わずかに眉をひそめた。

「じつは、十日ほど前に、足を捻挫しまして、お役目を休んでおります」

これからの雪に備え、吹上御庭の松の枝を支える木を設《しつら》えていたとき、梯子《はしご》から落ちたのだという。

「ああ、それは災難でしたねぇ。足では大変だ。もっと寒くなると、痛みも出てくるでしょう」

「曲がった松の枝を真っ直ぐにしたかったなどと、強がっておりますけれど」

「それは角蔵さんらしい」

笑いそうになるのを草介は堪《こら》えつつ、濡れ縁に腰掛ける。真っ直ぐな松の枝はあまり見たくはないが、歩けないのは、辛《つら》かろうし、不自由もあろうと、角蔵を思う。

「お医者さまはなんと」

「二十日ほど安静にしていれば大丈夫だろうと。屋敷の接骨木《にわとこ》が役に立ちました」

そうですね、と草介は頷いた。

接骨木は、古くから薬用樹として広く知られている。

細い枝を葉ごと採取して、黒焼きにしたものが、生薬になる。それに、うどん粉と酢を加え練ったものが骨折の際に用いられたところから、接骨木は生薬名を、せっこつぼくと呼んでいる。

枝葉は煎じ薬としても使用され、利尿や浮腫《むく》みなどでは内服し、打ち身や捻挫などには煎じ液を布に浸して、患部に貼る。そうした効能があるためか武家屋敷の庭には大抵見られる樹木だ。草介の実家にも、もちろん御薬園にも植えられている。

でも、と美鈴はため息を吐《つ》いた。

「屋敷にいるものですから、退屈なのはわかるのですが、わたくしが外出しようとすると、どこへ行くのかと、うるさくて」

「角蔵さんは、美鈴さまが心配なのですよ」

「心配が過ぎると、うっとうしいってことが兄は、わかっていないのです」

ぷくりと頰を膨らませる美鈴を、まあまあと、草介はなだめた。

ああ、そういえば、と美鈴が身を乗り出した。

「いままで兄は、草木など人のためにあるようなもの、といっておりましたが、近頃は、人も草木も、ともに生きているのだと、花が咲き、実を結ぶと嬉《うれ》しそうな顔をしています」

きっと、こちらで水上さまにお世話になったおかげですと、美鈴は頭を下げた。

「いやいや、お世話など私はしておりませんよ。むしろ角蔵さんには、整理整頓を心掛けるよう教えられました」

「教えられたなんて、とんでもないことでございます。兄の性質ですから。それも少々行き過ぎの」

美鈴は柔らかい笑みを浮かべた。

おや、と草介は首を傾《かし》げた。どことなく、美鈴が変わったように思えた。

茜《あかね》色の地に水鳥文様の小袖、濃緑の帯。娘らしい艶《あで》やかな色合いの装いは変わらない。

が、頬の線がすっきりして、大人びた顔つきになり、物言いも幼さが薄れている。女《おな》子《ご》というのは、少し見ないうちにこのように変わるものかと感心した。といっても、御薬園に顔を出さなかっただけで、園内にある小石川養生所《ようじょうしょ》の蘭方《らんぽう》医河島仙寿《かわしませんじゅ》の元はときおり訪ねているようだ。

そのことは、河島自身から聞かされていた。

河島には、頭頂部に二寸の脱毛があり手拭いを巻いて隠していた。が、改善したいまも手拭いは巻き続けている。

そんな河島に、美鈴は、新しい手拭いを購《あがな》っては、持って来る。おそらく河島に惹《ひ》かれているのであろうと思うのだが、一方の河島が美鈴をどう見ているのかはわからない。

今日はすでに養生所に寄ってきたのだろうか。

と、正座していた美鈴がちょっと尻のあたりをもぞもぞ動かした。ふと小袖の裾から足指がちらりと覗《のぞ》いた。この寒いのに、裸足《はだし》だ。むむ、と踏み石の上の草履へ草介は眼を向けた。鼻緒が泥を被《かぶ》っている。

美鈴のおっちょこちょいは変わらないようだ。畑か、どこかの土塊《つちくれ》に足先を突っ込んだ美鈴を想像して草介は胸のうちで微笑《ほほえ》みつつ、安堵《あんど》した。急に大人びた美鈴に戸惑ったせいかもしれない。

御役屋敷の裏手から吉沢家の中間《ちゅうげん》らしい中年男がやってきた。その手には足袋《たび》が握られている。中間は草介をみとめ、会釈した。

「井戸をお借りして、足袋を洗わせていただきました」

「どうぞどうぞ、そちらに干してください」

草介は竹矢来で囲まれた乾薬場を指した。中間は、陽の当たる場所を選んで足袋を干す。

「申し訳ございません」

美鈴は、草介をちらと見て、小さく咳払《せきばら》いした。

洗って干したところで、この頼りない陽射しではとても乾かない。まだ、千歳《ちとせ》は道場

から戻っていないが、芥川家の家士に足袋を借りようと草介が思ったとき、

「少々急いで歩いて参りましたので、足を滑らせました」

美鈴がぺこりと頭を下げた。

「美鈴さまにお怪我《けが》がなくてよかったですが、ところで、ここでは寒くありませんか」

「恐れ入ります。芥川家の方に、わたくしがここでよいと申し上げたものですから。それで、あの……水上さま」

美鈴がどこかいい辛そうにしながら、草介を見た。

「お訊ねしたいことがございます」

はい、と草介が笑顔を向けると、美鈴はそれを避けるように顔を伏せ、小声になる。

「河島先生ですが」

あああ、と草介は心の中で頭を抱えた。人より、一拍二拍反応が鈍い草介だが、さすがにこれにはピンときた。

美鈴がわざわざ御役屋敷に立ち寄る用事などない。兄の角蔵のことを伝えに来たとか、千歳に会いに来たとか、そうも考えられなくもないが――これは、お妙さんだ。

お妙のことを訊《き》きに来たのだ。

お妙は産婆だ。逆子で難産だったうえに、産み落としてから産婦の息が途絶えたのを河島が救った。それに心を打たれたお妙は、河島の傍で医術を学びたいと、いまは女看

病人も兼ね、養生所で働いているのだ。

河島とお妙が親しげにしているさまでも見てしまったのだろうか。

美鈴は、なにかに耐えるように口元を引き結んでいる。

「それはもしや、新しい——女」

草介があたふたといいかけたとき、養生所に勤める若者が、御役屋敷の門を潜《くぐ》って来た。

二

「ええと、弥助《やすけ》さんでしたよね、どうしました」

弥助は、養生所の下働きだ。主に薪《まき》割りや、水汲《く》み、台所での飯炊きなどをしている。口数は少ないが、真面目な優しい性質で、仕事も一所懸命にやっている。

「恐れ入りますが、生薬を頂戴しに」

ぼそぼそとした声で話した。

「とくに熱冷ましのお薬を。いま熱を出している入所者がいるもんですから」

草介は首を傾《かし》げた。

冬が近づく前に、風邪が流行《はや》るのを見越して、先日、養生所から要請があり、荒子《あらしこ》が解熱や風邪などに効能のある生薬をすでに届けている。それらを、桂枝湯《けいしとう》や葛根湯《かっこんとう》、升麻葛根湯《しょうまかっこんとう》、小柴胡湯《しょうさいことう》などの方剤《ほうざい》にするのだが、十分に間に合う量だったはずだ。

ここは幕府の御薬園であるため、養生所とはいえ、勝手に渡すことはできない。それに、養生所の支配は町奉行所だ。不足している生薬をあらかじめ書き出してもらい、こちらから届ける際、養生所見廻《みまわ》りの与力から受領書を受け取る。通常は、きちんとした手順を踏むのである。よほど火急ということか。

「あのう。この間、お渡しした分ではもう足りなくなったということでしょうか？」

草介が訊ねると、弥助が困った顔をした。

「おれにはわかりかねます。ただ、河島先生は少々お急ぎのご様子でした」

「河島先生が。そうですか。私には許可を得ていると、薬種所《やくしゅじょ》に直接行っていただいてもよろしいですが……いや、私もともに行きます。養生所にもお持ちしましょう」

「それには及びません。ひとりで戻るようにいわれておりますんで」

弥助が遠慮がちにいう。

「それも河島先生がおっしゃったのですか」

「はい。必ずひとりで戻るようにと。水草、じゃない水上さまには、受領書は後ほどお渡しすると伝えるよういわれて参りました」

草介は、ふむと唇を曲げた。

河島が、なにゆえそこまで命じたのか訳がわからない。さらに、急ぎのときに生薬を取りに来るのは、いつも看病人だ。下働きの弥助を寄越すのは珍しい。

草介は美鈴を振り返り、

「申し訳ありません。これから生薬を持って養生所へ参ります。美鈴さまもご一緒にどうですか？　それとも、もうお寄りに――」

途端に、美鈴の顔色が曇り始めた。これはしまった。誘ったのは間違いだったと、草介は美鈴に気づかれないよう顔を伏せ、ぽりぽりと額を掻いた。

「水上さまおひとりでどうぞ。わたくしは、結構です」

ぴしゃりと言った。どこかの誰かと同じ物言いだなと思いつつ、美鈴を見やる。俯《うつむ》いた美鈴は、膝の上に載せた手をぎゅっと結んだ。

「ここで千歳さまをお待ちしております」

芥川家の家士に美鈴を任せ、草介は弥助とともに薬種所へと急いだ。

荒子に、解熱効果のある生薬を整えさせ、同道を再び拒んだ弥助を「私が勝手についていくだけです」と、無理やり説き伏せ、仕切り道沿いの養生所へ向かった。

仕切り道を歩きながら、草介は弥助へ問いかけた。

「熱がある入所者が多いのですか？」

「駕籠《かご》で運ばれてきた七歳の男児が初めだったのですが」

「初め？」

「はい。四日ほど前、風邪をこじらせて熱が上がり始めたそうです」

医者を呼び、薬も与えたが一向に下がらず、むしろますますひどくなり、養生所に駆け込んできたのだという。

「養生所にきたときには、苦しい息を吐き、受け答えもできなかったと聞いてます」

ただ、と弥助が歩を進めながら、眉根を寄せた。

「御薬園近くの、お旗本のご嫡男《ちやくなん》なんです。ですから、屋敷のご用人《ようにん》やらお付きの家士やらが慌てふためいていて。皆、そっちに気を遣うのが大変だったんでさ。病人部屋も別にしなきゃだめだとか、食い物も屋敷の賄《まかな》いを連れてくるとか、早く治せとか。武家だからって偉そうにいって。いい迷惑です」

あっ、と弥助は草介を見て、頭を垂れた。

「いや、いいですよ」

草介は荷を抱え直して、笑みを返す。弥助にしては饒舌《じようぜつ》だ。常なら、草介に会っても、挨拶程度の言葉しか交わさない。

よほど、旗本家の用人の態度が腹に据え兼ねているのだろう。

養生所は本来、庶民のための施療施設である。だが、御薬園の周囲は武家屋敷がほとんどだ。屋敷出入りの町医者では手にあまると見て、その旗本は養生所に助けを求めてきたのだろう。けれど、それならば、なおさら武家の立場を振りかざすべきではない。

「さすがに賄いは許可しませんでしたが、でも、本道《ほんどう》医の先生が、旗本の嫡男を町人と一緒にはできないと、お医者の部屋を空けたんです」

弥助は、不満ありげな顔つきだ。

「河島先生も黙って従ってるんですよ。不思議でなりません。いつもだったら、武家だろうが、なんだろうが嚙《か》みついてるはずなのに」

いま養生所には、本道と外科、眼科と、本道見習いの医師を合わせて総勢十二名いる。医師が詰める部屋は二室あるが、狭い方を、その嫡男に用意したのだろう。たしかに、河島にしてはいささか気遣いが過ぎるようだ。

「先生方のお診立ては」

弥助は、首を横に振った。

「それが、みんな難しい顔をなさっていて、なにもおっしゃらねえんです」

むむむ、と草介は考え込んだ。

風邪であれば、まず喉の痛みや鼻水、咳込みが現れ、熱も出る。

「その旗本の嫡男が養生所に来てから、熱を出す入所者が増えたということですか？幾人ぐらい？」

「男女合わせて十人。皆、年寄りばかりです」

弥助が唇を噛み締め、荷を強く抱え込んだ。

「いま入所者は」

「百はおりますでしょうか」

嫌な予感が草介の頭をかすめた。

養生所に着くと、いつもは開け放たれている門が閉じられていた。草介の怪訝《けげん》な表情を見て取ったのか、弥助が脇の潜り戸に手をかけながらいった。

「二日前から門は閉めているんです」

「そうですか」

と、応えたものの、やはりおかしい。

草介と弥助が玄関まで行くと、

「弥助、戻ったか」

すっ飛んできた河島が、あっと、眼を見開き、草介を見た。

「水草さま、なぜ」

河島が弥助へ視線を移した。

「忘れたのか。御薬園からはひとりで戻るよういったはずだぞ」

弥助が、顔を伏せる。

「弥助さんを責めないでください。私が無理をいったのですから。なにがあったのですか?」

草介が一歩踏み出すと、河島が険しい顔で手をかざした。これ以上は、来るなということだ。河島が頭に巻いている手拭いは、黄色地に南天を描いたものだった。緑の葉と赤い実。河島の態度にそぐわない鮮やかさだ。

ふと見ると、玄関を入ってすぐわきにある役人部屋には、養生所見廻りの与力と同心の姿がない。草介は、頭をかすめた予感が的中したと、息を吐いた。

「河島先生。ご用人さまと家士のおふたりが熱を」

青い顔をしたお妙が、姿を見せた。舌打ちした河島が身を翻す。

「お話しください」

草介は包みを抱えたまま、履物を脱ぎ飛ばした。廊下へ上がり込み、河島の前へ立ちはだかる。お妙が眼を丸くした。

河島も、わずかに仰《の》け反《ぞ》り、大きな瞳を草介に向ける。

「水草さま、手を打つのが遅れました」

河島が苦しい声を出した。

「弥助さんから道々伺いました。旗本の嫡男は、もしや疫病《えやみ》ではありませんか」

草介は恐る恐る訊ねた。

玄関先に佇《たたず》んだままの弥助が、えっと声を上げ、身を強張《こわば》らせる。

疫病は、流行り病だ。どんどん病が広がっていくことで、恐れられている。

病の元が人の身体《からだ》に入り込むことを、漢方医学では外邪《がいじゃ》と呼ぶ。風邪もそのひとつではあるが、痘瘡《とうそう》、古呂利《ころり》（コレラ）など死に至る病も含まれる。昨年は、麻疹《ましん》が流行し、多くの子どもの命が失われた。

流行り病は、一度広まると、いまの医術では、太刀打ちできない。

「おっしゃる通りです。もはや言い訳でしかありませんが、本道医見習いの者が、旗本の用人から聞いた話では、風邪をこじらせたというだけでした」

ところが、と河島は続けた。

熱はなかなか引かず、嫡男はうなされながら訳のわからないことを口走り始めた。用人をあらためて問い質《ただ》すと、嫡男は身体の倦怠《けんたい》を訴えた後、急激に熱が上がり始めたと話したという。

「私は以前にも同じ症状の患者を診たことがありました――ですが、風邪と聞かされておりましたし、外科治療の患者に付きっきりで、気が回らなかった」

嫡男を助けろ、誰よりも治療を優先させろと、病人部屋まで入り込み、居丈高に物をいう用人にも腹を立てていたという。

くそっ、と河島は柱に拳を打ち付けた。

「苦しんでいたのは用人ではなく、わずか七歳の男児の方であったのですよ、水草さま。幸い熱は下がってきたとはいえ、もっと早く気づいていれば」

お妙が河島の腕を強く摑《つか》んだ。

「いまはそのようなことを悔やんでいる場合ではございません。患った方のためにできるだけのことをするのが、医者の本分でしょう」

河島は、自分の腕を摑むお妙の手を握り締めた。

ええ、と草介は見てはいけないものを見てしまった気がした。御役屋敷にいる美鈴の姿が脳裏に浮かぶ。

「先生、おれはどうすればいいんで？」

弥助がおろおろ声で叫んだ。

「おまえは、あの嫡男が寝かされていた部屋には入っていないな。近くに寄ってもいないか？」

「はい。台所で飯を炊くか水汲みで」

「そうか。家の者はいるか？」

「いえ、ひとり暮らしです」

「ならば、そのまま家へ帰って、まず三日は外へ出るな。居酒屋や蕎麦《そば》屋、湯屋もだめだ。ともかく人混みには出るんじゃない。もしもおまえに、あの男児の病の元が入り込んでいたら、他の者にもうつすことになるからな。すでに看病人以外は、皆帰した」

河島の言葉に弥助は戸惑いを隠せない。

入所者相手に、菓子や小間物を売りに来る棒手振《ぼてふ》りらも一切立ち入らせず、通いの病人も断っているという。

病の元をここに留《とど》めて、広げないためでもある。それで養生所の門を閉め、河島は草介にも養生所内へ足を踏み入れるな、といったのだ。だが、ここにいる者たちは、当然のことながら、病を抱えている。体力が弱っている者ばかりだ。そこに流行り病が広がっている――草介は、ぶるりと身を震わせた。

「しかし、仕事が。薪割りも、水汲みも、飯だってどうするんです?」

「看病人と私たちでやるさ」

弥助は首を横に振った。

「入所者は大勢いるんですよ、無理です!」

「どうした、弥助」

弥助が声を荒らげたことに面食らった河島が訊ねる。

「家には帰れません、いえ、帰りません。おれ、帰りません。だって……」

弥助が声を震わせたが、あとの言葉を濁した。

河島は目蓋《まぶた》を強く閉じ、仕方がないと呟《つぶや》いた。

「では、おまえもここにいろ。その代わり、医療部屋や病人部屋には決して入らないようにしてくれ。お前は若いから体力もある。だが、身体の節々に倦怠が出たら、すぐにいうんだぞ」

弥助は強く頷いた。

「そういうことです、水草さま。いますぐここを出られたほうがいい」

河島の言葉に、お妙も眉を寄せ、草介へ頷きかけてくる。

「でも、私にもできることがありましょう。方剤を作るだけでもお手伝いさせてくださいませんか」

「水上さまには御薬園のお仕事がございます。ここは養生所です。優れたお医者さまが幾人もいらっしゃいます」

お妙は、河島を見上げた。不安な面持ちながら、信頼に満ちた眼差《まなざ》しをしていた。

三

河島は、お妙に何事かを指示すると、草介へは、庭の方から医師の詰める座敷へ回るようにいった。

お妙は、草介から生薬を受け取り、弥助を促すと、廊下の奥へ去って行った。

弥助が気になった。お妙はなにか気づいたようだが、先ほど、いいかけたことはなんだったのだろう。

草介は玄関を出て、縁側から座敷内を覗き込んだ。本道医と眼科医が草介を見て、眼を剝《む》いた。やはり皆、家には帰らず、養生所に居続けているのだ。

河島は、すでに文机《ふづくえ》の前に座っていたが、

「いつもぼんやりしているのに、水草さまは時々妙な勘が働くので困ります」

医師らに向かって、少々どころかかなり皮肉っぽくいった。

「それは、ひどすぎますよ、河島先生。私はぼんやりでなく、のんびりです」

草介は口を尖《とが》らせる。河島が呆れ顔をして苦笑した。

「冗談ですよ。まったく、水草さまがいると苛立《いらだ》ちが収まるような気がします。ただ、この病は冗談ではありません。正直、この養生所にいる誰もが、いつ発病してもおかしくないのですからね。とくに入所者の中には重病の者もおります。今朝もふたり増えました」

熱のある者だけを集め、衝立《ついたて》を回し、他の入所者と隔てているが、どれだけ防げるかはわからないといった。

河島は、墨を磨《す》り始める。

「町奉行所には、すでに報《しら》せましたので与力さまも同心さまも来てはおりません。嫡男を連れて来た旗本家も心配です。発病した嫡男がどこから病を得たかわかりませんので」

「と、いうことは」

「じつをいうと、すでに町中に病が広まっているようです。昨日、藤右衛門《とうえもん》が書状で伝えてきました。幼子や老齢の者が、命を落としていると」

御薬園からほとんど出ない草介は、絶句した。

藤右衛門は、いわしやという唐物《とうぶつ》問屋の主人だ。河島は、ときおり異国渡りの医学書や、医療道具を買い求めている。草介の本草の知識に惚《ほ》れ込み、藤右衛門は長崎で医術を学ばせたいといってきたことがある。結局、草介はその申し出を断った。御薬園が、そのときの己にとっての居場所であると考えていたからだ。

「ところで、河島先生は、以前にも同じ症状の病人を扱ったとおっしゃっていましたが」

河島は一瞬、険しい表情をしたが、筆を執《と》ると紙を出し、なにかを急ぎしたため始めた。

「水草さま、昨年流行った麻疹の症状をお答えください」

えっと、草介は眼をしばたたく。この緊急時にと思いながら、真剣な顔つきで筆を進める河島へ答える。

「初めは鼻水、咳、熱があり、風邪の症状と似ておりますが、風邪よりも熱が高くなり、同時に発疹《はっしん》が出ます」

「その通りです。ですが、この流行り病は、身体の倦怠から急激に熱が上がり始め、かなりの高熱になります。西洋では、印弗魯英撒《インフリュエンザ》と呼ばれています」

筆を一旦止めた河島が草介を見た。

「いんふりゅえんざ――」

「私が診たのは数年前になりますが、五歳の女児でした。熱冷ましなどまったく効かず、高熱の中で、うわ言をいい、痙攣《けいれん》を起こし、最後は意識を失い亡くなりました」

私が診て、わずか二日でした、と河島はどこか憤るようにいった。

「私はなにもしてやることができなかったのですよ。救ってやれなかった女児の顔と、亡骸《なきがら》に取りすがって泣く母親の姿はいまも忘れられません。たとえ、手を尽くしたとしても、眼の前で命が消えていくのを見るたび、悔恨《かいこん》が残る。己の無力さ、医術の限界を常に突きつけられる。此度《こたび》も同じ思いをしています」

「お気持ちはわかります」

河島の悔しさが伝わってきたが、草介はぼそりといった。

「流行り病に、有効な薬はありません」

河島も他の医師たちも、息を吐く。河島が草介に首を回した。

「痘瘡の予防はまだ確立されていないまでも、次第に光が見えてきています。だが、この病は熱に対処し、水分を与えることだけです。あとは本人の頑張りに望みを懸けるしかないのです」

わかっているのは、発症は一日から五日かかること、熱が続くのは三日ほどだが、それ以上長引く場合は、重篤《じゆうとく》になることだという。

「幼子と年寄りは、体力がない分、命を落とすことが多いのです。すでに病を抱えているものであったら、ひとたまりもない」

と、いきなり座敷の戸が乱暴に開け放たれ、小人目付《こびとめつけ》の新林鶴之輔《しんばやしつるのすけ》が入ってきた。

「いつまで我らをここに留め置く気だ。鳥居《とりい》さまはお忙しい身なのだ」

草介は、眼をぱちくりさせた。そうか、新林と、目付の鳥居耀蔵《ようぞう》も、養生所から出られずにいるのだ。

河島がむっとした顔をすると、本道医のひとりが、すかさず立ち上がった。

「新林どの。誠に申し訳ないが、事情はご説明したはず。すでに、入所者十名以上が節々の痛みに襲われ、高熱を出しているのです。まだまだ増える恐れがある」

新林は鼻先で笑うと、細い目をさらに細めた。

「たったひとりの童の病が、この養生所に蔓延《まんえん》したと、恥ずかしげもなくよういうたものだ。それはここの管理が行き届いてないからであろう。医者が雁首《がんくび》揃《そろ》えて、手をこまぬいておるとは、いやはや、お上《かみ》から禄《ろく》をもらうに値せぬな」

河島が唇を嚙み締める。

おっ、と新林がわざとらしく声を上げる。

「そこにいるのは、水草どのではないか。お主も、ここに留め置かれにやってきたか」

「いい加減にしろ」

河島が立ち上がった。

「流行り病がどれほど恐ろしいものか知っているはずだ。もう町中にも広がっている。ひとつ教えてやろう。旗本家の用人と家士が先ほど発症した」

なんと、と初老の本道医が嘆息した。

「新林どのと鳥居さまの隣の部屋にいたおふたりだ。もっとも、おふたりは、嫡男の看病の折、屋敷内で罹患《りかん》していた可能性もなくはない。むしろ発症が遅いくらいだ」

「だが、我らに病の元が伝染《うつ》ったかどうかはわかるまい」

「ならば、お忙しい鳥居さまに登城してもらうのだな。最悪の事態を招いたなら、あなた方にも、この病が身体に潜んでいたという証《あかし》になる」

「それは脅しか！」

「脅しではないっ」

河島と新林が睨《にら》み合う。

「新林どの、河島先生。いがみ合っても詮無《せんな》いことです」

草介が縁側から身を乗り出したそのとき、

「先生！　いらしてください」

お妙が血相を変え、新林を押しのけるように、部屋に飛び込んできた。

高熱が続いていた入所者ふたりの様子が急変したという。

皆がざわつく。本道医と河島が弾《はじ》かれるように部屋を出て行った。

草介は、庭に佇んだまま呆然《ぼうぜん》と見送る。

新林は舌打ちすると、草介の方へと部屋を突っ切ってきた。

「お主は、なにをしに来たのだ」

新林が訊ねてきた。

「このようなことになっているとは知らず、私は生薬を届けに来たのです」

「また栗《くり》のイガでも背負ってきたのか」

「本日は、熱冷ましの効能がある生薬です。それに栗のイガは熱ではなく――」

もういい、と新林は馬面の顔を歪《ゆが》めた。

と、河島のまだ書きかけの書状に気づいた新林は、それを手にした。草介が止める間もなく、新林はすばやく文字を追った。

「ほう、これは面白い。河島も追い詰められているようだな。読んでみろ」

へっ、と驚いた草介へ笑みを向け、新林は荒々しく足を踏みならし、部屋を出て行った。

四

草介は縁側に腰を掛けた。

新林から投げ付けられるように渡された書状に困惑しながら眼を通した草介は、眼をひん剝いた。

高野長英《たかのちょうえい》宛てに書かれたものだった。

蘭学者《らんがくしゃ》で医師である長英に、この流行り病の治療法と薬を訊ねている。

それで、新林は面白いといったのだ。

むろん長英のことは気になったが、草介の興味は、そこよりも記されていた植物名のほうだ。

西洋接骨木……。

草介は唸《うな》った。

御薬園には植えられていない。しかし、西洋の接骨木と我が国の接骨木と、どのような違いがあるのかが気になった。接骨木という名が付いているのなら、西洋のものも仲間であるに違いない。

河島が根拠もなにもなく植物名を書くとは思えない。この流行り病の薬になるのが西洋接骨木ということだろうか。

座敷に残っているのは、初老の眼科医ひとりと見習い本道医がふたりだった。見習いのふたりは、懸命に薬研《やげん》を挽《ひ》いていた。

「まさか、このようなことになろうとはな」

眼科医が大きく息を吐いた。

「旗本の用人が詳しく話してくれれば、もう少し早く手が打てたのだが」

薬研を挽いていた見習い本道医のひとりが不意に手を止めた。居住まいを正し、がばとひれ伏す。

「誠に申し訳ございません。私が、初めにきちんと訊き出すべきだったのです。ですが、ご用人の剣幕に押されてしまい」

眼科医が首を横に振った。

「もっとも、あの用人とて嘘《うそ》をついたわけではない。風邪と流行り病の区別がつかなくても仕方がなかろう。家臣としては、跡継ぎを救いたくて、必死だったのであろうしな」

「そのご用人ですが、河島先生のお話ですと、病人部屋へ幾度も入っていたそうですね」

　草介が訊ねると、眼科医は大きく息を吐き、首肯した。

「ご嫡男は部屋を別にしていた。いいたくはないが、養生所内を歩き回っていた用人が病を広めたようなものかもしれんな」

　見習い本道医が、顔を伏せる。

　からん、と乾いた音がした。

　草介が、首を回すと、薪を抱えた弥助の姿があった。

「すみません、落としちまって」

　弥助は拾い上げると、すぐさま立ち去った。


　四半刻《とき》（約三十分）後、河島と本道医が戻って来た。入所者ふたりが息を引き取ったという。その他にも、容態が危うい者がいるらしい。

　用人と最初に話をした見習い本道医が、已を苛《さいな》むように、歯を食いしばった。

　沈鬱《ちんうつ》な表情で座り込む本道医が眉を寄せた。

「河島先生。死んだおきんという婆《ばあ》さんは、半年間、わしがずっと診ていた。元々肺を病んでいたが、少しずつ元気を取り戻していただけに悔しくてたまらん」

「先生、やはり私が」

「おまえだけの落ち度ではない」

本道医が険しい顔つきながらも、見習い本道医へ穏やかな口調でいった。

「ですが――」

「もうよさないか。ここにいる誰もが、おまえと同じように感じているのだ。それよりも、少しでも熱冷ましの薬を作っておいてくれ」

なおもいい募る見習い本道医を、河島はなだめるようにいった。

「でも、効かないじゃないですか！　一時は治まっても、またすぐに熱が上がってしまう。我らは、ただ弱っていく病人を見ていることしかできない。どんな治療を施せますか？　投薬はしたのですか？　教えてください。このまま幾人の死人が出るのですか！」

「馬鹿者っ」

本道医が顔に血を上らせ、河島に詰め寄った見習いを平手で打った。

「医師を志した者が、口にする言葉ではない。そのようなことを考える暇があったら、河島先生のいう通り薬を作れ。いまは、各々、己ができることをしなければならないのだ」

頬を打たれた見習いはにわかに顔を歪め、突っ伏して泣き始めた。

本復《ほんぷく》して養生所を出る者も大勢いるが、病死した者がいないわけではない。医師たちは、日々命と向き合っているのだ。その厳しさ、その責の重さは計りしれない。

町医者の中にはいい加減な治療を施し、法外な薬袋料を要求する者もいる。医は仁術なり、とはほど遠い。けれど、養生所の医師と看病人は、皆、病と闘い、入所者のひとりひとりに力を尽くしている。

「お役人の詰所《つめしょ》で、ふたりの住まいを調べてくる」

本道医が、泣き声を上げている見習いの背を優しく叩《たた》き、立ち上がった。

養生所を頼ってくる病人の多くが、貧窮《ひんきゅう》者やひとり身の者、身寄りのない者だ。そうした者は、暮らしていた町内に報せ、亡骸を引き取ってもらう。おきんという婆さんには、身寄りがあるのだろうか。

草介は、二年後、紀州の医学館で学ぶことで、なにを得るかが、自身に課せられたものだと思っている。

人の身体を知り、病を知り、いま持っている己の本草の知識を活《い》かす道は、医師だけではない。かつては、幕府が採薬使《さいやくし》を遣わす薬草見分《やくそうけんぶん》があった。各地を回り、薬草を採取するのが目的だが、それだけでなく、国境《くにざかい》を越え、薬草の植え付けや生薬の処方などを、地域に広める役割を担っていた。

医術や薬を通して、人々へ心身の大切さを啓蒙《けいもう》する。それも大事だ。だが、それ以外に、人が少《すこ》しでも健やかに暮らしを営んでいくためにできることとはなんだ——この御薬園の役割にももっとなにかがあるはずだ。

別の本道医が、首を横に振りながら、部屋に入って来た。

再び、沈鬱な空気が流れる。

河島が手拭いの結び目を締め直した。その表情は苦渋に満ちている。

「あの、河島先生。この書状ですが」

河島が視線を縁側に座る草介の手元へ向けた。

「水草さま、それを読まれたのですか」

「あ、その、そういうつもりでは」

「咎《とが》めているのではありません。その書状を水草さまに届けていただこうと思っていたのですから」

「わ、私が？」

「水草さまは高野長英先生とは面識もある。養生所の状況も報せて欲しいのです」

河島は草介から書きかけの書状を取ると、筆を執り、穂を走らせた。

「高野先生は、麴町《こうじまち》で大観堂《だいかんどう》という塾を開いていらっしゃいます。すぐにでも出向いていただきたいのですが」

じつは、と草介は新林のことを告げた。

「新林が？　他人《ひと》の書状を盗み見するなど、なんて奴だ」

河島が吐き捨てる。

「河島先生。いま、高野さまを頼っては、鳥居さまの思う壺《つぼ》というか、またぞろ過日のように、蘭方医術は、キリシタンの妖術だのと難癖をつけてくるのではないかと思います。高野さまを巻き込むことにはなりませんか」

河島がふと笑い、書状を折りたたみ始めた。

「水草さま、私がそれを考えなかったとお思いですか？　新林と鳥居が、どんな手を使ってこようとも、私は高野先生をお守りする覚悟でいます。奴らの好きにはさせません」

お願いします、と河島は目元に力を込め、草介を見つめてきた。

大きな眼に長い睫毛《まつげ》。河島の眼力に圧倒された草介は、黙って頷いた。

書状を受け取った草介は、

「ひとつ伺っても、よろしいですか？」

再び病人部屋へ向かおうとしていた河島へ声を掛けた。

「ここに記された西洋接骨木ですが。これはこの病に効くのですか？」

足を止めた河島が振り返って、口を開いた。

「それはわかりません。ただ、異国の接骨木はさまざまな病に使われていると、高野先生に伺ったのを思い出したのです。それが、この病に効くかどうかは、用いてみるしかありませんが」

「御薬園にも接骨木はありますが、それとは違った種なのでしょうか？」

「残念ながら違います。我が国の接骨木は赤い実ですが、異国の接骨木の実は黒です」

「あぁあ、そうでしたか」

もし、同じならば代用もできるのではないかと考えたが、無理なようだ。

「それに、花を使うのですよ」

「花、ですか？」

初耳だった。接骨木は、四月頃に淡い黄色の細かな花をつける。小さな花が寄り集まり、とても可憐《かれん》だ。花が終わった後、赤い実ができる。だが、生薬として使うのは、秋口に採取する枝葉だけだ。

「では、水草さま。なるべく早めに」

河島は頭を一度両手で抱え込み、結び目を確かめると、慌ただしく部屋を後にした。

草介は空を見上げた。

これはまずい。かなり時が経《た》っている上に、腹が減っていた。

しかし、麹町まで行くのに、どれだけかかるだろうか。辻《つじ》駕籠が運よく捕まるかどうかもわからない。

いやいや、躊躇《ちゅうちょ》している場合ではないと、草介が養生所の潜り門を出たとき、

「草介どの」

千歳の声が飛んできた。

「いま、道場からお戻りですか？」

「それより、なにがあったのですか？　ここ二日ほど養生所が門を閉ざしているのが、気になっていたのですが」

千歳が、太い眉をきりりと引き絞る。

「ああ、なんでもありませんよ。ほら、寒くなってきたので、風除《よ》けでしょう」

「毎年ならば疑念も抱きませんが、そうではありませんでしょう。なにかご存じなのでは」

千歳が、ぐっと顔を寄せてきた。紫紺《しこん》の小袖から、爽やかな香りが立ち上る。草介は、たじろぎながら、手を打った。

「あ、千歳さま。御役屋敷で吉沢美鈴さまがお待ちです」

「美鈴どのが？　ああ、御薬園の門外にあった女駕籠は美鈴どのの物だったのですね」

草介は、ひらめいた。

「わたくしに会いに来たというのも面妖《めんよう》な。河島先生ではないのですか」

千歳が首を傾げる。面妖とは大げさな、と感じながらも、草介は己の思いつきにちょ

っと感心していた。

「千歳さま、これから所用で出かけて参ります。園丁頭にそう伝えてください。それと、美鈴さまに、駕籠をお借りしますと」

えっ、と千歳が眼を見開いた。

「草介どの、あれは女駕籠ですよ。いくらひょろひょろの体軀《たいく》とはいえ――」

みなまで聞かず千歳の脇を走り抜けると、

「そうそう角蔵さんが足を捻挫したそうです。では、行って参ります」

草介は千歳を振り返り、笑顔を向けた。

「えっ、はい。お気をつけて」と、困惑しながら、千歳が応えた。

五

女駕籠で、小石川と麴町の往復をするのは、さすがに苦しかった。乗り心地は、辻駕籠より断然よいが、なんといっても狭い。膝を抱え、背を丸め、首まで傾けた。

御薬園に戻り、駕籠から降り立ったときには、身体のあちらこちらが痛んだ。

まさか、いんふりゅえんざか、と思ったが、こんなに早く発症するはずはない。河島も症状が出てくるのは、一日から五日ぐらいの間だといっていた。

しかし、辛い思いをしただけの収穫はあった。

高野長英は、突然にもかかわらず、草介の訪問を喜んで迎えてくれた。

しかし河島から預かった書状に眼を通すなり、すぐ弟子たちを呼び、指示をした。受け取ったのは、西洋接骨木の乾燥花だ。

茶葉のように淹《い》れて飲めばいいという。

長英が、長崎の友人である阿蘭陀《オランダ》人から取り寄せたものだ。

「河島もよく覚えていたものだ」

長英は嬉しそうな顔をしたが、すぐに表情を引き締めた。

「流行り病はいつまで続くのか、医師であっても見当がつかない。ここからも、往診に出ているが、手遅れの者も多い。まさか養生所までとは、河島も辛かろう。すでに発症した者に効くかは、飲ませてみないとわからん。だが、まだ発症していない者には、効果があるやもしれんな」

西洋接骨木の花には、利尿、発汗、解熱の効能があるという。

「目付の鳥居某《なにがし》には、茶だといえばいい。煎じ薬だなどといえば、どう突かれるかわからんからな。鳥居と新林か、そのふたりにも飲ませてやるといい」

と、笑った。

御薬園に戻ったときには、夕陽の赤と青い空色が溶け合っていた。

冬の陽は、落ちるのが早い。

吉沢家の駕籠かきに、そそくさと礼を述べ、仕切り道を走った。駕籠のせいで身体がぎくしゃくするわ、寒さが身にしみるわ、だがなにより空腹で眼の前がくらくらした。

養生所はどうなっているだろう。それだけが心配だった。

この西洋接骨木がどこまで効き目があるのかはわからないが、唯一の光明であれば、それにすがりたい。

「河島先生」

養生所の玄関に飛び込んだ。

だが、誰も出てこないどころか、大勢の者が、口々になにか叫んでいる。怒声も交じっている。

旗本の嫡男が寝かされているという医師部屋のほうだ。

やめろだの、離れろだの、騒然としている。

一体、なにがどうしたのだ。

草介は、訳がわからずあたりを見回す。

お妙が男児を抱え、青ざめた顔をして立っていた。例の旗本の嫡男だろう。まだ、ぐったりとしている。熱が下がったとはいえ、まだ病の根は残っているのだ。

「お妙さん、なにがあったのです」

「ああ、水上さま。わたくしにもわからないんです。急にものすごい叫び声が上がって、先生方が走り込んで行ったのです。河島先生から、若さまを頼むとだけ」

「上がります」と、草介は履物を脱ぎ飛ばした。

「水上さま！」

草介は、お妙が止めるのも聞かず、医師部屋に向かった。

見習い本道医たちに、組み敷かれていたのは、弥助だった。

「離せ、離せ」

弥助が喚《わめ》き散らし、身体を捩《よじ》っていた。河島が、弥助の手に握られている薪を取り上げようとしている。

旗本の用人と、家士が部屋の隅で震えている。顔が赤いのは熱があるせいだろう。その周囲を見習い本道医が守るようにしていた。

「許せねえんだ。こいつらが許せねえ。離せよ、くそっ」

「なにが、許せないのか、いえ」

河島が声を張る。

「養生所に病を撒《ま》いたのは、こいつらじゃねえか！　みんな、こいつらがここに来やがったせいだ」

弥助が歯を剝いて、怒鳴り散らした。

おきんを診ていた初老の本道医が、「弥助」と呼びかけた。弥助が一瞬黙る。

「離してやれ」

ですが、と弥助を押さえつけていた者たちの顔が強張る。

「いや、縛り上げろ。こいつは、ご用人を打ち殺そうとしたのだぞ」

別の本道医がいった。

草介は啞然《あぜん》とした。弥助が用人を薪で打つつもりだったというのか。いくら、病の元を持ち込んだにせよ、そこまで恨みを持つものだろうか。

見習い本道医が、部屋から出て行くと、入所者に支給されている細い帯を持って戻ってきた。

「弥助さん」

河島が振り向いた。

「水草さま、ここに入ってはいけないと」

「いやあ、もう入ってしまいましたので」

草介は空いた手で、ぽりぽりと額を掻いた。

縛り上げられた弥助は、診療部屋へと引きずられ、放り込まれた。それでも脚をばたつかせ、悔しげにぎりぎりと歯を食いしばっている。

「弥助さん、なにがあったのです」

草介は弥助の横にかしこまった。

「水上、さま」

弥助は、首を激しく左右に振った。

「おれ、おれ——」

「なにをしたかわかっているのか。養生所の者が、人を殺《あや》めようとしたのだぞ」

厳しい声で中年の本道医は責め立てる。

「まあ、待て。弥助、おまえはおきんと同じ長屋だったな」

初老の本道医がいった。

周りの者たちが、眼を見開く。

「そう、だったのか」

河島が弥助の前に膝をついた。

あのとき、弥助がいいかけたのは、このことだったのだ。河島に家に帰るようといわれても、頑《かたく》なに断ったのは、おきんの知り合いだったからだ。

「おきんさんは、おれの隣で暮らしてました」

弥助がうなだれ、ぽつりぽつりと話し始めた。

「飯を作ってくれたり、掃除もしてくれたり。おれは、親も兄弟も死んじまって、おきんさんも、ひとりぼっちだったから、おれを孫みたいに可愛《かわい》がってくれたんです」

おきんは、今年の正月過ぎから、嫌な咳をし始めた。ただの風邪だと、葛根湯を飲んでいたが、咳は治まらず、とうとう血を吐いた。

「それで、おれ、養生所に入れって勧めたんです。全部、お上が出してくれるから、足の心配もねえ、なにより立派な先生たちがいるからって」

けど、けど、と弥助は唇を震わせ、本道医を睨みつけた。

「元気になってるっていったじゃねえですか。おれ、おきんさんにもそう伝えたんだ。おきんさん、すごく喜んで。先生たちも看病人も皆、親切だって。あんたのいう通りにしてよかったっていってくれたんだ」

弥助は、ううっと言葉を詰まらせた。

「聞いちまったんだ。眼科の先生が、あの用人が養生所を歩き回ったせいで、流行り病が広がったのかもしれないって。あいつが、おきんさんを殺したんだ、みんなあいつのせいだって思ったら、おれ」

「命を落としたおきんさんは、さぞ無念だったでしょう。患わなくてもいい病を伝染《うつ》されて亡くなったのですから」

草介は静かな声でいった。

だから、おれは、と弥助が口ごもる。

「でも、ご用人を殺めて、おきんさんは喜ぶでしょうか。弥助さんが下手人《げしゅにん》になって、死罪になったら、養生所はどうなると思いますか？　先生方や看病人の方々にも咎めがあるかもしれません。おきんさんは、弥助さんに感謝していたのでしょう？」

弥助は、唇を嚙み締めた。

草介は、長英から譲り受けた包みを弥助の前に置いた。

「これ、西洋接骨木の花のお茶が入っています。もしかしたら、この病を防げるものかもしれません。河島先生が、私に取りに行かせたのですよ。麴町まで出向いたので、もうへとへとです」

それに、と草介は一旦、言葉を切った。

「我が国の接骨木は枝葉を用い、西洋接骨木では花まで使う。思いも寄りませんでした。私は生意気にも流行り病に有効な薬はないと先生方へいいました。でも、河島先生は、ほんの小さな光でも見つけ出そうとしたのです」

おわかりですか、と草介は弥助の顔を覗き込んだ。

「ここは命を救う処であって、命を奪おうとする者はひとりもいません。懸命な皆の思いを踏みにじることにもなるのです」

きっぱりいい放った。

弥助が顔を上げる。

「私も、おきんさんのことは、心から悔しく感じます。でも、おきんさんと接していた先生方はそれ以上です。もちろん、弥助さんの辛さには敵《かな》わないと思いますが」

「助けられず、すまなかった、弥助」

河島が頭を垂れた。

弥助は、再び顔を伏せた。

「他の入所者と楽しげにしている、おきんさんを見ているのが嬉しくてたまらなかった。ここで、おきんさんの世話もできたし。ばあちゃんがいたら、こんな感じかなって思ってたんだ。本当のばあちゃんを知らねえし」

一度でいいから、ばあちゃんと呼びたかった、と弥助が呟き、嗚咽《おえつ》を洩《も》らした。

河島は、長英からの包みを受け取り、「早速、入所者に飲ませます。ありがとうございました」と、草介に礼をいった。

「鳥居と新林に与えるのは癪《しゃく》に障りますがね。もっとも、奴らを診なければならなくなるほうが苦痛です」

河島は、冗談ともつかぬ物言いをして笑った。

弥助の一件は、旗本家の用人と家士に、高熱で悪夢を見たのだろうと、突っぱねるらしい。それでも、まだなにかいってくるならば、用人の行動が養生所にこの病を広げたこと、そもそも旗本家が養生所を利用したことを、町奉行に申し上げるという。半分脅しだ。

「それで、弥助もそのままです」

「それはよかった。弥助さんは働き者ですしね。で、私は、御薬園に戻って大丈夫でしょうか？」

「長い間、留まっていたわけではありませんが、なるべく人とは接しないように気をつけてください。でも、水草さまが接するのは、草木だけでしたね。この病は植物にはうつりませんので、安心してください」

さすがの草介も気色《けしき》ばんだ。

「そんなことはありませんよ。園丁や荒子や、千歳さまもいます」

そのとき、美鈴の顔が過《よぎ》った。

「それでは、まだ予断を許さない病人がいますので失礼します。いつ終熄《しゅうそく》するのかわかりませんが、ひとりでも多く救いたい」

河島がさりげなく手拭いに触れ、踵《きびす》を返す。

あっ、と草介が呼び止める前に、河島がなにかを思い出したように、振り向いた。

「美鈴さまが、御役屋敷を訪ねませんでしたか？」

「は、はい。あの、それで」

草介は、お妙のことをどう訊ねてよいものかと、頭の中で言葉を探した。

「やはりそうですか。本日、お妙と話しているときに、この手拭いを放り投げて逃げるように去ったものですから。気になっておりました。でも、この手拭いに触れるたび、この流行り病に負けまいと、力を奮い起こしていましたよ」

不思議と安心するのです、と河島が、照れくさそうな、それでいて真剣な眼差しで、そういって去って行った。

草介は知らず知らず頰が緩んでくるのを感じていた。まだ、美鈴が千歳とともにいたら、いまの言葉を伝えてやりたい、そう思った。

# 嫁と姑《しゅうとめ》

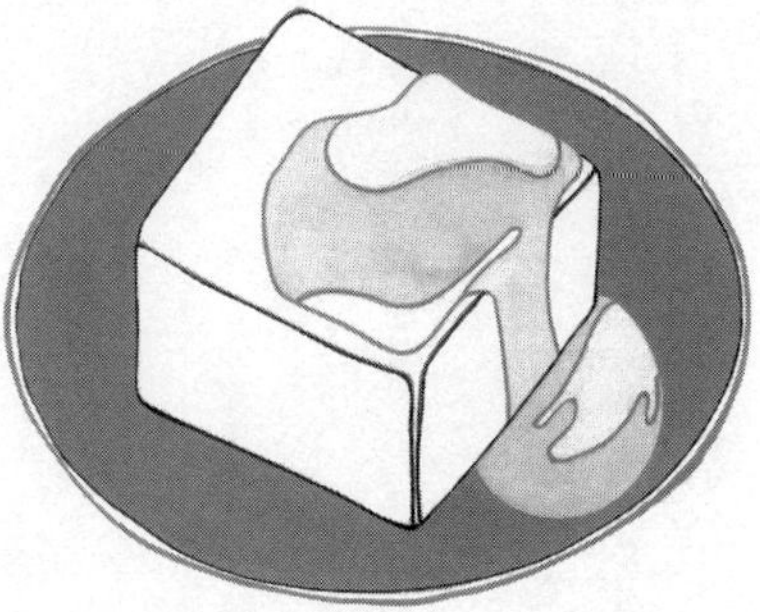

一

雪が降った。

小石川御薬園同心《こいしかわおやくえんどうしん》を務める水上草介《みなかみそうすけ》は、底冷えするような寒さに、一旦目覚めたものの、再び夜具にくるまった。

元日の明け方から雪になることもなかろうにと、草介は恨み言をいいながら、再び目蓋《まぶた》を閉じる。御薬園の草木たちも、いま頃、震えているのではないかと気の毒に思った。

「草介、年明け早々寝坊ですか。年始のご挨拶はよいのですか」

障子の向こうから母佐久《さく》の厳しい声が飛んできた。

がば、と起き上がった瞬間、草介はこめかみのあたりを指で押さえた。ぐわんぐわんと、頭の中で、いまだ除夜の鐘が鳴り響いているようだ。

ああ、そうだった。

早く家に帰れば、佐久がきっと嫁取りの話をしてくるに違いないと考えた草介は、大晦日《おおみそか》の夜を、小石川養生所《ようじょうしょ》の蘭方医《らんぽう》である河島仙寿《かわしませんじゅ》と過ごした。

河島の行きつけの蕎麦屋《そば》で酒食を交わしてから、実家へ戻ったのだ。

以前、あまり呑《の》めない酒を呑み、大事な植木ばさみを失《な》くすという失態を犯した。御薬園同心を務める草介にとって植木ばさみは、武士の魂である刀以上に大切なものだ。結局、草介の上役、御薬園預かりの芥川小野寺《あくたがわおのじ》に、酔った勢いで貸しただけだったのだが、そのとき、失《う》せた植木ばさみのことで頭が一杯で、病の子どもに多量の薬を飲ませ、あわやの事態を引き起こした。

以来、酒は過ごすまいと心に誓っていたが、河島のせいで、うっかり盃《さかずき》を重ねてしまった。

年越しまであとわずかに押し迫ったときだった。それまでは、かつて御薬園同心の見習いとして来ていた吉沢角蔵《よしざわかくぞう》の妹、美鈴《みすず》から贈られた手拭いが幾本にもなったと、自慢だか惚気《のろけ》だかをにやけ顔で語っていたが、河島は急に大きな眼にぐぐと力を込めた。睫《まつ》毛《げ》も長く、もともと目力のある河島だ。草介が何事かと身構えると、

「高野長英《たかのちょうえい》先生が危うい」

そういった。

過日、養生所内で流行《はや》り病が広がった。何人《なんぴと》も入れず、閉鎖状態にしたが、すでに罹《り》

患《かん》した幾人かは死に至った。河島をはじめ、養生所の医師たちは悔しく遣り切れない思いを抱いたが、その病の予防になると西洋でいわれている乾燥花を長英から譲ってもらった。

乾燥花の受け取りには、草介が赴いたのではあるが、後日、その礼のために河島が、麴町《こうじまち》に住む長英の元を訪れたときのことだった。

長英から、新しく書き下ろした著作があると聞かされたのだという。以前記した『救荒二物考《きゆうこうにぶつこう》』では、ばれいしょとソバが、飢饉《ききん》の際に役立つ作物として著されており、栽培の仕方や調理法など、草介も大いに役に立った。

そもそも、長英と面識を得たのは、御薬園で草介がジャガタライモの試作を行っていたことがきっかけだ。

長英は、紀州《きしゆう》藩のお抱え儒者である遠藤勝助《えんどうしようすけ》が主宰となっている尚歯会《しようしかい》の会員だった。

尚歯会というのは、蘭学《らんがく》者や儒者など、博学多才な士の集まりで、博物学から政《まつりごと》に至るまで話し合い、提唱していく先進的な会である。

河島の言葉は、酒が入るうち、次第に熱を帯びてきた。

「水草さまは、覚えておりますか？　数年前のことですが、浦賀《うらが》沖に異国船が来ましたでしょう」

ええ、と頷《うなず》いたもののうろ覚えだった。たしか、我が国の漂流民を送り届けに来たが、その異国船を砲撃したという事件だったような気がする。

どこの国のものかは、草介は知らないが、物騒な話だと思った。

幕府は、江戸から遠い長崎にのみ港を開いているが、これも阿蘭陀《オランダ》船に限られている。しかしここ十年ほどの間で、さまざまな国からの来航がたしかに増え始めていた。そのことを憂慮した幕府は、異国船を見つけ次第、打ち払うという、異国船打払令を出している。

浦賀沖に現れた先般の異国船も打ち払われたのである。物騒ではあるが、対応としては責められるべきではないのだろう。

「ですが、高野先生は、その際の幕府の対応を新しい著作の中で批判したのです」

あああ、そんなことをと、そのときばかりは、さすがの草介の耳からも店の喧噪《けんそう》が遠ざかった。

私は読ませていただきましたと、河島がいった。

「異国船の名を人名に置き換えて、その者が住んでいる国の現状などを克明に記述したうえで、幕府がどう対処すべきだったかを述べていました」

草介が考えるまでもなく、これはゆゆしき事態である。それでなくとも、蘭学者は、なにかと眼をつけられやすい。ずいぶんと蘭学が認められつつはあるが、いい例が、河島のような蘭方医だ。いまだに、内科は漢方の本道医があたり、蘭学から医術を学んだ蘭方医は外科というありさまだ。

だが、小石川養生所では、河島と本道医たちが各々認め合って、互いの医術を補い、よいところを取り入れる漢蘭融合の形をとっている。

「先生は、漂流民を送り届けに来た、というならばきちんと礼をつくし出迎えるべきではないかと」

それを砲弾で追い払っては、日本は不仁《ふじん》の国であると示しているようなものである。まずは、漂流民を送り届けてくれたことに礼をし、交易を迫ってきたならば、我が国が交易しているのは、対馬《つしま》と朝鮮間、長崎では、清《しん》と阿蘭陀とだけだとはっきり伝える。

「つまり、漂流民の件と交易の件は別物なのであり、国としての定めがあるということを、きちんと述べて、わからせればよいというわけですよ。それに得心がいかぬのならば、彼《か》の国《くに》が悪いということになります」

もっとも、異国船にとって漂流民は交易を結ぶための、いわば駒であるのだろうと、長英は考えている。だからこそ、漂流民と交易を切り離して処置することが肝要だというのだ。

「まあ先生は、ある会合の席で、ふたりの者が話しているのを聞いていたが、それはすべて自分の夢だったという形にしてはいるのですがね」

いくら夢物語だったとオチをつけても、読む者が読めば、幕政批判はすぐにわかるだろう。豪胆であるのか、軽率であるのか、高野長英という人物がいささかわからなくなる。

草介は口元を曲げる河島の猪口《ちょこ》に酒を注いだ。

「同じ尚歯会の会員ですが、三河田原《みかわたはら》藩家老渡辺崋山《わたなべかざん》さまも、先生同様、先の打ち払い事件を基に著作を綴《つづ》られたらしいです」

河島が、身を乗り出し、草介に顔を近づけてきた。

「水草さま。そんなものが、世に出回れば、確実に鳥居《とりい》たちが動き出す」

養生所にちょくちょく現れる目付《めつけ》の鳥居耀蔵《とりいようぞう》と小人《こびと》目付の新林鶴之輔《しんばやしつるのすけ》——。

目付の鳥居は、蘭学を目の敵にしているらしい。自身が、林《はやし》家の息子であることも大きいのだ。

林家は代々、幕府の教学機関である湯島聖堂《ゆしませいどう》、いまの昌平坂《しょうへいざか》学問所で行われる儀式等を取り仕切る大学頭《だいがくのかみ》を務めている。

大学頭は幕府が推奨する儒学を担う学問の中心的な存在だ。その林家に生まれた鳥居が蘭学を苦々しく思うのも無理からぬことではある。

さらに、度重なる異国船の来航に危機を感じた幕府は、海防のため江戸湾の測量を鳥居と他の者へ命じた。が、その者が尚歯会と関わりがあり、西洋式の方法で正確な測量を行ったことから、鳥居は歯噛《はが》みしたという。

その悔しさから、尚歯会や蘭学者らを、鳥居は見張っているのだ。私怨に近いのかもしれない。

養生所に現れるのも、河島が高野長英と面識があるからといえなくもない。

河島のいう通り、長英の新しい著作が版行されることになれば、鳥居の手は高野をはじめ、尚歯会にも及ぶかもしれない。

草介は小松菜の煮浸しを口に運びながら、鳥居の険しい容貌を思い浮かべた――。

と、再び佐久の声がした。

「草介、まだ起きぬのですか? 御薬園の皆さんが年始の挨拶に来ておられますよ」

ええぇ、と草介は夜具から跳ね起きると、立ち上がった。

「痛《い》てて」

頭を押さえながら、着替えを始めた。

二

父三右衛門《さんえもん》は、すでに年始回りに出掛けたと、佐久がいった。

「なにゆえ、起こしてくれなかったのですか、母上」

草介は俯《うつむ》いて袴《はかま》の紐《ひも》を結び、冷えた廊下を歩きながら、先を歩く母に向かって、文句を垂れた。

「幾度も声は掛けました。それでも起きてこないので、父上が放っておけといわれたのです。わたくしたちは、お屠蘇《とそ》もいただき、お雑煮も食べ終わりました」

なんて両親だ。正月の膳は一家で囲むものではないのか。

「そんなにむくれていないで、ほらお庭。見てみなさいな」

紐を結び終え、草介が顔を上げた瞬間、ため息が洩《も》れた。狭い庭が一面白く染まっていた。もうすっかり晴れ渡った空から注ぐ陽の照り返しで眩《まぶ》しいくらいだ。

「ああ、きれいですねぇ」

今朝方の未明から、どれだけ降ったのだろう。二寸ほど積もっているようだ。

雪に覆われた葉の間から、千両《せんりよう》の赤い実が覗《のぞ》いている。

「ははあ、雪うさぎでも作りたくなりますね」

草介の呑気《のんき》な物言いに佐久が振り向いた。

「あら。もう玄関に飾ってありますよ」

と、弾《はず》んだ声で言った。

そうですか、と応えた草介だが、少々不安になる。佐久は、裁縫も料理も掃除も得意で、武家の女性として武術の心得も多少ある。

父の三右衛門は、見目も麗《うるわ》しく、女性として非の打ち所がないと、己の妻に対して歯の浮いたような賛辞を浴びせる。御薬園預かりで、草介の上役である芥川小野寺は恋敵だったというから、それなりではあったのだろうが、草介にはどうしてもわからない部分がある。

やれ、年明け早々どんな雪うさぎが見られるのやらと、ぽりぽりと額を掻《か》いた。

「寒いのは困りますが、初春の雪というのも、なかなか風情がありますね」

佐久は、首を再び回して、草介を見やると、

「草介には、特別な物を用意してありますから、御薬園の皆さんと一緒に召し上がれ」

と、微笑《ほほえ》んだ。

「それは、かたじけのうございます」

御薬園同心は、二十俵二人扶持《ぶち》の薄給だ。とても親子三人の暮らしが立つはずもない。しかし、水上家の庭は、さまざまな薬草が植えられており、それを売ることで、糊口《ここう》をしのいでいる。

それでも、裕福とはほど遠くはあるが、新しい年に、母がどのような物を用意してくれたのか、昨夜の深酒のせいで頭は重いが、楽しみだ。

玄関に出ると、こざっぱりとした格好をした園丁頭《えんていがしら》と園丁、荒子《あらしこ》たちが一斉に、新年の挨拶を述べた。

「おめでとうございます。今年も、よろしくお願いします」

草介は頭を下げた。

元日で一番忙《せわ》しないのは武家である。大名、旗本は登城し、役職にある者は、その後、上役、親戚と年始の挨拶に駆けずり回る。しかし、草介のような下級武士には当然登城はなく、親戚、役付きの者ならば、上役の屋敷を訪れるくらいだ。

一方、商家は、二日が初売りなので、奉公人たちもゆっくりと休むことができる。初日を拝み、恵方参りに出掛け、凧揚《たこあ》げや羽根つきなどに興じる者たちが、そこかしこに見られる。

けれど、今年はどうであったろう。初日は見られたのだろうか。

すでに近所のそこかしこから、羽根を打つ音や笑い声が聞こえてくる。子どもは、雪中でも元気いっぱいだ。

「さあさあ、皆さま、お上がりくださいませ。ささやかではございますが、酒食の用意もございますゆえ」

佐久が、園丁頭を促した。

「いや、母上さま、そんなお気遣いはご無用に願います。あっしらは、水草さま、いや水上さまにご挨拶に伺っただけでやすから。それでなくとも、こんな雪ん中、大勢で押し掛けて、玄関先を汚してしまい」

園丁頭が、尻込みするように隣の園丁を小突いて、なあと頷きかけた。

「あらあら、毎年のことではございませぬか。遠慮などなさらないでくださいませ。いつも草介がお世話になっているのですから」

園丁も荒子も、顔を見合わせ困った表情をしている。園丁頭が草介を窺《うかが》い見る。

「皆、上がってくれないか。たいしたもてなしはできないが、雪道を来てくれたんだ。酒でも呑んで身体《からだ》を温めてください」

ですよね、母上、と草介は佐久を振り向いた。と、玄関の隅に、雪うさぎが置いてある。

ああ、やはりと草介は笑いを嚙み殺した。

「では、お言葉に甘えさせていただきやす。さ、みんな、ちゃんと足裏の雪ぃ落としてから、玄関に入れよ。汚しちゃなんねえぞ」

園丁頭が、下駄《げた》の歯の間に詰まった雪を搔き落とすと、他の者もそれにならった。

皆に、屠蘇を振る舞い、はじめのうちはもじもじかしこまっていた御薬園の者たちも、酒が入るにつれ、気が緩み、唄を歌ったり、踊り始めたりと、賑《にぎ》やかな宴《うたげ》となった。

佐久も袖口を口元に当てて、笑い転げている。

牛蒡《ごぼう》、蓮根《れんこん》、人参、里芋、くわい、こんにゃくの煮物、昆布巻、勝ち栗《ぐり》、田作《たづくり》、黒豆、かずの子、焼豆腐、かまぼこなど、正月らしい料理が並ぶ。

床の間には、三方《さんぼう》に松竹梅を飾り、みかん、橙《だいだい》、柿串を置いた食積《くいつみ》。活《い》けた花。稲穂を下げた注連飾《しめかざ》り。

新たな年を迎えたのだと、草介は湯呑みを取った。湯呑みの中には、佐久の漬けた梅干しをほぐしたものと昆布が入っている。

草介に用意した特別な物がこれだった。

梅茶である。

「お酒が残った翌日にはこれが一番。迎え酒などもってのほか」

きっぱりといわれた。ごもっともとばかりに、ひと口含む。その酸っぱさに頰をすぼめた。

園丁頭が草介の傍《そば》に座り、頭を下げた。

「申し訳ございません、水草さま。じつは、皆で湯島へ初日を拝みに行きやして」

初日は、深川《ふかがわ》の洲崎《すさき》や高輪《たかなわ》、愛宕山《あたごやま》などの海に近いところに人々が押し寄せるが、神田《かんだ》、湯島の高台からも、よく見えた。

「ほう、初日は拝めたのですか？」

「いやあ、そんときゃあまだ雪が降っておりましたのでね」

園丁頭が照れ隠しに、ぼんの窪《くぼ》に手を当てる。

「皆、正月だってんで、雪が降ろうと、槍《やり》が降ろうと、行かなきゃならねえって、引っ張り出されましてね。でも、しっかり東の空に向かって拝んできやした」

「それはご苦労でしたね」

「で、うちで休んでから、水草さまの屋敷へ行こう行こうと。元日早々だと、あっしは止めたんですが、少し酒も入ってたんで、調子に乗りまして」

構いませんよ、と草介はにこりとした。

「母も喜んでおりますから」

佐久は、園丁や荒子たちの間を飛び回って、酒を注いでいる。

「いつもながら気さくな母上さまですねぇ。毎年、気持ちよく迎えてくださる」

と、言葉を切った園丁頭が、草介の耳元に口を寄せてきた。

「ところで、つかぬことを伺いますが、玄関にあった雪の塊は、なんかのおまじないですかい？」

あああ、やはり気づいたか、と草介は苦笑した。

「あれは、母が作った雪うさぎです」

園丁頭が眼をしょぼしょぼさせた。

「千両の赤い実と葉がついていたでしょう？」

そういえばと、園丁頭が唸《うな》った。

一尺（約三十センチメートル）ほどの大きさで、高さも五寸（約十五センチメートル）はある半球状に固めた雪に、葉を横に突き刺し、上部に赤い実をちょんとのっけている。

「ありゃ、うさぎというより妖《あやかし》の類《たぐい》だ」

そういってから、園丁頭は慌てて口元を押さえた。

「いいんですよ、私もうさぎには見えませんでしたから」

草介は小声でいった。

佐久はなんでもこなすが、こと造形物にかんしては感覚がずれているような気がする。床の間の花も活けているのは、父の三右衛門だ。母にさせると、突飛なものになるからだ。花器に、花々を詰め込むだけ詰め込み、たわわに実った柿や枇杷《びわ》の枝を、惜しげもなくバッサリ切って、床の間に横倒しにおくなど、父が悲鳴をあげたことが幾度もあった。着物の継ぎ当てなど、花型に切り取った布地を縫い付けたりと、奔放といえば聞こえはよいが、三右衛門や草介にとっては少々困ることもある。

「けど、煮物の味付けはいいですなぁ。うちの嬶《かかあ》にも食わせてやりてぇ」

園丁頭が、里芋を箸でつまんだ。

「ありがとう存じます」

佐久が銚子を持って、園丁頭の前に座る。

「こりゃ、どうも恐れ入りやす」

園丁頭が急いで盃を手に取った。

「お頭《かしら》に伺いたいことがございます」

にこにこしながら佐久は銚子を傾ける。

へえ、と園丁頭が恐縮しながら、盃を差し出した。

「草介には想い女《びと》がいるのですか？」

三

園丁頭が口をぽかんと開けて、佐久を見た。

「は、母上。なにをおっしゃっているのです」

草介が尻を浮かせた拍子に、膝頭ですでに空になった湯呑みを転がした。

「あらまぁ、そんなに慌てているということは、やはり懸想《けそう》している方がいるのではありませんか？」

佐久の鋭い眼が草介に向けられる。

「わたくしは、あなたが紀州の医学館へ行く前に、どうしても祝言を挙げさせたいのです。どうなのですか」

助けを求めるように、草介が園丁頭を窺った。きれいに剃《そ》り上げた園丁頭の月代《さかやき》に汗が滲《にじ》んでいる。

佐久が膝を進め、園丁頭に再び詰め寄る。

「さ、いかに。お頭、ご返答を」

草介はごくりと喉を鳴らし、園丁頭へ首をそっと横に振った。

「そのぉ、水草さまは、いや水上さまは真面目にお役に励んでいらっしゃいますし、御薬園には、女子《おなご》はいねえですからね」

へえ、と身を縮めた園丁頭を疑わしそうに佐久が見つめる。

「ご勘弁くだせえ、あっしは、その――」

へどもどしていると、赤い顔をした若い園丁がふらふらやってきた。どすんと草介の横に腰を下ろす。

佐久がちょっと身を引いた。草介も園丁頭も、ほっと胸を撫《な》で下ろす。

「水草さま、せっかくの正月だってのに、酒呑まねえんですか。母上さまの美味《うめ》え料理もあるってのに」

「うん、じつは昨夜、河島先生と一緒だったのですよ」

「ああ、そうですかい。河島先生も早いとこ、美鈴さまと夫婦になっちまえばいいのによぉ。見てるこっちが苛々《いらいら》すらぁ」

安堵《あんど》したのも束《つか》の間《ま》か、と草介は園丁を恨めしく思った。

園丁頭も若い園丁を睨《にら》みつけている。

佐久が首を傾《かし》げ、園丁へ口を開いた。

「美鈴さまとはどなたでしょう」

「ああ、以前、御薬園に見習い同心で来ていた方の妹さんで。少々粗忽《そこつ》なんですが、そこが愛らしいお方でしてね。どうして河島先生がいいのか、さっぱりわからねえ。まず歳が違いすぎらぁ」

まあ、それをいったら水草さまも同じようなもんだ、人の好みってのは色々ですねぇ、と園丁がニヤつきながら、草介の肩を叩《たた》いた。脇の下から汗が出る。

「おい、水上さまに失礼だぞ」

「水上さまぁ？　頭ぁ、なにを気取ってんです。いつもは、水草さまっていってるくせに」

若い園丁が、げらげら笑いながら、盃を傾けた。

「てめえ、いい加減にしねえか」

たしなめる園丁頭を押し留《とど》めた佐久が、

「水草でも水上でも構いません。いまのお言葉ですと、やはり草介には、心に決めた方がいるのですね」

園丁に訊《たず》ねた。

「はあ、母上さまはご存——痛ってぇえ」

園丁は頭の後ろを押さえて、ひどいなぁ水草さまぁと、唇を尖《とが》らせた。

私じゃないと、ぶるぶる首を振る。

園丁頭が、草介の背後からすばやく手を回し、若い園丁の頭を叩いたのだ。

佐久が訝《いぶか》しい顔をした。

「あ、母上さま、本日、三右衛門さまはいらっしゃらねえのですか？」

園丁頭が佐久へ話し掛けた。

「どうしてもお会いしてえんですが」

園丁頭は、何年も御薬園で働いているので、当然、父が同心の頃から知っている。

佐久が何事かという顔をする。

「本日は、お世話になった方のお屋敷へ年始のご挨拶に参りましたが」

「じつは三右衛門さまに、お訊《き》きしたいことがございましてね。ねえ、水上さま。ほら、例の件ですよ。父上さまにまだ訊いてないんでやんしょ」

なんのことかと草介は戸惑った。

だが、この場を切り抜けなければならない。まったく余計なことを口走ってくれたものだ。園丁頭が目配せしてきた。話を合わせろということだろう。草介はうんと強く頷いた。

「ああ、あれですね。まだ訊ねていません」

とりあえず、いい加減な受け答えをした。

「そいつは困りましたね。ほれ、おめえがいってたんじゃねえか、忘れたのか」

いきなり質された園丁が、

「うーん、姑《しゅうとめ》にいびられる嫁の話ですかねぇ」

と、妙な顔をして応えた。

「それだ、それ！」

我が意を得たりとばかりに、園丁頭がぱんと膝を打つ。

「おめえの兄貴の知り合いだっていう、豆腐屋の嫁さんの話だ。近頃、姑の様子ががらりと変わったっていうヤツだ」

それなら、草介も園丁から聞かされていた。

「そ、そうなのですよ、母上。それまで優しかった姑がここ半年ほどで、別人のようになってしまったらしいんです」

佐久が、眉根を寄せる。

豆腐屋なので、朝が早い。しかし、まだ幼子がいるので、その世話に追われ、店に遅れて出ると、水を浴びせられることもあれば、できたての豆腐を投げつけられたこともある。

　口答えすると、怒るか泣き出すかのどちらかで、いずれも手がつけられなくなるという。

　嫁には、大きな粗相をした覚えもなく、思い当たることもない。思い切って、姑に訊ねたが、なにも変わっていないと突《つ》っ慳貪《けんどん》に答えただけだったらしい。

　園丁頭が、話をするよう園丁を促した。

「嫁さんの名は、おすえ、姑はおつたってんですが、それまではまことの母娘《おやこ》のようだと近所でも評判だったのですよ」

　佐久が考え込む。

「おすえがひとつだけ気になっているのは、おつたが手足が冷えるといっていたことだそうです。なにせ豆腐屋で水を使いますからね、本人はそのせいだと突っぱねて。おすえが仕事を控えたらどうかといったのが、おつたの気に障ったのじゃねえかって。どう思われますか？」

　園丁が佐久に訴えるようにいった。さっきまでの酔いも飛んでいってしまったようだ。賑やかだった他の園丁と荒子も、こちらの話に耳を傾け始めている。

　荒子のひとりが声を上げた。

「たしかに、豆腐屋なら、水を多量に使います。いまの時期は水も冷たい。しもやけはないのでしょうか？　手足の冷えは、やはり血の巡りが悪いと思われますが。水草さまなら、どういたしますか？」

さすがに生薬《しょうやく》の精製をしている荒子だ。身体のことは気になったのかもしれない。

そうだなぁ、と草介は腕を組んだ。

「身体を温めるなら、ショウガ湯を飲むのもいいだろうし、黒豆茶や酒も悪くはありません」

「そうねえ、黒豆は煎《い》って、湯を注ぐだけで茶ができますからね。その後も、食べることができて無駄もありません」

佐久も真剣な眼差《まなざ》しだ。想い女のことは、いまは忘れているようだ。うまく話をそらすことができたと、園丁頭に感謝した。都合よく、豆腐屋の一件があったこともありがたかった。このまま、母の追及を受けたら、どうなっていたか知れない。

「ところで母上。お祖母《ばあ》さまには、豆腐屋の姑のようなことはございましたか？」

佐久はわずかに頬を緩めた。

「草介も知っているでしょう？　お義母《かあ》さまは、もともと、口うるさいお方でしたから」

なるほど、そうだったと草介は額をぽりぽり掻く。

「園丁どの、その姑のご亭主は？」

「三年前に亡くしておりやす。棒手振《ぼてふ》りから、夫婦ふたりで踏ん張って、店を持ったそうです。いまは息子とその嫁が店を引き継いではおりますが、近所では、姑の豆腐じゃなきゃという贔屓《ひいき》もいるんで、まだまだ楽隠居ってわけにもいかねえようです」

そう、と佐久は静かに首肯した。

「ご亭主を亡くしたことも、大きかったのかしらね。息子さんは、しっかり者？」

それが、と園丁は言葉を濁した。

はあ、と佐久がため息を吐《つ》く。

「自分の母親と嫁さんが頼りって感じです。どうして、ふがいねえ奴の処《ところ》に、あんなしっかり者の嫁さんが来たのか、簞笥町《たんすまち》の七不思議のひとつで」

「まあ、それは大層な」

佐久は素直に感心している。

草介は、ふむと考え込んだ。

冷えと性質が変わったということを一緒に考えるのは無理があるだろうか。やはり、仕事を控えたらどうかという、嫁の言葉に姑が怒りを覚えたというのがわかりやすい。まだまだ隠居扱いされるのは、真《ま》っ平《ぴら》と思っているのか、あるいは息子のふがいなさに、腹を立てているとも考えられる。

年かさの園丁が、そうだと叫んだ。

「薬湯はどうですかね」

おお、と皆がざわめく。

「それはいいな。まず身体を温めるものを飲んでから、湯につかると、効果てきめんだ」

草介がいうと、若い園丁が手を叩いた。

「じゃあ、水草さま、これから湯屋へ行きましょうや」

「私が、湯屋に？」

「そ。あっしが通ってる湯屋が、三が日は薬湯をやってるんですよぉ。毎年、大変な盛況でしてね。御薬園の湯殿じゃ、足も伸ばせねえでしょう。たまにはでかい湯船でゆるりとするのもいいもんですぜ」

だが、と躊躇《ちゆうちよ》する草介に、

「行ってみましょうよ。母上さまと面《つら》をつき合わしているのもなんでしょう」

園丁頭まで誘ってきた。

いわれてみれば、皆が帰った後、佐久から根掘り葉掘り訊かれるのは御免だ。

湯屋は、元旦から開いている。

江戸の町の薬湯は、伊豆《いず》や箱根《はこね》の温泉を樽《たる》に入れ、船で運んできたものを沸かし直すことが多い。

京《きよう》や大坂《おおさか》の薬湯は、薬種薬草を煮出したもので、病を患う者たちにとっては嬉《うれ》しい湯だ。もちろん、普通の客も入ることができる。江戸も五月は菖蒲湯《しょうぶ》、六月は桃の葉湯、冬至は柚子《ゆず》湯があるが、こうした薬湯がもっと増えるとよいと思っている。

「で、その薬湯はやはり温泉ですか？」

「いいや、今年は人参湯でさ」

園丁はまるで自分が湯屋を営んでいるように、鼻を膨らませる。

「ほう、人参とは贅沢《ぜいたく》だな」

でしょう？　だから行きましょうと、園丁が草介の腕を取った。

「まずは、身体が温まるか、水草さまが確かめてくださいよ。豆腐屋の姑にも教えてやれます」

草介は、佐久をちらりと見る。

「行って来なさい。女子にとって冷えは大敵。あなたが嫁をもらったときにもきっと役立つでしょうから。先ほど中途になったお話は、またいずれ」

ああ、覚えていたのかと、草介はげんなりしながら、肩を落とした。

四

「では、行って参ります。元日から勝手をいたしまして申し訳ございません」

草介は、佐久に頭を下げた。

「いいえ、町場の湯屋へ行くのも一興。昨夜のお酒も流してきなさい」

佐久がちくりと皮肉をいった。

「あの、父上はどちらにいらしたのですか。年明けの挨拶もせず、息子として」

あなたの代わりです、と佐久が頰を緩める。

「私の代わり、ですか」

「ええ、芝《しば》の芥川さまのお屋敷へ」

げっ、と草介は仰《の》け反《ぞ》った。すっかり忘れていた。年末から年始にかけて、上役である御薬園預かりの芥川小野寺は、園内の役宅でなく、芝の本邸に戻っていた。

そういえば、他の御薬園同心が、芝まで行くのは骨が折れるとこぼしていたのを思い出した。しかしこれは、まずい。下役の者が、上役に年始の挨拶を怠るようなことがあってはならない。太い眉をぐっと押し上げた千歳《ちとせ》からも、嫌味のひとつも投げつけられそうだ。

「だって、いくら起こしても草介が目覚めないものですから、業を煮やした父上が、代わりに行ってくるとおっしゃったのですよ。ありがたく思いなさい。さ、皆さんが、お待ちですよ、早《はよ》う早う」

はい、と小さく返事をして、草介は身を返した。

通りの雪は両端に除かれていた。雪は土と混じり、いささか汚れて見えるが、それでも、冬の柔らかな陽を浴びて、きらきらと輝いている。

表通りのお店の前には、門松が置かれ、立派な注連飾りを下げる店もあった。

恵方参りに出かける親子連れや商家の者らに交じって、武家の駕籠《かご》が急ぎ通りすぎる。往来はなかなか賑やかだ。

皆、知り合いに会うと、足を止め、年始の挨拶を交わす。

すっかり晴れ渡った空には、幾枚もの凧が揚がっていた。

いつもの正月の光景だ。

湯屋へ行くのは、全員ではなく、園丁頭を含めた数名になった。

「あすこですよ」

行きつけの湯屋を園丁が指さす。

軒下に括《くく》りつけられた竹竿《たけざお》の先に、「ゆ」の文字を染めた暖簾《のれん》が吊《つ》り下げられている。

「水草さまは、町場の湯屋は初めてで？」

園丁頭が訊ねてきた。

「幼い頃、父に連れられてきたことがありますが、覚えていないですね」

「男と女の湯船が一緒でしたか」

「それもわからぬよ」

と、応えてから、はっとした。

園丁が横から、からかうような物言いをする。

「驚かねえでくださいよ。あすこの湯屋はいまだに男と女が一緒ですぜ」

草介の顔が、かあっと熱くなる。

まさか。そんなはずはない。かつて、風紀が乱れるとして、先のご老中が、男女の入《いれ》込《こ》みを禁止したのではなかったか。

「もちろんお上《かみ》から、いけねえとお達しが出てますが、みんながみんな、いうこと聞いちゃおりませんよぉ」

園丁が澄まし顔でいった。

湯屋は、脱衣場である板間と垢《あか》すりの流し場があり、その奥に湯殿がある。流し場と湯殿の間には、柘榴《ざくろ》口という、入り口が設けられていて、そこを潜《くぐ》って、奥の湯船に浸《つ》かるのだ。

かつての湯屋は、板間と流し場は分けられていたが、湯殿はひとつだった。男女がひとつの湯船に浸かっていれば、おのずとけしからぬ輩《やから》も出てくる。

「入込みの湯殿で、気に入った者同士が、いちゃつくことも少なくねえ。もっとも、暗い中ですから、うっかり大年増に手え出す、馬鹿もいますけど」

「待て。ちょっと待て。私はやめる」

草介は、湯屋の前で慌てていった。

「なんです、いまさら。せっかくの薬湯ですよぉ。あれ、顔が赤くなってますよ」

いやだなぁ照れちゃって、と園丁が調子に乗る。

「見られて恥ずかしいものなんか、持っちゃいねえでしょう」

「こら、なんてこというんだ」

園丁頭が怒鳴る。

「ったくしょうがねえ。すいやせん。こいつのいったのは、嘘《うそ》ですよ。あっしもこの湯屋に入りましたが、湯殿は別です」

ほう、と草介は息を吐く。

見られて恥ずかしいかは別として、女子と一緒の湯に浸かることのほうが、草介にとっては、恐ろしい。

不意に千歳の気難しい顔が浮かんできて、さらに背筋を凍らせた。

正月三が日は、板間にかまどが置かれて、煎茶《せんちゃ》などが振る舞われる。いつもは八文の湯銭はこうした時には、十二文になる。さらに、板間の茶汲《ちゃく》み男にもおひねりとして、銭を支払う。

刀を預け、板間に入ると、やはり人参湯ということで混雑していた。武家の姿もあったので、草介はほっとする。

それにしても、湯に人参を用いるとは湯屋の主人も考えたものだ。

人参は、御種《おたね》人参ともいい、滋養強壮、疲労回復などの効能がある。

おそらく、人参を煮出して、その汁を湯に混ぜ入れたのだろう。高価な薬として、庶民の手には滅多に届かない人参である。たとえ少量でも、新年から、そうした湯に浸かれるのはありがたい、と皆、思っているに違いない。

女湯のほうからも、賑やかな声が聞こえてくる。

おや、と草介は湯上がりの男たちから立ち上る匂いに、鼻をくんくんさせた。

「頭。ちょっと気になることがあるのだが」

「どうかいたしましたかね」

すでに下帯ひとつになっていた園丁頭が訝しい顔をした。

「この匂いなのですけど――」

園丁頭も鼻を動かす。

「どうですか」

「こりゃあ、たしかに」

園丁頭が頷いた。

「ともかく湯に浸かってみましょう」

草介が袴に手をかけたとき、突然、金切り声が響き渡った。

男湯の連中が皆、ぎょっとした。

女湯だ。

怒鳴り散らす女の声だ。

なにをいっているかは、わからないが、ともかく、誰かを相手に罵声《ばせい》を浴びせているのだけはわかる。

なんだ、女同士の喧嘩《けんか》か、と男湯もざわめく。男が入り込んだんじゃねえかと、へらへら笑っている者もいる。

だが、違う。よくよく耳を澄ますと、

「誰が湯屋に連れて来いといった」とか「ぐうたら者にしたのは、おまえのせいだ」とか「売女《ばいた》」とか、早口でまくしたてている。

穏やかではない。

「文句があるなら、あたしの豆腐以上にうまいものを作ってみやがれ!」

「お義母さん!」

豆腐? まさかと、草介は袴を着け直し、土間へ戻るや、

「お侍さん、そっちは女湯だ」

番台に座る湯屋の主人の制止を振り切り、女湯に駆け込んだ。板間で子を連れた女の

襟元を絞りあげている年寄り女がいた。

間に割って入ろうとしたが、

「きゃあ」

と、鋭い悲鳴があちらこちらから上がった。

あああ、しまったと思ったが遅い。

湯文字一枚の若い娘の張りのある乳房が、年増女の豊かな尻が、眼に飛び込んできた。

その瞬間、女たちから一斉に糠袋《ぬかぶくろ》を投げつけられた。

五

「しょうがねえなぁ、水草さまは」

園丁頭と園丁らが呆《あき》れ顔をしている。湯屋の者たちに羽交い締めにされ、女湯から引きずり出されたのだ。

草介と一緒に女ふたりも板間から出されていた。

果たして、そのふたりは、園丁が話していた豆腐屋の嫁のおすえと姑のおつただった。

湯屋の二階は、男だけが入れる休憩所になっている。湯に浸かった後、軽く酒食を楽しんだり、囲碁や将棋に興じることもできる。

ときには、拳戯《けんぎ》などの遊びの稽古なども行われる。

おすえとおつたは、二階の隅に座らされていた。連れてきた子どもは、湯屋の者が面倒を見ているらしい。

湯屋の主人が、苦虫を嚙み潰したような顔をした。

「いくら嫁姑の喧嘩でもよ、ああまでひどいと、番屋《ばんや》へ駆け込むところだったんだぜ。正月早々、こういう騒ぎを起こしてくれちゃ困るんだよ。早じまいまでさせられてよ」

申し訳ございません、と嫁のおすえが頭を下げた。姑のおつたに髪を摑《つか》まれたのか、鬢《びん》はぐずぐずになっている。おつたのほうは知らん顔を決め込み、そっぽを向いていた。

「で、どうした訳で、あんな喧嘩になったんだえ」

主人が問うと、おすえが肩をすぼめ身を硬くした。

「お義母さんが、近頃、冷えるというので、こちらの湯を勧めたのですけれど。お義母さんが怒るのも仕方がないんです。あたしが気がつかないばっかりに、糠袋を忘れたものですから」

「ちょいと待ちなよ。するとなにかい、糠袋で、あんな喧嘩になったのかい」

湯屋の主人は眼を剝《む》いた。その場にいた皆も、同じだ。

「本当ですか」

思わず草介も身を乗り出した。

と、おつたがいきなり涙をこぼして、突っ伏した。

急な変わり身に、周りの者が仰天する。

「この嫁は、優しいことをいっておりますけれど、子の世話があるからと、あたしをずっと働かせているのでございますよ」

うちは豆腐屋でございまして、と涙ながらにべらべら話し始めた。

おつたがいうには、おすえは、まだ自分の亭主が存命の頃、豆腐作りをしながら、水が冷たい、あかぎれができたといっては、色目を使っていたという。それでいて、

「あたしの息子の平次《へいじ》は、ほったらかし。だから岡場所の妓《おんな》にうつつを抜かしても詮《せん》無いことじゃありませんか。それなのに気が触れたように責め続けたんですから」

と、憎々しげにいうと、再び、わっと泣き出した。

おすえが俯く。

草介は、おつたの様子に奇異なものを感じた。だが、話の辻褄《つじつま》は合っている。もっとも、眼の前にいる嫁のおすえが、おつたの連れ合いに色目を使うようには思えなかったが、それはそれとして、この態度の急変ぶりは、妙だった。

「お義母さん」

おすえが、おつたの背に手を添えると、

「触るんじゃないよ」

と、険しい顔で怒鳴った。

湯屋の主人は、腕を組んで思案していたが、

「ここは、嫁さんのご亭主を呼んで、仲良く帰《けえ》ってもらうしかねえよな。昔色々あったにしてもよ、嫁姑の喧嘩は、どこにでも転がってらぁな」

ぼそりといった。

「冗談じゃありませんよ。あたしはほとほと疲れちまったんですから」

肩は凝る、急に顔が熱くなる、手足は冷える、おすえの顔を見るだけで苛々する——。

「あの、おつたさん」

おつたが草介を見据える。

「少々お訊ねいたしますが、気が沈むこともよくありますか？」

ええ、ええ、いつもですよと、おつたは袂で涙を拭う。

「それもこれも、この嫁のせいなんですから。うちは小さな店ですよ。ご近所に売るだけの豆腐を作るのが精一杯。なのに、自分の亭主が働かないからと、職人を入れたんですよ。今度はその職人にまで色目使って」

「お義母さん。それは、お義母さんの身体の具合も考えて平次さんとも話をして決めたのじゃありませんか。あたしが勝手にしたことじゃ——」

「うるさいね。ああ、もう助けてくださいな。この嫁はこうしてあたしに口答えするん

ですから。あたしが邪魔なんだ。じつはね、あたしは豆腐が大嫌いなんですよ」

豆腐屋なのに豆腐が嫌いというのも珍しい、と草介は眼をぱちくりさせた。

「なのに、自分で作った豆腐が食べられないのかって、売れ残りをあたしの膳に置くんです」

「あたし、そんなことしてません」

それに、とおすえが唇を嚙み締めた。

「色目、色目って、いい加減にやめてくださいさい。ご近所でも変な目で見られているんですよ。客商売なのに、少しは考えてくださらないと」

ああ、頭が痛い、とおつたがこめかみを押さえた。先ほどまで泣いていたおつたはけろりとして文句をいう。

「そのきんきん声でまくしたてられると、たまらないんだよぉ」

園丁頭が身を寄せてきた。

「水草さま、どう収めますか」

「これは、手強《てごわ》いですねぇ。初めてお会いしたので、おつたという人の性質が本当に変わってしまったのかもわかりません」

もしかしたら、ずっとおすえに対して持っていたわだかまりが、三年前に亭主を亡くして、噴き出したとも考えられた。

嫁姑は、我慢と忍耐の連続だとよくいわれる。

しかし、これだけ、おつたにぽんぽんいわれ続けても、びくともせずいい返すおすえも大したものだ。これまで仲良くやってきたからこそだろう。

「ともかく、うちの者に、あんたのご亭主を呼びに行かせる。今日の早じまいの損も、なんとかしてもらわにゃなるめえ」

わかってるよな、とばかりに湯屋の主人が、おすえを見つめる。

「それはいかほどになりましょうか」

おすえがおずおずと訊ねる。

そうだなぁ、と主人は顎を撫《な》ぜながら、

「三が日は人参使った湯なんでね、銭の掛かりがいつもより多いんでねぇ」

と、おすえを再び見る。騒動につけ込む強欲な眼つきだ。

「あ、それはちょっとお待ちください」

草介は口を挟んだ。主人が横目で睨《ね》めつけてくる。

「お侍さん、あんただって、騒ぎの一端を担いでんだ。わかってるかえ？　女湯に飛び込むなんてよぉ」

「あ、それは、おふたりを止めに入ろうと、つい」

ふん、と主人は顔をそむける。

「ともかく、今日の損を埋めてもらわにゃ、収めることはできねえなぁ。でなけりゃ、番屋へ行ってもらうしかねえよ」

いますぐ、出入りの岡っ引きの親分をここに呼んでもいいんだぜ、と主人が凄《すご》んだ。

「ああ、そうしてもらっても構わないよ。でもね、悪いのは、この嫁だからね。あたしにも、平次にもかかわりないよ」

おつたはへっちゃらで吐き捨てる。

「おいおい。姑さんよ、そういう態度で物をいっちゃいけねえなぁ」

主人はせせら笑いながら、おつたをたしなめた。

「もう、あたしを帰しておくれよ。顔が熱いし、胸は苦しいし、頭も痛くて我慢ができないんだ。頼むよぉ」

おつたが、急に猫撫で声を出す。

「だから、出すもの出せば帰すよ。おい、おまえ、亭主を呼びに行け」

客たちに酒を出していた若い男が、返事をして、近づいてきた。

「ですから、お待ちくださいと申し上げたはずです」

草介は、再び口を開いた。

園丁頭も園丁らも、草介をじっと見つめている。

「人参湯とのことですが、どのようにして湯を作られたのですか」

主人がむっと、顎を引いた。

「そ、そりゃあ、人参を切ってよ、煮出して、煮汁を混ぜたんだよ」

「なるほど。煮出した後の人参はどうなさいました？　できれば見せていただきたいのですが」

「なんだよ、そんな必要はねえだろう」

草介は背筋を正して、いった。

「ほう。高価な人参を煮出しただけで捨ててしまうことはないでしょう？　煮出した人参も湯に浮かせませんと。それでなければ、もったいない」

「明日も使うからだよ」

「でも、布袋に入れて、煮出すはずですから、それを見せていただければ、こと足りる話です」

草介は、にこりと笑った。

主人が口元を曲げる。

「まず、湯から上がって来たばかりの者から、御種人参の香りがしませんでした。御種人参には、非常に強い独特な香りがあります。ちょうど、皆さんが知っている生薬の匂いそのものです」

なぜ、身体からその香りがしないのかが不思議だと、草介は首を傾げて見せた。

主人の顔がみるみる赤くなる。

「知ったような口を利きやがって、女湯覗きの侍が！」

怒声をあげると、いきなり立ち上がった。それと同時に、園丁頭と園丁らも、草介をかばうように、素早く腰を上げた。

「水草さまに、なんてことをいうんだ」

若い園丁が食ってかかる。

「水草、だとぉ、ほわほわした名前《なめ》ぇだな。ふざけやがって」

主人が園丁の襟を摑みそうになったとき、園丁頭が、ずいと前に出た。

「うちの園丁に手ぇ出すんじゃねえよ。それにな、女湯覗きの侍じゃねえ。このお方は、幕府の小石川御薬園同心の水上草介さまだ。そんじょそこらの医者よりも薬種薬草に秀でてんだ」

「そ、それじゃ。ただの人参だと」

「あったりまえだ、御種人参の匂いじゃねえことぐらい先刻承知よ、このいかさま野郎」

園丁頭が湯屋の主人にぐっと顔を寄せる。

その迫力に、主人はへなへなとくずおれたが、それでも、なお、

「御種人参とはいってねえ。どこにもうたってねえ。どんな人参だろうと、人参湯は人

参湯じゃねえか」

と、開き直った。

「言い訳なら、番屋でしやがれ」

園丁頭の一喝で、主人は口をぱくぱくさせた。ぐうの音も出なかった。


湯屋を出たおすえは子の手を引いていた。子はまだ四つほどの女児だ。雪でぬかるんだ道で転びそうになる。おつたは、それを顧みることなく歩いていた。

「頭、先ほどはありがとうございました」

園丁頭が、とんでもねえことで、といった。

「水草さま、あのふたりこのまま帰すんですかい?」

園丁が心配げな顔をする。

厄介ですなぁ、と園丁頭がため息を吐く。

「おつたさんの様子で、頭は、なにか気づきませんでしたか?」

草介は、歩きながら小声で話した。

「じつは、あっしの病に似ていると思いやした。急に腹が立つ、気が塞《ふさ》ぐ。まるであっしを見ているようで嫌な気分がしました」

ですね、と草介は頷いた。

園丁頭は、癭《えい》病を患っている。急なのぼせや発汗、苛立ち。体力の減退。喉元にある甲様機里爾《こうようきりいる》という器官を病んだせいだ。西洋人に多い病らしい。後日、河島に聞いたが、病が重くなると目玉が飛び出てくるという。でも、いまは薬でだいぶ落ち着いてきているようだ。

「そのうえ、湯屋での偽人参湯。婿《むこ》の喜太郎《きたろう》さんの顔が浮かんできやしたよ」

園丁頭の娘おしんが嫁いだ生薬屋の惣領《そうりよう》息子だ。偽人参を売っているという噂《うわさ》があったが、それは噂だけだったので、皆が安堵した。

すでに身籠っているおしんの出産は晩春だ。

「ってえと、あの姑はあっしと同じ病ですかい？」

「いえ、湯屋で喉元を見ましたが、腫《は》れはありませんでした。となれば」

草介はおすえに近寄り声を掛けた。

おすえが振り返る。

「姑のおつたさんですが、先ほど話していたことは、妄言だと思うのですが」

おすえは、子へ眼をやりながら、頷いた。

「舅《しゆうと》に色目を使ったというのは、以前、店で使っていた女の奉公人のことだと思います。まだあたしが嫁いでくる前だと、亭主の平次から聞いています」

「それが、ごちゃごちゃになっているのか、わざとなのかはわかりませんが……何事も腹立たしく思い、苛立ちが収まらない。ともかく吐き出さずにおられない」

そのうえ、肩こり、頭痛、冷えといった身体の不調。

草介は、ぽりぽりと額を掻く。

「ちょっとした事でも、気に食わないと怒鳴る、苛立つのですよね」

はい、とおすえは、首を縦に振る。

「つけ置いた豆を石臼《いしうす》で挽《ひ》くのですが、それが遅いと怒鳴られますし、油揚げの加減を見て欲しいというと、怒られます」

昨年の春までは、本当に優しい義母《はは》だったと、おすえは、悲しげな顔をした。と、おすえがいきなり草介をまじまじ見つめる。

「なぜ、お侍さんが、あたしたちにかかわるのですか？」

「あっしですよ、あっし」

若い園丁が、すっと前に出てきて、自分の顔を指さした。

「あっしの兄貴が、平次さんと知り合いなんで」

ああ、とおすえが頭を下げた。

「それで、姑さんの話を、こちらの水草さまに申し上げたわけでしてね」

水草さま、とおすえが草介をちらりと見て、くすりと笑った。きっと、手足がひょろ長い体躯《たいく》が水草そのものに見えたのだろう。

「けど、平次さんも気にかけておりました。母親が女房に当たるのは自分のせいかもしれねえと。あまりに、ふたりがしっかり者で、本当の母娘みてえだったから、拗《す》ねちまってたのが情けねえっていっていたそうです」

「うちの人が、そんなこと」

と、おすえは唇を噛んで、目尻に浮かんだ涙を拭う。

「おつたさんは、豆腐が嫌いだといっていましたが、本当ですか？」

はい、とおすえが応える。

「それで、よく豆腐屋が勤まりますねぇ」

「いえ、舅が亡くなってからです。豆腐を食べると、悪い時のことも、いい時のことも思い出すからと」

そう言って、おすえはちょっとだけ思いを馳《は》せるような顔をした。その頃のおつた夫婦の姿を思い浮かべているのかもしれない。

「でも、これまで豆腐を作り続けてきたから、味は変わらないのですね」

「ええ、まったく。舅が作っていた頃のままの味です。だから、お客も減りません」

義父《ちち》の味は義母の味だと、おすえはいった。

「でも、性質は変わってしまった」

少し前屈《かが》みに歩くおつたを見ながら草介は呟く。

「なぜでしょう」

おすえの声は前を行く、おつたの背に掛けられているようだった。

草介は、こほんと咳払《せきばら》いをして、告げた。

「じつはですね、私の母もそうなのです」

背後にいた園丁と園丁頭が、惚《ほう》けた顔をした。

六

佐久が変わったと思ったのは、一年前だ。妙に塞ぎ込むようになり、身体の不調を訴えた。

父の三右衛門が医者を呼ぶと、途端に怒り始める。

「そのとき、父がいっていたのですよ。佐久、私の母の名ですが、佐久は女でなくなることが寂しいのだと」

おすえが、眉を寄せた。つまり、と草介がいい澱《よど》む。

「月のもの、です」

あっと、おすえが顔を赤くして俯いた。おすえの子が不思議そうに、母の顔を見上げる。

「冷えやのぼせ、肩こりや腰痛もあったそうです。暑くもないのに、汗がどっぷり。幾度も着替えなくてはならなかったと。父のちょっとした言葉掛けにも、腹が立ったと、母自身からも聞きました」

もともと、物言いがきつい佐久だったが、さらに舌鋒《ぜっぽう》に磨きがかかったきらいもある。

「では、義母は」

おすえが唇を震わせる。

「きっと、ご亭主を亡くされたことでさらに気落ちされたのでしょう。もう息子夫婦に店を譲りたいけれど、商売に力を入れない息子さんにもなんとなく腹が立つ。同じ女子のおすえさんに辛《つら》く当たってしまうのも、その気持ちをわかってほしかったからではないでしょうか」

おすえは、目蓋を閉じた。

「人の身体の働きがひとつ失われるのは、きっと大変なのだと思います。男の私には、わかりませんけれど、とくに月水《げっすい》がなくなるのは、女性にとって身体も心も負担が大きいのかと」

おすえの子が、手を放して、おつたのほうへ駆け出して行く。

おつたは、ふと首を回した。自分の孫をみとめ、その小さな手を握って、微笑んだ。

「お義母さん」

おすえが、おつたに走り寄った。

その日、園丁頭たちと別れて、草介は実家ではなく、御薬園へ戻った。雪で、薬草畑が心配になったせいもある。

御薬園は、雪に閉ざされていた。

それでも、養生所の者が仕切り道の雪を片付けたのだろう。人が歩けるだけの地面が覗いていた。

御役屋敷の乾薬場《かんやくば》は、白一色だ。

夕刻近い光を反射させ、眼が痛いほど眩しい。

「おめでとうございます」

急に背後から声を掛けられた。心の臓が一瞬、止まったように思えた。

御役屋敷には誰もいないはずだった。上役の芥川も千歳も、芝の本邸に帰っている。

振り向いた草介の眼に映ったのは、広縁に立つ女性《によしよう》の姿だ。鮮やかな紅色の地に白牡丹《ぼたん》を描いた振袖。吉祥《きつしよう》文様を織り込んだ金色の帯。

眼がくらむような艶《あで》やかさだ。白雪の眩しさより勝る。

「ええと、どちらさまでしょうか」

おそらく相当間の抜けた顔をしていたのだろう。

「わかりませぬか。わたくしです」

げっ、と草介は口を開けた。

千歳だ。

いつもの若衆髷《わかしゅまげ》でなく、結いあげた髪、太い眉はそのままだが、薄く刷《は》いた白粉《おしろい》、唇には紅を差している。

「なにを惚けた顔をしているのです。どこかおかしなところでもございますか」

つんとした調子でいい放った。

「おかしいどころか、その、あの」

お美しい、という言葉が喉の奥に引っかかって出てこない。しかし、そのような浮《うわ》ついたことをいえば、どんな反撃があるかわからない。

「ええと、珍しいお姿で」

千歳がぐいと顎を上げる。

「わたくしの本意ではございません。父から無理やり着せられましたので」

あああ、そんなことをいうつもりはなかった。言葉を探せば探すほど、焦る。

「それにしても、草介どの。他の同心の方々は芝の屋敷へ年賀に参りましたが、一体どうしたことですか。お父上のお話では、具合が悪いとのことでしたが」

お元気そうですけれど、と千歳が睨んできた。衣装は華やかでも、言葉は変わらずだ。

「色々ありまして。大変申し訳なく」

「もう結構です。父が、とても喜んでおりましたゆえ。草介どのの父上にご挨拶いただきましたが、相変わらず飄々《ひょうひょう》とされていて、楽しいお方ですね」

「恐れ入ります」

なんの話をしたのやら、少々不安になる。

「ま、わたくし、年始の挨拶に来た方々の前にいちいち引きずり出され、くたびれ果てたので、こちらに逃げて参りました」

そうですか、と草介は広縁へ歩を進めた。

「じつは私も似たようなものです」

佐久から、「想い女は？」と質されるのが怖くて逃げてきたといえなくもない。

草介は広縁に腰掛けた。と、広縁の隅に、妙な雪の塊があった。千両の葉が突き刺してあり、実が雪にめり込んでいた。

母と同じだ。草介は心のうちで笑う。

「元日の雪もよいものですね。童に戻ったようにうきうきいたしました」

それで、この雪うさぎか。雪と戯れる千歳の姿を思う。それにしても、振袖姿であるのも気に留めず雪遊びをするのも千歳らしい。

するとも千歳が長い袖を持て余しつつ、草介の隣に座った。

「御薬園の景色もいつもとは違って見えます」

千歳が微笑んだ。

「ええ、とてもとても美しいです」

草介は呟《つぶや》くようにいった。

睦月《むつき》の三日、商家の初売りが始まった翌日、箪笥町がちょっとした騒ぎになった。嫁のおすえと姑のおつた、そして平次、雇いの職人の四人が、てんてこ舞いしながら客の応対をしていた。

おすえが、草介へ眼を向け、

「このお豆腐、お義母さんも喜んで食べてくれています。お教えいただき、ありがとうございました」

と、丁寧に腰を折った。おつたは奥で汗を拭いながら油揚げを揚げていた。

おつた自身、カッとなるとなにを口走ったのかわからず不安だったのだという。それが月のもののせいだと知ってほっとしたらしい。

「歳は取りたくないけど、人だから、しょうがないね」

そう笑ったという。

「おまえさん、水上さまに、お豆腐を」

おいよ、と平次が威勢よく声を上げた。

「よく二日で作り上げましたね」

「このたびは、見ず知らずのあっしらのために、ありがとうございました。新しく雇い入れた職人も面白《おもしれ》えと手伝ってくれましてね。さあ、どうぞ」

いつもの若衆髷に袴姿に戻った千歳が、草介の手元を覗き込む。

「これを千歳さまに食していただきたくて」

ざるに載せられた豆腐は白でなく灰色がかっている。黒豆を使った豆腐だ。

「黒豆豆腐ですか？」

「ええ、ここに葛餡《あん》をかけます。黒豆の濃厚な豆の味と、葛餡がよく合いますよ」

千歳はまだ不思議そうな顔をしていた。

「お正月の料理にも黒豆が入っていますが、まめに働けるようにという意味が込められています。元気の素《もと》になるのですよ。葛は身体を温めますし、黒豆も冷えを治し、心を穏やかにする効能があります」

「それをわたくしに食せというのは、心が穏やかではないということですか」

きりりと千歳が眉を引き絞る。

「それは違います。冷えですよ、冷え」

慌てて応える草介を疑わしそうに見る。

「おお、そこにいるのは、芥川家のご息女と、御薬園の水草どのではないかな」

嫌な声音に、草介は振り向いた。

目付の鳥居耀蔵と小人目付の新林鶴之輔だ。千歳があからさまに不快な表情でふたりを見据える。

「これは、鳥居さま。新年、おめでとうございます」

草介は頭を下げた。

「どちらかへお出かけですか？」

鳥居が、まあなといった。

「人参湯があると聞いてな。だが、それがでたらめだったという噂を確かめに行くところよ」

「お目付さまが、下々のことに口出しされるとは、さぞお暇なのでございますね」

千歳がさらりといい放つと、新林が、

「生意気な」

と、前へ出てきた。

「ああ、あれは単なる噂でしょう。人参湯ではありませんよ。当帰《とうき》の湯です」

「当帰、だと？」

「ええ」

当帰は、秋に白い小花を咲かせ、全草に芳香を持つ薬草だ。根を乾燥させたものが使われている。当帰は、女性特有の病に効果があり、当帰芍薬《しやくやく》湯などさまざまに処方される。血の巡りをよくし、貧血にもよいとされている。

根や茎は、湯に入れると、月水が乱れた者、おつたのように月水があがりかけた者の不快な症状を緩和する。

湯屋の主人にちょっとだけ、脅しをかけた。以前は、養生所見廻《みまわ》り同心で、いまは定町《じようまち》廻りを務める高幡啓吾郎《たかはたけいごろう》に、いかさま人参湯のことを伝え、当帰湯にすれば、一切、見逃すとしたのだ。

しかし、婦人病にいいとされる当帰湯の話は瞬《また》く間に広がり、年若い娘から年寄り女まで、こぞって、湯屋に出かけてくるというので、主人もほくほくらしい。三が日だけの薬湯を松の内まで延ばすというから、勝手なものだ。

「なるほど、噂というのはいつもいい加減なものだな」

「はい、そうですね」

「高野が新しい著作を記したというのも噂であればよいのだが。忙しいのは疲れるのでな、芥川家のご息女、そうであろう」

鳥居は、そういって、口角を上げると、背を向けた。

「なんですか、あの態度は」

千歳が眼を細めて、立ち去って行く鳥居と新林を睨めつけた。

草介の中にも嫌な思いが渦巻く。鳥居が眼にしなければいいと、心の底から願った。

「新年早々気分が悪いです。草介どの、豆腐は購《あがな》ったのですから、戻りましょう」

はい、と歩き出したとき、

「当帰の湯というのは、それほど女性によいものなのですか？」

千歳が訊ねてきた。

「ええ。月のものがあがりかけた方は、苛立ちがひどくなるようですが、千歳さまは、いまから用いられると、一層効果があるかもしれませんね」

千歳が、ぷるぷると拳を震わせる。

「や、これは、失礼しました」

「草介どの！」

千歳の甲高い声が簞笥町の通りを行く者の足を止めた。

# 猪苓《ちょれい》と茯苓《ぶくりょう》

一

蘭方医《らんぽう》の河島仙寿《かわしませんじゅ》が眉を寄せ、怖いほど真剣な表情で迫ってくる。

「さ、お応えください」

水上草介《みなかみそうすけ》は、顎に指を当て、うむむと唸《うな》る。

「どう診立てをなさいますか？」

小石川《こいしかわ》御薬園《おやくえん》の御役屋敷の広縁は、柔らかな春の陽射しに照らされている。穏やかな気候に、鳥や虫も元気になる。人も冬の寒さで縮こまっていた身体《からだ》が緩んでくるように思えた。

今朝は、大黄《だいおう》を植えるために、畦《あぜ》作りをした。大黄は、牡丹《ぼたん》に似た華麗な花を咲かせる。胃腸の病、秘結《ひけつ》（便秘）などに効能があり、多くの方剤に処方される重要な生薬《しょうやく》のため、別名将軍とも称されている。

この時季は、ともかく土作りに忙しい。草介が昼餉《ひるげ》を終え、気持ちのよい陽を浴びているうち、ほどよい疲労感も手伝って、広縁でうつらうつらうたた寝をしていたとき、河島が現れたのだ。本日、頭に巻いた手拭いは、地が淡い桃色の柳縞《やなぎしま》だ。季節に合わせた意匠を選んでいるところが、河島らしい。

養生所《ようじょうしょ》で不足している生薬と方剤を受け取りに来たのだが、昨日頼まれていたのをすっかり忘れていた。草介は慌てて、薬種所《やくしゅじょ》の荒子《あらしこ》らに命じ、用意できるまで広縁で待ってもらうことになった。

草介が、饅頭《まんじゅう》の入った竹皮包みと、はと麦茶を出すなり、河島は、早速質問をしてきた。

二年後――いや、年が明けたのでもう二年を切った。医学とさらに本草《ほんぞう》を究めるため紀州《きしゅう》の医学館へ行くと草介は決めている。ならば少しは医術の知識を身につけておいたほうがいい、と河島が会うたびに何かと問題を出してくるのだ。

世間話をしている最中にいきなり、質問してくるので、身構える間がない。

河島にいわせれば、これこれこういう病ですと、患った者がいってくれるばかりではない、急を要するときもある。医師の診立ては迅速にできなければ、ということらしい。

いっていることはもっともではあるが、万事においてのんびり屋の草介は、急に問われると、心の臓がきゅっと縮む。

「どうしました、水草さま。先日、お貸しした医学書はお読みになっているはずですが」

ええ、と草介は自信なげに応えた。

血を吐いた場合、どんな病が考えられるかという問いだった。吐いた血が暗赤色か鮮血かで、どこの臓腑《ぞうふ》の病であるか違ってくるのだというのは覚えている。

「ええと、たしか血の色が暗い赤であれば……」

「暗い色であれば？」

河島が大きな眼を、さらに見開いて、草介を窺《うかが》っている。長い睫毛《まつげ》の先がわずかに揺れている。懸命に思い出そうとしている頭の中を覗《のぞ》かれているようだ。こういうときの河島はやはり迫力がある。

うんと、と唸ってから、草介は膝を叩《たた》いた。

「胃や食物が通る管の病が疑われます」

「では、鮮やかな赤色でしたら、どうでしょう」

「喉の管、と肺です。ただ、肺でしたら労咳《ろうがい》が疑われます。それと、労咳の場合は咳《せき》とともに吐くことがあるので血が泡沫《ほうまつ》状になることもあります」

では、それらをまとめると何でしょうか、と河島がさらに問い掛けてくる。

草介は眼をしばたたいた。まとめる？　血の色が異なるというだけではないのだろうか。

「よく考えれば、おわかりになりますよ」

河島が、にやにやしている。

胃と肺、胃と肺と、食物が通る管、喉の管、食物が通る管、喉の管と草介はぶつぶつ呟《つぶや》く。

「ああ、そうか。それは、息をするのに使う器官と、食物を扱う器官との違い、かと」

お見事、と河島が手を叩いた。

「食物を扱う器官、腸などもそうですが、それらの病で血を吐くことを吐血、呼吸に用いる器官の病の場合は喀血《かっけつ》と呼びます。血の色の違いも絶対とは言い切れませんので、注意が必要です」

胃の病だと、食物のかすが混ざっていることも多いので、見逃さないようにと、河島が付け加えた。

なるほど、と草介は感心しながらも、不安がよぎる。

「ま、あとは尿にも血が混ざる病もありますがね。腎臓や陰茎を疑えばいい」

ため息が出た。覚えることが多すぎるのだ。

「私は、紀州へ行っても大丈夫でしょうかねぇ」

草介は、はと麦茶を湯呑《ゆの》みに注ぎながら、いった。

「なに、紀州へ赴くのはまだ先ではないですか。それまでに私がみっちりとお教えいたしますよ」

河島が白い歯を覗かせる。妙に嬉《うれ》しそうなのが気にかかる。草介が問いを出されるたびに唸るのを、河島はどうも面白がっているように思える。

「ですが、医学館の皆さんの足手まといになるのではないかと」

草介は、ずずっと茶をすする。ほのかな甘みが、口中に広がる。

「心配はわかりますが、水草さまは、本草学にかけては、医師もかなわない知識をお持ちなのですよ。いつもどおり、のんきに構えていればよいのです」

「はあ」

草介は、吐息まじりに頷《うなず》いた。河島が茶を一口含み、竹皮包みに視線を落とした。ああ、どうぞどうぞ召し上がってくださいと、草介は竹皮包みを開く。白い饅頭が五つ並んでいる。すでにひとつは草介が食していた。

「そういえば、鳥居《とりい》さまが」

草介が思い出したようにいうと、河島が、眉をひそめた。

目付《めつけ》の鳥居耀蔵《ようぞう》は、小人《こびと》目付の新林《しんばやし》鶴之輔《つるのすけ》を連れ、養生所の監察に来ている。蘭学《らんがく》嫌いの鳥居は、漢蘭融合の治療をしている養生所が気に食わないらしい。しかし、それだけではなく蘭学者で蘭方医の高野《たかの》長英《ちょうえい》と交流のある河島を見張っているような節もある。そうして高野をあぶり出したいという鳥居の思惑を含んでいるのだろうと、河島は警戒していた。

「一昨日《おととい》でしたか、腰のあたりをさすりながら歩いているのをおみかけしましたよ。かなり辛《つら》そうな顔をして、新林さまを叱り飛ばしていました」

「なにかつまらぬことで痛めたのでしょう。ほっとけばいいですよ」

河島は、急に興味をなくしたように、饅頭へ手を伸ばした。ひと口齧《かじ》ると、

「や、これは美味《うま》いですねぇ」

と、険しい眉を緩めた。

「二段重ねの餡《あん》ですか。小豆《あずき》餡と甘藷《かんしょ》の餡だ。なるほど、黒と黄色の二色餡の見た目もいい」

「そうです、そうです。二美《ふたみ》饅頭といいましてね」

色の違う餡の重ねの見た目が美しいとして、そういう名にしたのだそうだ。

「万福屋《まんぷくや》の国太郎《くにたろう》さんが持ってきてくださったのですよ。新しい饅頭だそうです」

以前、草介は、菓子職人の国太郎が身体の弱い女房のために生薬を入れた菓子を作ろうとしていたときに助言をした。それ以来、国太郎は新しい菓子ができるたび、まず草介の元へ味見をしてほしいと持ってくるのだ。

「ということは、試作品ですか？」

河島が目元に力を入れ、竹皮からもうひとつ手にして、しげしげと眺めた。

「ええ、まだ店には出していないものです」

「試し食いをさせられているとは。水草さまも相変わらずお人好しですな」

「そうですか？　人様より先に美味い物が食せるのです。得した気分になりますよ」

河島がやれやれと呆《あき》れながらいった。

「美味いばかりじゃないでしょう？　国太郎はとんでもない味の菓子も作ってくる」

はあ、と草介はまるで自分が責められたように、首をすくめた。

「先日は塩味の利いた大福餅でしたが、やはりそこは菓子職人ですから、とんでもない味とまではいきませんでしたよ」

ふうん、と河島は、ふたつ目の饅頭を頬張った。

「私は、大福餅も饅頭も甘いほうがいいですけどね」

「甘いばかりではつまらないというか、国太郎さんは、見た目はなんの工夫もなさそうなのに、食べたとき驚きがある、そんな菓子を作りたいそうですよ」

草介も饅頭をひとつ取りつつ、笑みを浮かべた。国太郎は、六尺（約百八十センチメートル）近い背丈に、三十貫（約百十二キログラム）はあろうかという巨体。無造作に束ねた蓬髪《ほうはつ》。饅頭屋の主《あるじ》にはとても見えない、いかつい顔をしている。だが、そんな国太郎が背を丸め、饅頭や大福をひとつひとつ太い指で丁寧に作っている姿を思うとどこかおかしみがあるというか、微笑《ほほえ》ましくなる。

「ふむ。国太郎は、大男総身《そうみ》に知恵が、ではなさそうですね。たしかにこれは美味いし、驚かされましたよ」

河島が饅頭をゆっくり味わい、湯呑みを取った。

「おふたりで、茶飲み話ですか」

御役屋敷の門を潜ってきたのは、千歳《ちとせ》だった。大股で颯爽《さっそう》と広縁に向かって歩いてくる。道着袋と木刀を持った芥川《あくたがわ》家の中間《ちゅうげん》が草介たちに会釈をして、御役屋敷の裏手に入っていく。

「おかえりなさい、千歳さま」

「お邪魔しております」

河島が丁寧に頭を下げる。と、いきなり膝を打った。

「そうだ。美鈴《みすず》さまが」

美鈴は、河島に惹《ひ》かれているようで、新しい手拭いを持っては、たびたび養生所に姿を見せる。当の河島がそれに気づいているのかどうか、草介はちょっとばかり苛々《いらいら》としている。

「千歳さまの晴れ着姿を見たかったといっておりましたよ。さぞやおきれいでしたでしょうと」

ぶっと、草介は茶を噴き出す。

千歳の眉が、ぴくりと動いた。

正月に、芝《しば》の本邸へ帰った千歳は、父親の芥川小野寺《おのじ》に無理やり晴れ着を着せられたうえ、年始客の応対をさせられたことに我慢ができず、御役屋敷へ逃げてきたのだ。

初めて眼にした千歳の艶《あで》やかな姿に草介は眼を瞠《みは》った。

もともと気の利いた言葉は思いつかないが、うっかり「珍しいお姿で」などといってしまった。でも胸の内で感じていたのは、本来の女性の姿、いつもの凛《りん》とした千歳の姿、そのどちらも草介には眩《まぶ》しく映ったということだ。

それにしても――美鈴に話したのか、と草介は河島へ恨みがましい視線を放つ。しかも、美鈴の言葉を千歳へ伝えるとは。草介が思うのもおこがましいが、河島の鈍感さには時々呆れることがある。

千歳の晴れ着姿を見て、気分が妙に浮ついていたのもわかっていた。でも、やはり河島に話さねばよかったと、いま、猛烈に後悔している。

「どうしました、水草さま。お顔の色が悪いですよ」

「いえ、大丈夫です」

草介は、ちらりと千歳を窺う。千歳が半眼に草介を見つめていた。なにかいいたげな口元をしている。途端に息が詰まって、すぐさま視線をそらした。

「河島先生」

千歳が静かに口を開く。

「歩きづらかったですし、あまり珍しい姿はするものではないようです」

あああ、やはり覚えていたのだ。

「でも、皆が驚いた顔をするので、面白くはありましたが」

千歳はふっと不敵な笑みを浮かべる。

「ち、千歳さま、こちらにお座りになって、お饅頭でもいかがですか？　国太郎さんが今朝方、届けてくださったのですよ。いま、お茶も淹《い》れますので」

草介は両手で、竹皮ごと掬《すく》い上げると、千歳に差し出した。

「これは、もしや二美饅頭ではありませんか？」

「もうご存じで？」

「ええ、道場に国太郎が持ってきたのですよ。小豆餡と甘藷餡ですよね」

そうか。千歳が通う道場の師匠が万福屋の饅頭を贔屓《ひいき》にしているし、国太郎はもともと喧嘩《けんか》っ早く、その道場で性根を直すため修行をさせられている。

「河島先生、お待たせいたしました」

荒子が、風呂敷包みを抱えてきた。

河島が残った茶を飲み干し、腰を上げた。

「では、私はこれで。水草さま、ごちそうさまでした。国太郎が顔を見せたら、美味かったと伝えてください」

「か、河島先生。お戻りになるのですか？」

いま、千歳とふたりきりになるのは厳しい。どんな言葉を投げつけてくるのか、と草介はすがるように河島を見る。

「患者が待っておりますのでね。それでは千歳さま、失礼します」

「ご苦労さまでした」

千歳が河島へ頭を下げた。

二

河島が荒子から受け取った生薬と方剤を持って、御役屋敷を後にする。その背が見えなくなるまで千歳は幾分険しい顔をして見送っていた。

河島が美鈴に話したのが、相当気に入らなかったのだろうか。だが、それはすなわち、河島へ晴れ着姿の千歳のことを語った草介にも腹を立てているということになる。

「千歳さま。はと麦茶、お飲みになりますか」

草介がおずおずと声を掛ける。

「いいえ、結構です」

千歳は、一度大きく息を吐き出すと、草介を睨《ね》めつけてきた。

うっと、草介は思わず首をすくめた。

「今日、道場で久方ぶりに高幡《たかはた》さまとお会いしました」

草介は眼をしばたたく。どうやら、べつの話らしいことに安堵《あんど》した草介は、

「高幡さん、御息災ですか？　定町廻《じょうまちまわ》りはお忙しいし、危ないお役目でもありますから」

千歳に座るように促した。

千歳は気味が悪いほど素直に応じて、広縁に腰を掛けた。

「お元気です。組太刀《くみだち》をしていただいたのですが、わたくしの技量の未熟さを痛感いたしました」

それで、少々顔が険しいのか、と草介は心の内で得心する。

以前、養生所見廻り同心であった高幡啓吾郎《けいごろう》は、いまは定町廻り同心に戻り、江戸の町を走り回っている。千歳にとっては道場の兄弟子に当たる。妻女は、かつて養生所の女看病人として勤めていた、およしだ。

「稽古の後、高幡さまが、心配げに口になさったのが、養生所のことでした。とくに河島先生を」

「河島先生がどうかしましたか？」

「なにか、怪しいことにかかわってはいないかと、訊《たず》ねられました」

怪しいこと――一体、なんだろう。別段、変わったそぶりもない、屈託《くったく》を抱えている様子も感じられない。いつも養生所の患者たちの治療に専念している。ときおり、往診に出掛けているようではあるが、それが怪しいとは大袈裟《おおげさ》すぎる。

草介は、ぽりぽりと額を掻《か》いた。

「草介どのはご存じありませぬか？」

千歳が眉をひそめた。

ひとつ思い当たるとすれば、高野長英のことだ。先日、流行《はや》り病が養生所に蔓延《まんえん》したとき、河島は長英に助けを求めた。そのことは、鳥居もその配下である新林も知っている。

その後、河島は礼のため、麴町《こうじまち》で私塾を開いている長英の元へ赴いた。そこで、新しい著作を読ませてもらったといっていた。

それは、近頃頻繁に日本の沿岸に現れる外国船への幕府の対応を批判した内容だったらしい。

「高野長英先生が危うい」

昨年の大晦日《おおみそか》、河島がそういったのを思い出す。だが、河島はそれから、著作にも長英のことにも触れなくなった。

たぶん、河島の杞憂《きゆう》であったのだと思っているが、そうではないのだろうか。

ぐるぐる考えを巡らす草介の横で、千歳が言葉を待っている。だが、余計なことはいえない。だいたい、千歳と長英とは面識がない。ここで草介が話をすれば、千歳のことだ、なにかしら行動に移そうとするだろう。

うーん、とわざとらしく草介は首を捻《ひね》る。

「なにもございませんねぇ」

「本当に？」

千歳がぐっと顔を近づけてくる。

「ならば、なにゆえ高幡さまが心配なさっているのでしょう。わたくしは、いまの養生所見廻り同心から、目付の鳥居耀蔵のことを聞かされたのだと思っているのです」

鳥居がなにか企んでいるのかもしれない、と千歳がさらに詰め寄ってきた。

ふと、よい香りがした。心の臓の鼓動が急に速くなったのは千歳のせいか、それとも、鳥居のせいか、草介にはわからなくなる。

「あ、あの、やはりお茶を召し上がりませんか？　いま湯呑みをお持ちいたします」

草介はぎこちない笑みを浮かべて立ち上がった。

穏やかな陽光の中、園丁《えんてい》たちが土をおこしている。籠《かご》を背負い、鍬《くわ》を肩に担いだ草介は、それを横目で見ながら、園丁頭《がしら》とともに、松林に向かって歩いていた。

「菖蒲《しょうぶ》の根っこはどういたしますか？　そろそろ掘ってもいいかもしれませんよ」

「そうだなぁ」

菖蒲は根茎が生薬となる。菖蒲根《こん》といって、鎮痛、鎮静の作用があり、咳《せき》や痰《たん》、胃炎を和らげる効能がある。

「ドクダミが年がら年中、はびこっておりやすが、どういたしますか」

「そうだなぁ」

園丁頭が、草介の顔を覗き込んできた。

「そうだなぁって、あっしの話を聞いているんですかい？」

「え？　聞いていますよ。ドクダミでしょう？　刈り取ってください。葉は、お茶にしますから、乾薬場《かんやくば》で干しておいてくださいね」

園丁頭は、ちょっと疑わしい眼をしていたが、承知しました、と頷いた。

過日、御役屋敷で千歳がいった言葉がまだ草介の中に残っていた。鳥居がなにか企んでいるとすれば、なんであろう。ここ数日、何事もなく過ぎて、陽気も日に日によくなっている。念のため、しばらく外科以外の施療はしないほうがいいと、河島へ伝えたが、

「馬鹿馬鹿しい。鳥居のくだらぬ企みより、患者が優先ですよ」

と、笑って取り合わなかった。

河島なら当然の返答だ。

鳥居の配下である新林が、御薬園までやってきて、園丁のひとりと話をしていた。園丁に、何を話したか訊ねると、打ち身に効く薬草を教えてくれといったらしい。

園丁はいくつか答えたというが、やはり鳥居は腰を痛めていたのだ。

養生所で訊ねるほうが早いと思ったが、そうもいかないのだろう。鳥居も新林も煙たがられているのは承知しているのだ。

打ち身であれば、いずれは治る。河島は、ほうっておけばいいといっていたが、園丁に訊ねるほどであるのは、ちょっと気になる。

園丁頭が怪訝《けげん》な眼を向けてくる。

「どうしましたんで？　心ここにあらずってお顔をしてますよ」

ああ、すまんと草介は慌てていった。

「そうそう、葛はどうですか」

「十分足りていると思いますがね」

「葛粉を作りたいですねぇ」

「葛餅ですか。そいつはいいですね。食わせてくださいよ」

園丁頭は、先の尖《とが》った三尺（約九十センチメートル）ほどの長さの鉄製の棒を担ぎ、とんとん、と肩を叩くようにした。

「いい物が見つかるといいですねぇ」

草介の言葉に、園丁頭が、むっと口元を曲げる。

「何年、茯苓《ぶくりよう》を掘ってると思っているんですか。水草さまの親父《おやじ》さまのときから、あっしが任せられていたんでやすよ」

「そうでしたね。よろしくお願いします」

草介は、園丁頭に頭を下げる。

茯苓は、赤松や黒松の根に寄生してできる塊だ。利尿や健胃を目当てに茯苓は用いられるが、単独ではなく、四苓湯《しれいとう》、苓姜朮甘湯《りようきようじゆつかんとう》、五苓散《ごれいさん》、八味地黄丸《はちみじおうがん》など、多くの方剤に処方されている。

茯苓は生薬名で、植物名はマツホドと呼ばれている。マツホドは、松の塊の意だ。

採取の仕方は、茯苓突きといって、松の根元を鉄製の棒で突き、白い樹液が先端に付いていたら、掘り出す。園丁頭が持っているのが、その道具だ。

御薬園は、仕切り道で、東西に分かれているが、園丁頭は両御薬園の働き手の中で一番の茯苓突きだ。時季になると、岡田《おかだ》家が管理している東側の御薬園から請われて出かけることもある。

松林に到着すると、園丁頭は早速、よさそうな松を探し始める。松林には、赤松、黒松、唐松、五葉松が植えられている。松葉の隙間を縫うように陽が射し込む。

足元に落ちている松笠《まつかさ》を草介はいくつか拾い上げて、袂《たもと》に入れた。

「どうするんですかい？　松笠は、薬にはなりませんぜ」

「松の種によって松笠の形が違うじゃないですか。それが面白いのですよ」

「へえ、ご趣味は葉っぱ集めだけじゃねえんですか？」

園丁頭は、松の根元を眺めながら、いった。

草介の趣味は葉を集め、押し葉を作ることだ。一見、でたらめに見えるが、無駄のない葉脈の造形に心惹かれる。押し葉もどれくらい溜《た》まっただろうか。

草介と園丁頭は、しばらく松林を歩き回った。園丁頭が、目星をつけた松の根元に茯苓突きを突き立てる。

「お、水草さま、当たりですぜ」

園丁頭が、にっと笑う。

草介は早速、鍬を振るう。茯苓を傷つけないように慎重に周囲の土から深く掘り進めていく。

ごろり、と大きな塊が出てきた。

「うわあ、これは大きい。八寸（約二十四センチメートル）はありそうですよ」

草介は思わず声を張った。宝物を扱うように、茯苓を両手で持ち上げ、籠に入れる。

「よし、今度はもっとデカいのを掘りあてますかね」

気をよくした園丁頭は、鼻唄まじりに再び松林を歩き出す。草介は籠を急いで背負い、その後を追った。

草介は、さすがは園丁頭だと感心していた。松の木の根元に茯苓は埋まっているため、土の表面からは隠れて見えないのだ。

やはり根に寄生して塊を作るものに猪苓《ちょれい》がある。猪苓はブナやミズナラの腐食した根元に生えるきのこだ。効能は利尿作用、解熱、消炎などで、これまた茯苓と同じく単独で用いられることはなく、方剤として処方される。

茯苓と大きく異なるのは、猪苓は地表にきのこが出ていることだ。それを探せば、容易《たやす》く採取できる。

もちろん茯苓の探し方にはコツがあると、園丁頭はいう。三年から四年ほど経《た》った伐採した松の切り株や古い松の木の根元の枯れ具合にまず当たりをつける。そして、わずかに土が盛り上がったところを茯苓突きで突けばいい。

そういわれても、掘り出してみなければ、どのくらいの大きさかもわからない。なんといっても、地表に出ているわけではない。

だが、園丁頭はかなりの大きさの茯苓を見事に当てる。

「ま、長年の勘ですかね」と、園丁頭はしれっといいのける。

茯苓突き名人と呼ばれるのも、頷けるのだ。

「さて、茯神《ぶくしん》でも見つけやしょうかね」

園丁頭が鼻をうごめかす。

茯神ですか、と草介は眼をしばたたいた。

寄生した松の根を塊のなかに抱き込んだものを茯神と呼ぶ。そうそう見つからない貴重なものだ。茯苓と効能は変わらないが、不安感や気持ちを安定させる寧心安神《ねいしんあんしん》作用に優れている。

「それは、楽しみですねぇ」

草介が応えたとき、

「いたいたいた。水草さまぁ」

園丁のひとりが大声を出しながら、駆け寄ってくる。

「なんだ、なんだ」

園丁頭が額に皺《しわ》を寄せる。園丁は、荒い息を吐きながら、

「か、河島先生が、養生所の見廻り同心に縄をかけられた」

そういって、ごくりと生唾を飲み込んだ。

三

御役屋敷へ戻ると、広縁に座っていた千歳が、はっとして腰を浮かせた。

「草介どの。河島先生が」

千歳の顔が強張《こわば》っている。

草介は園丁に籠と鍬を預け、広縁に走り寄る。

「見廻り同心が、河島先生を番屋へ連れて行ったそうですね。一体、養生所でなにが起きたのですか？」

「看病中間の話では、新林と河島先生が口論になり、新林を殴ってしまったそうです」

「河島先生が新林どのを? 口論のきっかけはなんだったのですか?」

詰め寄る草介に千歳が首を横に振った。

「看病中間も他の医師も、それはわからないのだそうです」

はじめのうちは、河島も穏やかに対応していたが、急に河島が声を荒らげ、新林も怒声を上げたのだという。

養生所の者たちが、ふたりの様子に慌てて止めに入ろうとしたとき、河島が新林を殴りつけたらしい。

「新林は、河島が本道医の見習いに蘭方医術を教えていたことを質《ただ》していたとか、渡航がどうとか、いっていたと」

「渡航？　河島先生が異国へ？　そんなことあるはずないじゃないですか」

「わたくしとてそう思います。ですが、あの鳥居なら、どんな話でもでっち上げ、新林を殴るよう仕向けることもいたしましょう」

草介は、息を吐《つ》いた。河島を捕えてどうするつもりなのか。

むむ、と草介は唸る。

「草介どの」

苛立ちと困惑が、千歳の声から感じられる。草介も同じだ。

「新林どのと鳥居さまは養生所にいらっしゃるのでしょうか」

「いえ、見廻り同心とともに、番屋へ同道しております」

千歳がどこか悔しげな表情でいったとき、

「千歳さま、水上さま」

うぐいす色の小袖の裾を翻し、御役屋敷の門を潜って来たのは、美鈴だ。

これはまた、折の悪いときにやってきたものだと、草介は嘆息した。

たぶん、河島のために新しい手拭いを持ってきたのだろう。養生所の者たちが余計なことを伝えていなければよいと思ったが、

「養生所へ寄りましたら、河島先生が縄をかけられたと聞きました。なにがあったのですか」

美鈴はもう涙眼だった。いまにもこぼれそうなほど、眼が潤んでいる。

これはきつい。

まだ、美鈴に伝えられることもない、さりとて安心させる言葉も出てこない。

美鈴は、履物を脱ぎ飛ばし、広縁に上がると、すがるような眼で千歳を見つめる。なにもないところでつんのめったり、畑に足を突っ込んで尻餅をつくといったような、おっちょこちょいで動作の鈍い美鈴が、初めてみせたすばやさだ。

「美鈴どの」

千歳も美鈴の勢いに面食らいながら、真っ直ぐ伸びた太い眉を引き絞る。

「わたくしたちにも、わかりません」

「養生所の先生方もそうおっしゃいました」

「ですから、事の次第が知れるまでは待つしかありません」

厳しさを含んだ声で、千歳がいうと、

「河島先生が悪い事をなさるなんて天地がひっくり返ってもあり得ません」

美鈴はそういい放った。その途端、ひと筋の涙が頬をつたった。

草介は腰の手拭いを引き抜いて、美鈴に差し出す。泥がついていた。

だが、美鈴は「かたじけのうございます」と、手拭いを奪うように受け取り、涙を拭った。

あああ、頬が土で黒くなった。千歳が呆れた顔で草介を見ると、ため息を吐く。

「美鈴どの、河島先生のことを心から信じているのですね」

「もちろんです。あんなに病の方に優しく接する先生が、病を治そうと力を尽くしている先生が、まだまだ医術を学ばなければとおっしゃっている先生が、どうして悪い事をするのですか？」

「ならば、お待ちなさい。美鈴どの」

これはなにかの間違いか、罪を犯すよう仕組まれたとしか思えない、と千歳はいった。

「仕組まれた？　河島先生は何者かに恨まれているのですか？」

「そうではありません。ただ、養生所のあり方を快く思っていない者たちがいることはたしかではありますが」

美鈴の顔に不安が広がる。

「河島先生の無事を信じて、待っていなさい」

千歳が美鈴の手を取って、握りしめた。

「いいですね」

美鈴は千歳の手の甲に額を押し当てると、幾度も頷くようにした。身を震わせる美鈴を千歳は優しく見守る。

草介は、ただただ感心しながらふたりを眺めていた。こういうとき、なんの役にも立たない自分を情けなく思う。

「――千歳さま。わかりました」

小さいが、しっかりとした声でいう。美鈴はふわふわとしているが、やはり武家の娘だ。芯は強いものを持っているのだ。

千歳がちらと草介に視線を向けた。

声は出さず、唇だけが動く。

草介が訝《いぶか》しい顔をすると、千歳が今度はひと文字ずつ、口の形をはっきりさせながら、大きく開く。

た、か、は、た――。

そうか。南町奉行所の定町廻りである高幡にこのことを伝えろといっているのだろう。

草介は強く頷くと、踵《きびす》を返し、自分の長屋へと戻った。

高幡への書状をしたため、急ぎ草介は養生所に向かった。雑用役の弥助《やすけ》に、書状を託すつもりだった。

養生所はいつもと変わりなく、新たな患者が訪れ、医師たちが忙《せわ》しなく動き回っていた。

　医師や看病中間らは、草介を見ても、難しい顔をしてすぐに去って行く。おそらく、いまはなにも話せないというか、なにもわからないのだろう。役人の詰所にも、与力たちの姿はなかった。

「水上さま」

　草介が振り向くと、暗い表情をしたお妙《たえ》が洗濯したさらしを入れた桶《おけ》を手に立っていた。

「お耳にされたのですね」

「はい。それで、この書状を弥助に届けてもらいたいと思いまして」

「いま使いに出ております。戻るのは夕刻になろうかと。どなたへの書状ですか？」

　草介は答えに詰まった。

「わたくしでよろしければ、すぐに支度をいたしますけれど」

「いえ、お妙さんは患者さんのお世話がありますから」

　やはり自分で高幡の元へ赴くほうがよいかもしれない。

　私はこれで失礼します、と草介がお妙に頭を下げると、

「あの、美鈴さまは御役屋敷にいらっしゃいますか？」

　お妙が心配げに声を掛けてきた。

「ええ、千歳さまが傍《そば》についていらっしゃいます」

草介が応えると、お妙は安堵したように息を吐き、袂から鮮やかな桃色の手拭いを取り出した。

「養生所の看病中間がうっかり口をすべらせてしまって。それで、これを落としていかれたのです。水上さまから美鈴さまにお渡しいただけますか」

桜の花びらを白く染め抜いた意匠だった。あとどのくらいで桜の花が咲くだろうか、草介は手拭いを受け取り、ぼんやり考えた。

「とても愛らしい方ですね。河島先生も美鈴さまがいらっしゃると面倒な顔をなさりながらも、ほっとされるみたいです」

なるほど、と草介は頷いた。

「先生方は、いつもお忙しく、重い病の方がいるときには、常に気が張り詰めています、その緊張を解いてくださるのが、美鈴さまなのでしょうね」

お妙がふと眼を伏せた。桶を抱える手に力がこもる。

「わたくしだって心配でなりません。わたくしにとっても河島先生は大切なお方です」

ややや、と草介は心の中で叫んだ。よもやの告白だ。草介は戸惑いを隠せなかった。

お妙が草介の様子を見て、静かに笑った。

「なにか考え違いをしていらっしゃるのではございませんか？　わたくしは医者として

の河島先生にもっと近づきたいのです。わたくしは産婆として多くの命を取り上げて参りました。世に生まれ落ちてすぐに消える命もございました。自らの命と引き換えに、新たな命を生み出す女子《おなご》たちも大勢見てきました」

出産は、女子にとって命を懸けるものであると頭では草介もわかっている。けれど、そこに携わる者でなければ、その喜びの大きさも悲しみの深さも理解し得ないのだろう。

「赤子を産む女子のために、新たな命を守るために、わたくしはもっと医術を学びたいと思っているのです。そのためにも、河島先生が必要なのです」

自身の秘めた思いを語るお妙を見て、草介は己を恥じた。浮ついた気持ちなど、これっぽっちも、お妙にはなかったのだ。

医術を学ぶ者として、互いに高め合う間柄なのだろう。

でも、とお妙は、

「河島先生と美鈴さまを見ていると、妬《や》けてしまいますけれど」

少しだけ寂しそうに微笑んだ。

「水上さま、鳥居さまは、河島先生のお住まいまで調べるようです。養生所の私物や先生が注文したお薬まで、事細かに探っていましたから」

草介の脳裏に、ふと「渡航」の二字が浮かび上がる。

「お妙さん、河島先生は異国へ渡りたいと話していましたか?」

お妙は、つと首を傾《かし》げたが、すぐに思い当たったふうに眼を開く。

「幾日か前でしたが、わたくしや本道医見習いの方と、異国へ行くには二ヶ月ほどかかるから船酔いしたら大変だとか、日本の船で大海に出ればたちまち波にさらわれるとか、あるいは小さな島へ渡り、異国と交易したら西洋薬が容易く入手できるとか、そのようなことを冗談まじりに話していましたけれど」

「それですよ、それ」

草介は色めきたった。

「それを、新林が立ち聞きでもしたのでしょう。河島先生が密航を企んでいるとか、大袈裟な話にしてしまったのではないでしょうか」

「まさか、それだけで」

と、お妙が唇を震わせた。

「十分ですよ。とくに、小さな島で異国と交易するなんて、とんでもない話ですからね。その場限りの冗談だとしても、新林にとっては、河島先生を捕える絶好の機会になります」

お妙が、まだ得心がいかないという表情を向けてきた。

「けれど、河島先生を捕えて、鳥居さま方になんの益があるのですか?」

その疑問はもっともだ。しかし、草介は、鳥居の狙いは、高野長英であると思っている。

　河島と長英をなにがなんでも結びつける気なのだ。高野もその交易話に加わっているということにして平気で報告しそうだ。そして、長英が会員として名を連ねている尚歯《しょうし》会《かい》にも手を伸ばそうとしているはずだ。

　だが、どうしたらいい。

　小さな島で異国と交易をするなどという夢物語は、口の端に乗っただけであって、証《あかし》などなにもない。だが、証がないからこそ、捏造《ねつぞう》だってできる。

　夢物語……長英が記した著作。

　河島は読んだといったが、まだ書き終えたばかりであれば、写しが出回るようなことはないだろう。それでも、鳥居なら、喉から手が出るほど入手したい著作であることは間違いない。

　草介は、心の内で、ぶるぶる首を振る。

「お妙さん、かたじけのうございました。では、私は出掛けてきます。河島先生を救い出してくださるようお役人に頼んできます」

「お願いいたします」

　お妙が、深々と腰を折った。

　草介は、股立ちを取ると、御薬園の門を飛び出し、懸命に駆け続けた。辻駕籠《つじかご》が拾えれば、いいのだがと思いながら、ただひたすら走る。野菜売りの棒手振《ぼてふ》りや、大八車を引く者が、行き過ぎる草介を呆気《あっけ》にとられた顔で振り返る。

韋駄天《いだてん》なら格好もよいだろうが、たぶん髷《まげ》もぐずぐずとなり、襟元もはだけ、口も鼻の穴も開きっ放しで、とてもとても見られた姿ではないのだろう。

息が荒くなり、汗が額から眼に入る。

「お侍さまぁ、お侍さまぁ」

背後から、大声で呼びかけられていることにも気づかなかった。

「駕籠屋ですよぉ。乗っていきませんか」

草介は足を止めた。その途端、膝ががくがくと震え始める。

「どこまで行きなさるんで?」

舌が乾き切って、声が出ない。

「南町奉行所」

息も絶え絶えに、やっとの思いでいった。

「ああ? 御番所まで、ここから走って行こうとしてたんでやんすか?」

先棒担ぎの若い男が呆れた。

「そんなひょろひょろした身体じゃ、途中でぶっ倒れますぜ。そらそら、乗った乗った」

「ああ、すまないな。助かった」

草介は、安心して急に疲労に襲われ、その場にくずおれる。

「ほら、このとおりだ。しょうがねえなぁ。ところで、お侍さん、お刀が見当たらねえが、盗《と》られでもしたんですかい？」

余計なことを訊《き》くなと思ったが、たしかに大小を差していないのは、まずかった。

「ああ、そうだ。湯屋で盗まれたので、知り合いの同心に取り返してもらおうと行くところなんだ」

がはは、と後棒担ぎの中年男が遠慮なく笑った。

「そりゃあ、焦るのもわかるぜ。こんな汗みずくじゃ湯屋に入ったのも台無しだ。よし、大急ぎで行きやしょう」

草介は、若い男に駕籠に押し込まれる。

気のいい駕籠かきで、ほっとしたが、動き出した途端、駕籠がぎしぎし音を立てる。えっさ、ほいさと掛け声は軽やかだが、駕籠は横にも縦にも揺れる。尻にも衝撃が走り、振り落とされないよう、草介は縄にしがみついた。

四

なかなかいい駕籠かきだと思ったが、奉行所の手前で草介を降ろすと、法外な代金を要求してきた。初めてそこで、財布を持っていないことに気づいた草介は、平謝りに謝った。

それで、納得するふたりではない。急いでやったのだと、すごんできた。

「私は御薬――」

と、いいかけたとき駕籠かきの顔色が変わった。

「これは、草介どの。どうしました」

聞き馴染《なじ》みのある声に振り返ると、高幡啓吾郎が立っていた。

さすがに町奉行所の高幡相手では、駕籠代をふっかけられるはずもない。駕籠かきたちはぶつぶついいながら、高幡から銭を受け取った。

「あの、高幡さん」

草介は、駕籠かきが自分のために懸命に走ってくれたのだと告げた。

「ほう、そうかい」

と、高幡はじろりと駕籠かきを睨めつけ、酒代にしな、といって余分に銭をはずんだ。

「へへ、お役人さま。おありがとうございい」

中年の男のほうが、慇懃《いんぎん》に頭を垂れると、ふたりは、かき棒を急いで担ぎ、ほうほうの体で逃げ去って行く。

「やつら駕籠代をふっかけてきやがったってとこだな」

草介は顔をしかめ、痛む尻を撫《な》でた。

「ええ、まあ。でも、こうして無事に着いたわけですから、存外、悪い奴らでもなさそうですし」

高幡は、一瞬唖然《あぜん》としたが、四角張った浅黒い顔に、笑みを浮かべた。

「まったく、水草さまは変わらねえな。さて、御薬園を滅多に出ない草介どのの用向きは、河島仙寿のことだろう？」

草介は眼をぱちくりさせた。

高幡が、後ろにいた小者《こもの》に少し離れるようにいうと、歩き出した。

「そのとおりです。小人目付の新林さんを殴った咎《とが》で、お縄を受けました」

草介は高幡の横に並んで応えた。

うーんと高幡は腕組みをして、空を仰いだ。西の空が色づき始めている。巣に戻るのか、鳥が翼を広げ、ゆうゆうと飛んでいた。

「殴ったことはまことのこと。本人も認めている」

「しかし、それは河島先生の本意では」

「口論の果てとはいえ、手を出したほうが悪い。小人目付の新林という御仁は、気の毒に腫《は》れた頬に立派な膏薬《こうやく》を貼り付けていやがる」

そんなに力一杯殴りつけたのか。

「せっかくお出でいただいたが、番屋から大番屋へ送られて吟味も済んだ」

「どういうことですか？」

「すでに牢《ろう》送りになった」

牢送り！　草介は唇を嚙《か》み締めた。

「侍を殴ったことは認めているし、罰は受けなきゃならねえ。そいつは、医者だろうがなんだろうが、誰でも一緒だ」

「それはわかりますが。河島先生は――」

草介は懸命に食い下がる。

「承知してるなら、これ以上はいうな、草介どの」

「ただ、鳥居さまがなにか企みをもって河島先生を捕えたのではないのですか」

はっと、高幡が息を吐く。

「勝手な憶測で物をいっちゃいけねえよ。草介どのらしくもねえ。よしんば、河島仙寿がはめられたとしてもだ、相手は目付の鳥居耀蔵だぜ。一介の同心が、異を唱えられる相手じゃねえよ。そんなこたぁ、草介どのだってわかるだろうよ」

草介は押し黙る。

「人を傷つけたことに、どんなお裁きが下るか、おれにもわからねえ。悪いが、それは力になれねえよ」

「鳥居さまは、他になにかおっしゃっていましたか？　河島先生のことで」

「さあな。おれは、小人目付を殴ったことしか聞いてねえよ。ただ、妙なことを耳にしたな。河島仙寿の家から、ある物が見つかったとか、なんとか」

ぞわり、と草介の背が粟立《あわだ》つ。

「それは、なんですか？」

「おれは聞かされてねえさ」

高幡はまことになにも知らないのだろうか。つい先日、千歳へ、心配げに養生所や河島の話をしたというが、いまの高幡からは、そんな思いなど微塵《みじん》も感じることができなかった。

「さ、もう話は済んだ。此度《こたび》のお裁きが下るまでは牢に入っていてもらうしかねえんだ。もし千歳どのに何か訊かれたら、そう伝えてくれるか」

草介はひどく落胆した。まるで、追い払うような態度だ。

「高幡さま、河島先生に会わせていただけませんか」

「いまは無理だな。そんな状態じゃねえ」

「なんですか、それは。河島先生は素直に認めたのに、痛めつけたということですか」

「そうじゃねえが」

高幡が煮え切らない物言いをして、口元を曲げた。

草介は袂を探り、桃色の手拭いを取り出した。高幡の眼が注がれる。

「せめて、これだけ河島先生に渡してください。お願いいたします」

「そういや、手拭いを頭に巻いていたな。こんなものより、河島にはもっと欲しい物があるかもしれないがな」

銭か、と草介は思った。入牢《じゆろう》する罪人は、つる、と呼ばれる銭を牢名主《なぬし》に渡すしきたりがある。銭の多寡で、新参者の待遇が変わるのだ。これを怠れば、牢の中で、どんな目に遭わされるかしれない。夜、牢番の眼を盗んで、殺すことだってある。

「渡せたら、渡しとくぜ」

「帰ります」

草介は強い口調でいうと、身を返した。やはり高幡もただの役人なのだ。

「おい、草介どの」

草介は首を回し、強い口調でいった。

「お借りした駕籠代は、すぐにでも届けさせます」

「そうじゃねえよ。そんなものはどうでもいい」

「そうはいきません」

子どもじみた自分の態度に嫌気が差しながらも、高幡へ突《つ》っ慳貪《けんどん》にいった。

「なんだよ、怒ってるのか、珍しいな。あのな、草介どの。悪事ってのは、見えねえようにするんだよ。あっけらかんとわかりやすいように悪さする奴なんざ、いやしねえ。おれたちは、見えねえもんを探るお役なんだ」

見えないものを探る、と草介は呟いた。

「見事に当たれば御の字。当たらなきゃ、歯嚙みして悔しがる。でもよ、あきらめんのは真っ平だ」

じゃあな、と高幡が踵《めぐ》を回らし、足早に去る。小者が、草介に会釈をしながら、脇を擦り抜けていった。

私は、ここまでなにをしに来たのだろう。結局、河島のことも、鳥居のこともなにひとつ変わらないままだ。

情けなくて、悔しくて、心がきしんだ。

すごすごと、このまま御薬園に戻る自分が惨《みじ》めだった。美鈴は屋敷へ帰っただろうか。千歳にも、高幡の言葉をそのまま伝えるのが辛い。

ただ、鳥居が河島の家でなにを見つけたのかが、気になった。まことに河島の家から見つけだしたのかどうか、怪しいものだ。

長英の処《ところ》に行くか、と草介は思った。

河島が捕えられたことは、知らないはずだ。

だが、いま会えば、長英までも危うい立場にしてしまうかもしれない。鳥居たちの策略に加担するようなことになれば、元も子もない。

ならばどうすれば、いいのだ。

草介は両手で顔を覆って、その場に蹲《うずくま》った。


空には星がまたたき、御薬園は闇に沈んでいた。風に揺れる葉の音が、やけに草介の耳に響いた。

東側御薬園との仕切り道沿いの養生所の窓から、わずかな灯りが洩《も》れている。

遠くから、小さな光が近づいてきた。

ゆらゆらと左右に揺れている。

草介は、ゆっくりとした足取りで、その光に導かれるように、歩を進めた。

「草介どの？」

千歳の声がした。

光は芥川家の家士が持つ、提灯《ちょうちん》の火だった。

「あまりに遅いので、心配しておりました」

「千歳さま。申し訳ございません」

「どうなさったのです」

草介は唇をきつく嚙み締めた。

「すでに河島先生は牢送りになっておりました」

千歳の表情までは見えなかった。だが、言葉を失っているのはわかった。

新林を殴ってしまったことを認めている以上はしかたがないと、草介は千歳に告げた。

「そうですか。ご苦労さまでした」

千歳の声が沈んでいた。


五日が経った。千歳は、道場の帰りに高幡に会いに行くも、いつも見廻りだと不在を告げられている。

「兄弟子を悪くいいたくはありませぬが、これほど情のない方だとは思いも寄りませんでした」

素振りをしながら、ぷりぷり怒っている。

草介は、乾薬場で根茎を干しながら、

「奉行所もお忙しいのでしょう」

と、なだめるようにいった。

今日も美鈴が来ていた。広縁に所在なげに座っている。

「ただ、鳥居たちが見つけたという、証はなんだと思いますか？」

「どうせ、いい加減に作ったものでしょう。けれど、なんらかの書付《かきつけ》をでっちあげたとしたら、筆の運びの違いは一目瞭然《りょうぜん》。そのような真似はしないと思います」

「なるほど」

千歳の言葉に草介は頷いた。

だとすれば、やはり写本、日記の類《たぐい》か。

「河島先生は日記をつけておりますかね」

「わたくしが知っているはずはありません」

ぴしゃりといった。

「ありますよ」

これまでひと言も発していなかった美鈴が突然いった。

「あるのですか？」

千歳と草介は同時に叫んだ。

「患者さまの様子とか、食べた物とか、読んだ書物について書き記されていると伺ったことがあります」

そこに、長英の著作のことが書かれていたのだとしたら——。

もう一度、高幡の処へ行こう。

草介はたすきを解いた。

「どうしたのです？　草介どの」

千歳が眼を丸くした。

「奉行所へ行って来ます」

「でも高幡さまは」

「帰って来るまで待ちます。明日は御薬園に出られないかもしれません。園丁頭に伝えてください」

草介の勢いに気圧《けお》されたのか、千歳が素直に頷いた。

草介は仕切り道を急ぐ。

今日は妙な駕籠屋に引っ掛かるものかと、腹にぐっと力を込めた。


門を出たところで、ばったりと鳥居と新林とに出くわした。

草介が会釈だけをして、通り過ぎようとすると、

「珍しいな、お出かけか」

頬に膏薬を貼り付けた新林が声をかけてきた。

草介は足を止め、

「私もときには外出《そとで》をします。いけませんか」

ぶっきらぼうにいった。

「しかし、河島も医者のくせに乱暴者だな」

新林が誰にいうともなしに呟いた。

草介は、カッとして振り返る。

「そう仕向けたのは、新林さまでしょう」

はあ？　と新林が近寄ってきて、ここを見ろといわんばかりに、頰を指し示した。

ここで千歳なら、武士が町人に拳を食らうなど、恥を知れというだろう。

「お気の毒です。痛むならば、鎮痛のお薬を差し上げましょうか？」

新林が、むっと口を歪《ゆが》めた。

鳥居が、よせという顔をしている。どことなくだが、いつものような威圧感というか、ぎらぎらした雰囲気が失われているような気がした。

草介は、思い切って新林を質した。

「なにゆえ口論になったのですか？」

「奴が勝手に怒り出したのだ」

「そんなはずはない」

鳥居が新林を見る。新林は首をすくめ、後ろに下がる。

「尚歯会の会合があったことが耳に入ってな。そこで、どのような会話がなされたのか、訊きたいと思ったのだ」

鳥居が、草介を睨《にら》みつけてくる。がっしりと張った顎、鋭い眼光。いつもの鳥居に戻ったと、草介は心なし怯《ひる》んでいる己に気づいていた。

だが、鳥居が河島を捕えるなど、おかしいのだ。草介は己を奮い立たせる。

「河島先生は尚歯会の会員ではありません。会合に出ていない者を詮議《せんぎ》したところで、答えられるはずはないと思いますが」

鳥居を見返し、はっきりといい放った。

「ほう。では、河島が読んだ書物について、お主は聞かされておるか」

やはり、日記だ。草介の背に汗が滲《にじ》む。言葉を懸命に探す。河島がどのように長英の著作を記しているか見当もつかない。下手なことはいえない。

「さあ、夢のような話でしたら」

「夢、かの？　まことに」

五

鳥居が半眼になる。腹の底を探るような嫌な眼だ。

「河島先生は、もともと長崎で学んでいた方ですから、異国に憧憬《しょうけい》を抱くこともありましょう。ですが、すべて医学に結びつけるので、突飛な夢物語を平気で語る」

夢を本気になさいますか、そうではありませんよね、と草介は鳥居に笑いかける。

「なんだと、この水草が！」

新林が食ってかかってきた。

水草と呼ばれ、草介は初めて不快感を覚えた。この水草は、御薬園の皆が呼びかけてくるものとはまったく異なっている。あきらかな侮蔑だ。これまで、感じたことのなかった怒りが湧く。

「河島先生は多くの患者を診ている、頼って来る者たちも大勢おります。養生所に必要な方なのです。あなたたちのように、人の粗探しに忙しいだけの暇人ではない」

「貴様っ！」

新林が顔を真っ赤にして、いきり立った。

「お目付の鳥居さまを愚弄《ぐろう》しているのか。貴様のような下級役人など、家ごと取り潰せるのだぞ」

「潰されても結構。なんの罪もない者を捕える卑怯《ひきょう》な方々に屈することのほうが悔しい。さあ、河島先生を解き放ってください」

鳥居は、新林を制し、さらに厳しい視線を草介に向けながら、口を開いた。

「返せぬな。あの者は、外科であるにもかかわらず、本道医を無視して蘭方治療を施している」

「それについては、本道医の先生方も承知の上。養生所では、漢蘭融合の医術を目指しているのです」

草介が勢い込んでいうと、鳥居はふと口元を緩めた。

「いいや。漢方が内科。蘭方は外科。お上《かみ》の施療施設で勝手なことを行うのは、お上を畏《おそ》れぬ不届きな所業といわざるを得ない。お主のお役を考えてみろ。御薬園は上《うえ》さまのお薬を作ることが第一。ここにある草木のすべてが、上さまの物であろう」

それを庶民へ分け与えれば、お主はどうなる、と鳥居がいった。

「ここは──御薬園は」

草介は、俯《うつむ》いた。

「どうした、なにかいってみろ」

新林が声を荒らげた。

草介は、ぐっと拳を握りしめ、顔を上げた。

「たしかに、上さまの御薬園です。ですが、草木は、上さまの支配など受けておりません」

「貴様、気がどうかしているのではないか。おれにはさっぱりわからん」

新林が呆れた声を出す。

「医術は誰のためでもない、多くの人々のためにあります。御薬園とて同じことです。

よりよい薬を作るために、我々は草木を育てているのです。でも、草木は上さまのことなど、これっぽっちも敬ってなどいない」

鳥居が気の毒そうな眼を草介に向けてきた。

「本気でいうているならば、お主を不忠者であると、捕えることもできるが」

「そうしてください。私たちは、草木からの恩恵を受けて暮らしているのです。草木の命を分けてもらっているのです。それは上さまとて、同様。我ら人間が万物の頂にいられるのは、多くの命を食らって生きているからに他なりません」

そうした思いを忘れ、驕《おご》っていてはいけない、と草介は鳥居を睨めつける。

「上さまのためだけに、草木は育っているわけではないといっているのです」

鳥居が眼を丸くして、草介をしげしげと眺める。一方の新林は、戸惑った顔で鳥居を窺う。

鳥居が、いきなり破顔した。

「面白い男だな」

草介は、むっとしていい返した。

「私は面白いことをいった覚えはありません」

鳥居が、くつくつと笑ったが、にわかに真顔になった。

「私はな、ただ蘭学を憎んでいるわけではない。西洋の知識は脅威ではあるが、取り入れるべきだとも思うている」

草介は耳を疑った。

まさか鳥居からそのような言葉を聞かされるとは思いも寄らなかった。鳥居燿蔵は幕府が敷く教育を統括する林《はやし》家の生まれだ。それだけでも、西洋知識がもてはやされることを良しとしない。そのうえ、長英が会員である尚歯会に、以前恥をかかされたことを恨んでいるという話だ。

「なにを惚《ほう》けた顔をしている。本心からいうているのだ。お主も耳にしているのだろう？　たしかに江戸湾測量の際、尚歯会から西洋の測量技術を得た者のほうが正確だった」

悔しくはあるが、恨んではいない、と鳥居はいう。

にわかに信じられなかった。

「そこまで頑迷ではない。測量が正確ならば、そのほうがよかろう」

「ならばなにゆえ」

「西洋の技術、知識は得るに値するが、思想となってはいかんのだ。幕府の政《まつりごと》を根底から批判するようなことがあってはならん。私の懸念はそこにある。異国と交われば、国が富むかもしれん。だが、この小さき島国が、大海を渡る船を持つ西洋列国と対等につきおうていけるか」

草介はさらに驚いた。眉間に皺をくっきりと寄せる鳥居の顔に嘘《うそ》はないと思われた。

「まだ力が足りん。いま、急いではいかん。尚歯会は幕府の異国への対応を批判してい
る。そうした考えを勝手に広げれば、目先の利だけを求める者も出てこよう。それこそ、
国が内側から乱れる」

ゆっくりと進めることだ、と鳥居はいった。

「草木を見ている御薬園同心のお主であれば、日々感じていることであろう。土を耕し、
肥やしをくれ、水をやる。だが、春の花を冬に咲かせることはできまい。花には花の時
季がある。それを無理に捩《ね》じ曲げれば、どうなる、水草どの」

「枯れていくでしょう。草木そのものが駄目になります」

草介は応えた。鳥居の眼がふと穏やかなものに変わる。

「幕府とて、なにも考えていないわけではないのだ――」

と、鳥居の顔が苦痛に歪んだ。腰のあたりに手を当て、呻《うめ》き始めた。

「と、鳥居さま。またお腰に痛みが」

新林が慌てて鳥居を支えるように腕を伸ばす。

「大丈夫だ。たいした痛みではないわ」

新林が草介に鋭い眼を向けた。

「御薬園の者に、腰痛の薬を訊ねたが、一向に効かぬ。むしろ痛みが増している。どう

いうことだ」

鳥居は、膝を屈め、痛みを堪《こら》えている。額には脂汗が滲む。

鳥居が地面に膝をつく。

草介は困惑しながら、大声で命じた。

「新林さま、戸板を。養生所へ運びます」

あ、ああと、新林が一瞬、草介を睨んだが、すぐに駆け出した。

草介は鳥居の元に近寄り、しゃがみ込んだ。

「腰をお打ちになったのはいつですか」

鳥居は歯を食いしばりながら、首を横に振る。

腰を打ってはいない？　ならばなぜだ。草介は考え込んだ。

河島なら、的確な問診ができるはず。痛みを堪える鳥居を見ながら、途方に暮れる。

「近頃、変わったことはありませんか？」

曖昧な問いかけに、自分でも呆れる。そのとき、不意に高幡の言葉を思い出した。

見えないものを探る。腰の痛み——外部ではないとすれば、内部。

「他にも痛みを感じるところは？　腹痛は」

「ときにある。それと陰——」

「陰茎、ですね」

鳥居が苦しそうに首を縦に振る。

「排尿の際にも痛みを感じられますか？」

鳥居が再び頷く。

「では、多少血が混じったりすることはございましたか」

「……ある」

呻きつつも、鳥居が応えた。

「わかりました」

草介は立ち上がる。

尿路に石が詰まっていると考えられた。

新林が養生所の者とともに戸板をはこんできた。

呻く鳥居を乗せ、養生所へと急いだ。


数日後、朝もやの中、仕切り道に人影が見えた。

このような早朝に、誰がと、草介は訝りながら、人影を見つめた。

次第に影は輪郭を整えはじめる。その影の上部に桃色の物が見えた。

「か、河島先生──」

草介は、鍬を投げ捨て、走り寄った。

河島が、にっと笑う。白い歯が口元からこぼれた。

「ご無事で」

思わず河島に抱きついた。

「み、水草さま、男同士の抱擁は」

ああ、と草介は飛び退《の》いた。

「失礼しました。あまりに嬉しくてつい」

「それはありがたいですが」

河島はあきらかに迷惑そうな顔をした。

「お解き放ちになったのですね。牢の中でひどい目に遭わされなかったのですか？」

見たところ、いつもの河島と変わりがなかった。傷もなければ、どこかに腫れがあるというふうでもない。

「ひどい目ですか。十分に遭わされましたよ」

え？　と草介は眼をしばたたく。

「河島先生」

背後から千歳の声がした。

「お戻りになられたのですね」

「これからお稽古ですか？」

「いいえ、道場へ参ろうと思いましたが、いま、考えを変えました。美鈴さまをこれからお呼びいたします」

河島が、顔を曇らせた。

「きっと怒っているでしょうね。私が牢にいる間、毎日、食べ物を持って来てくれました。ですが、会うことも叶《かな》わず、礼を伝えることもできず」

千歳が首を横に振る。

「そのようなことはございません。空のお重が返されるだけで、ご無事なのだとわかるからと、明るくおっしゃっていました」

「それは、まことのことですよ。美鈴さまは河島先生を心配していましたが、元気に帰ってくると信じていました」

草介も河島に頷きかけるようにいった。

「ええ、まさにこのとおり」

河島は目尻に皺を寄せ、桃色の手拭いにそっと手を当てた。美鈴の心はたしかに河島に届いているのだ。そして、その想いを河島も受け止めているように思えた。

「千歳さま、水草さま」

河島が急にあらたまって、頭を垂れた。

「かたじけのうございました」

草介は千歳と顔を見合わせた。

「高幡さんが教えてくださいましてね。千歳さまと水草さまが、私のために色々と動き回ってくれたと」

高幡さんが……。

「申し訳なかったといっておりましたよ。冷たくあしらったのも、鳥居たちに伝わらないようにするためだと」

「あの、どういうことでしょうか？　先ほど、ひどい目に遭ったと」

千歳も不思議そうな顔をして河島を見る。

「じつは、伝馬町《てんまちょう》ではなく、溜《ため》にいたのですよ」

溜は浅草にある。牢ではあるが、病の罪人を収監する処だ。

「新林もたいしたこともないのに騒ぎ立て、さらに鳥居の威光を笠《かさ》に申し立てたものですから、吟味与力も、町奉行も快く思っていなかったようです。それも味方してくれました」

「でも証が。先生の日記はどうしたのです」

河島が、反省しております、と頭を撫でた。

「余計な物を記すものではないと思いましたよ。長英先生の著作とは書かなかったのが幸いしました。私のくだらぬ夢だろうと、高幡さんが助言をしてくださいましてね。お奉行さまも夢まで罰していたら、きりがないと。人を怪我《けが》させた医者なら溜で過ごせとの裁きが出ましてね。なかなか気の利いたお奉行で」

「つまりそれは、罪人の施療をしていたということですか。あはは」

「どこへ行っても、私は医者のようです。当たり前のことですが」

それにしても、牢の中はひどすぎると、顔を歪めた。薬もろくに入手できない、本来罪人の病を診る獄医《ごくい》もいい加減だと、河島はいい募った。

ああ、と草介は気づいた。手拭いを高幡に差し出したとき、河島はもっと欲しい物があるかもしれない、といったのは、きっと医療道具や薬品のことだったのだ。

ともかく、長英先生に事が及ばず、安堵したと河島は呟いた。

「ところで、水草さま。鳥居が結石《けっせき》だったそうですな」

「なぜ、知っているのですか？」

「美鈴さまからの差し入れの重箱に必ず文が入っていたのでね。水草さまが診立てたそうで」

ええ、まあと、草介はぽりぽりと額を掻いた。

「私の教授の甲斐《かい》がありましたかね」

鳥居には、猪苓湯を処方した。猪苓湯は、猪苓、茯苓、滑石《かっせき》など、利尿作用のあるものが配合されている。尿で、詰まった石を除いてしまう薬だ。あれ以降、なにもいってこないので、少しは楽になっているのかもしれない。

見えないものを探り当てる難しさ。

そういえば、茯苓もそうだ。隠れているもの、見えないものを掘り出す。

猪苓のように、すぐに見つかれば苦労はしない。

見えないものを探るか、と草介は、ぼんやり思う。身体の中も見えない。人の心も見えない。鳥居はほんの少しだけ、心を見せた。

でも、すべてがわかったわけではない。

「河島先生、解き放ちのお祝いをしましょう」

草介がいうと、

「甘いものが食いたいですね。国太郎のところの饅頭の味が忘れられません」

こちらの心配をよそに、河島はのんきなものだった。国太郎の饅頭か。あれも、外側からでは中身はわからない。でも、食うたときの楽しさ。嬉しさ。

けれど、まことを知る怖さはある――。

草介は、千歳をちらと見た。千歳と眼が合い、慌ててそむけた。

「しかし、鳥居も小便をするたび痛かったでしょうねぇ。なんたって、陰茎に石が詰まっていたんですから」

まあ、と千歳が顔を赤らめる。

「いい気味だ」

河島が、両腕を高く差し上げ、伸びをしながら気持ち良さそうに笑う。鳥居らに対してはどうも医者としての立場を忘れるようだ。

もやはいつの間にか、晴れていた。

# 花しぐれ

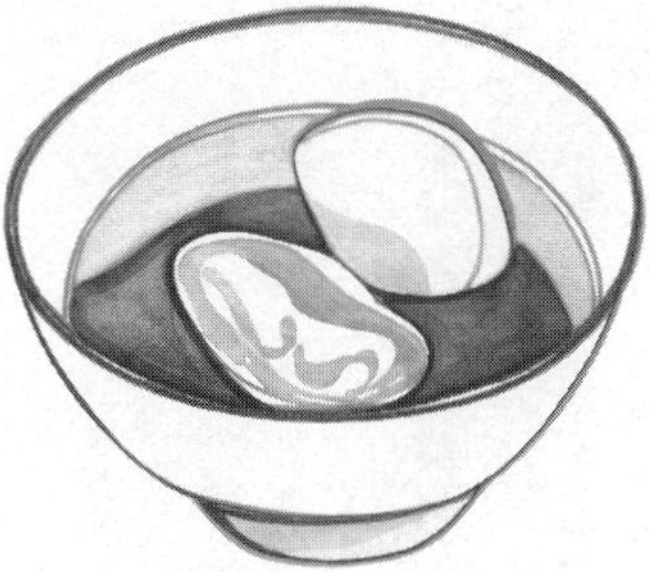

一

宵のうちから降り始めた雨は、夜が更けるにつれ、次第に強くなってきた。

この時季は、ひと雨ごとに、暖かくなってくる。

暖かくなるにつれて、これまで寒さを耐え忍んでいた常緑樹の葉も鮮やかな色になる。

幕府の小石川御薬園《こいしかわおやくえん》も種蒔《ま》きや苗床作りなどで忙しさが増す。

御薬園には四季折々の表情がある。鳥がさえずり、蝶《ちょう》が舞い、華やかな花色で溢《あふ》れる春、いっそう色を濃くする夏、赤、黄、茶の葉色に彩られる秋、そして、白く染まる冬。

御薬園同心の水上草介《みなかみそうすけ》は、屋根を叩《たた》く雨の音に気を取られつつも、御薬園の四季を思い返していた。御薬園は、常に己を受け入れてくれる。そこにいる自分の姿をいつも確認させてくれる――。

「ですから、医師になど誰もがなれると思っていてはいかんのです」

いきなり声が響き、草介は眼の前に座るふたりの話に慌てて耳を傾けた。

ひとりは、小石川養生所《ようじょうしょ》の医師、河島仙寿《かわしませんじゅ》、もうひとりは蘭学者《らんがく》で、やはり医師の高野長英《たかのちょうえい》だ。

麹町《こうじまち》にある長英の私塾大観堂《だいかんどう》を訪れてから、すでに一刻半（約三時間）が経《た》っていた。長英の居室には、和書、洋書を問わず山と積まれている。書見台には、草介たちが訪れるまで眼を通していたのであろう医学書が開いたままになっていた。

少し前に、河島は、目付鳥居耀蔵《めつけとりいようぞう》の配下である小人《こびと》目付の新林鶴之輔《しんばやしつるのすけ》を口論の末、殴った咎《とが》で捕縛された。

怪我《けが》をした、といっても少々腫《は》れた程度であったものを、新林は大袈裟《おおげさ》に南町《みなみまち》奉行所で申し立て、さらには鳥居の名を笠《かさ》に着て、居丈高にいい放った。しかし、かえってそれが町奉行の不興を買い、人を怪我させた医者なら、病を患った罪人の入る溜《ため》で過ごせという裁きが下った。そこで河島は、罪人の病や怪我の治療にあたらされたのだ。

草介や千歳《ちとせ》、そして河島にほのかな想いを寄せている美鈴《みすず》の心配をよそに、

「なかなか気の利いたお奉行で」

と、河島は笑っていたが、解き放ちになったとき、美鈴の手拭いはしっかりと河島の頭に巻かれていた。

医者にはうってつけの罰、といっていいのかは知れないが、他方、河島は溜ではろく

な薬もなく、獄医もいいかげんな施療しか行っていないと憤慨していた。

それは近頃の河島の言葉の中によく表れるようになった。

草介は、なんとなくではあるが、河島にとって別の道が示されたような気がしてならなかった。

河島と草介が、長英の元を訪れたのには、訳がある。河島が捕えられた際、小石川養生所は無論のこと、河島の住まいまで、鳥居たちが探索したせいだ。

住居には、河島の日記があり、それには、まだ版行されていない長英の著作『戊戌《ぼじゅつ》夢物語《ゆめものがたり》』に影響された記述があったらしい。無論、長英の名は記されてはいなかったが、異国を知らずして、闇雲に排斥するのは、いかがなものかという思いが吐露されていた。

それを鳥居は、長英の著作があるのではないかと勘ぐっているようだった。

そのことを、長英に伝えるため、そして、此度《こたび》は河島のみで潜《くぐ》り抜けたが、いつ長英自身に幕吏《ばくり》の手が伸びるかわからないと、警告に来たのだ。

幸か不幸か、鳥居は療養中である。尿路結石という、陰茎に石が詰まってしまう病だ。草介が診立て、薬を与えたが、その後、養生所にも、御薬園にもぱったり姿を見せなくなっている。

ただ、鳥居はどんな手を使ってくるかわからない、これは嵐の前の静けさではなかろうかと懸念した河島から誘われ、草介も付き合ったのだ。

雨はますます酷《ひど》くなってくる。河島と長英の声も知らぬうちに熱を帯びて、高くなっていた。

草介は、脇腹から背中のあたりを押さえた。少し前から気分が優れなかった。自分だけの思いにふけっていたのもそのせいだ。

酒と青菜の煮浸し、魚の甘露煮が出され、手をつけたが、どうも重苦しい。酒は、もともとさほど呑《の》めないが、少し口にしただけで、すぐに酔いが回った。というより、眼の前がくらくらして、胸焼けがした。胃ではない。とすると、肝か膵《すい》だろうか。いや、急性のものならば、もっと激痛に襲われる。これは、しくしく痛むような、それでいて鈍い痛みだ。ともあれ不快な気分であることは確かだった。

「まあ落ち着け、河島」

長英がたしなめる。

「しかし、高野先生。医者は人の命を預かっております。わずかな医学知識で開業し、法外な薬袋料を受け取る。庶民が医師を信用しないのは当たり前です」

だから、いまだに疱瘡《ほうそう》除《よ》けなどの札を購《あがな》い、いんちきな祈禱《きとう》に頼る、と河島は嘆いた。

「それは、我らの医術がまだ未熟だと考えねばならぬとは思わぬか？」

長英の言葉に、河島は黙り込む。

「どこぞの藩では、医師になる者には、吟味を施しているようだ。あるいは、遊学をした者にも、どの程度の知識を得たか、確かめるらしい」

ほう、と草介は、痛みをこらえながら、感心した。

長英は、銚子を取り、河島の盃《さかずき》を満たした。草介へも、ちらと視線を向けたが、わずかに笑みを浮かべて、銚子を膳に戻した。

「医師が人命を預かっているという、おまえの言葉は正しい。しかし、その一方で、多くの病を、人の死を、医師は経験しなければならない」

人の命をもってして、医術が進歩する、医師が成長する、と長英はいった。

「医師は、すべての命を救うことは叶《かな》わない。代わりに、すべての命を無駄にはできない」

河島が唇を噛《か》み締める。

医師とは、なんと因果なものだろうと、草介は思った。命を慈しみながら、命を己の糧《かて》にするのだ。

草介はいまでも医師になろうとは思っていない。

あと二年足らずで、草介は紀州《きしゆう》に旅立つ。紀州藩の医学館で医学を学ぶのだ。

御薬園ほど居心地のいいところはない。御薬園同心として、薬草を育て、畑を耕し、土を感じ、風を受け、雨を見る。

そうした日々が愛《いと》おしく、なんの不満もない。だが、まるで知らない土地で、いまの自分の力を知り、新たに学ぶ。

草介は医学と向き合うことで、何かを得られるのではないかと感じている。一歩踏み出す怖さもあるが、草介は心を決めた。

ある想いを断ち切るためにも——江戸から離れたいと思った。

長英と河島の話は続く。蘭学者というか、蘭方《らんぽう》医学を学んだから饒舌《じようぜつ》だということではないのだろうが、互いに弁が立つ同士。とてもじゃないが、のんびり屋の草介が口を挟む余地などなかった。

我が国の医療に蘭方医学をどう反映させていくかに始まり、医療技術者をどう育てるか、そして幕府の奥医師の批判にまで及んだ。幕府は、蘭方医学を了承し、奥医師には蘭方医も登用している。しかしながら、相も変わらず本道は漢方医、外科は蘭方医という位置付けだった。いっかな進む気配がない。

幕府が設置した医学館でも、使用している医学書は、ほとんどが漢方医学だ。むしろ、町場の志《こころざし》の高い医師や村医などが、積極的に蘭方医学や、蘭方医学書を取り入れている。

「これから医師を目指す若者に、もっと西洋薬や医学書を知って欲しいと思っているのですが、ね。幕府の医学館は眼の上の瘤《こぶ》のようなものです」

河島が、吐き捨てるようにいうと、酒をあおった。

ああ、このような話を、目付の鳥居耀蔵が耳にしたら、すっ飛んで来るだろうと、ぼんやり思っていた。

「紀州、和歌山の医学館も、幕府のそれに倣《なら》っているようだ」

と、長英が草介に突然視線を向けた。

「ただ、施薬局というものが設けられていて、貧しいものに薬を与えているそうだ」

なるほど、と草介は思った。御薬園では養生所へ薬を提供しているほか、御種《おたね》人参の出来がよいときには、町場の薬種問屋などに売ることはある。ただし、庶民に直接与えることはない。

長英が、ああ、そうだと膝を打った。

「尚歯会《しょうしかい》の遠藤《えんどう》さまから、水上どのに言伝《ことづて》があったのを失念していた」

「はい、何事でしょうか？」

「その施薬局で、本草《ほんぞう》の知識に長《た》けている者を早急に欲しているというのだ。約束の期日までは、あとどれくらいかな」

「二年ほどありますが」

草介が応えると、長英が苦い顔をした。

「人手が足りぬらしい。夏前に行ってもらえぬかと遠藤さまはいっておられたのだが」

えええ——。

思わず草介は痛みも忘れて、河島と顔を見合わせた。

## 二

「無理を承知での願いだ。まだ、御薬園預かりの芥川小野寺《あくたがわおのじ》さまにも話を通してはいない。まずは、水上どのの意向を訊《き》きたい」

それはその、と草介は返答に窮した。紀州に行くことは決心した。学ぶ意欲も十分にある。それでも、これから御薬園は忙しくなる。後任のこともある。そうした準備——いや、心のほうの準備ができかねている。しかし、そのようなことを明かすわけにもいかない。紀州の医学館に推挙してくれたのは遠藤だ。その頼みであれば無下《むげ》に断るわけにもいかない。けれど——。

「薬を作ることも、人の命を預かることと同じだとは思わぬか?」

医師は、病や傷の診立てをし、それに合った薬を処方する。だが、薬はそのまま人の体内に入るものだと長英はいった。

「もちろん、おっしゃる通りです。根茎に毒を持つ草木でも、処方の仕方で効能のある薬にすることができます。ですが、ひとつ間違えば、人を殺《あや》めることも可能です」

草介は応えた。

いかに、効能のある薬を作るか。医療に従事する者たちにとっての命題である。それをさらに究めることができたら、どうだろう。

外科治療は無理でも、その病と向き合うことは、薬でもできる。

草介は、御薬園同心になりたての頃の自分を思い返した。庶民は、病を患っても、ほとんど医者など呼べない。ひどい町医者なら、往診代と薬袋料で一分《ぶ》（一両の四分の一）や二分を平気で要求する。棒手振《ぼてふ》り稼業の者なら、五日から十日分の稼ぎにも相当する。

かつかつの暮らしをしている者たちは、何の治療も施されないまま、重篤《じゅうとく》な状態になってしまう。

だから、草介は万能薬を作りたいと願っていた。健やかな身体《からだ》を保てる、滋養や強壮に効能がある薬。安く、そして安心して服用できる薬だ。

それは夢の薬なのかもしれない。

けれど、いま力を尽くすことができるなら、そうしたい。いや、そうすべきではなかろうか。

むむむ、と草介は考え込んだ。

そんな草介を長英は穏やかな目で見つめていた。

河島が心配げな顔を草介に向ける。草介は、背筋を正し、口を開いた。

「遠藤さまには、少し返事をお待ちくださいと、お伝えください。いますぐとなれば御薬園も困るでしょうから」

草介の視線を長英はしかと受け止めていた。

「では、返事は後日。書簡でも構わぬのでな」

承知しました、と草介は頭を下げた。

「しかし、驚きました。水草さまの紀州行きが早まるとは」

「お受けしたわけではありませんよ」

草介は慌てて、河島にいった。

とすると無理かなぁ、と河島がひとりごちた。

「なんですか、河島先生」

「うん、じつはですね、美鈴さまと――」

河島が照れくさそうに手拭いを巻いた頭をつるりと撫《な》でたとき、廊下を走る足音が響き、障子が開けられた。まだ前髪を残した長英の弟子のひとりだ。

「何事だ。騒がしい」

長英が険しい顔をした。

「いますぐお逃げください」

弟子の緊迫した声に、座敷内が張り詰める。

「捕《と》り方《かた》がこちらに向かっております」

弟子は気が昂《たかぶ》っているのか、うわずった声でいった。

「どういうことだ」

長英が弟子を鎮めるような声で訊《たず》ねる。

「私が、さきほど厠《かわや》へ参りましたとき、表にぼんやりとした灯りが見え」

小窓から、こっそり窺《うかが》うと、高張提灯《たかはりぢょうちん》が掲げられ、突棒《つくぼう》や指叉《さすまた》であろう影が見えたのだという。

「鳥居か。目付が出張ってくるなど、支配違いではないのか。だいたい、もう結石が治ったというのか」

河島が、舌打ちして忌々《いまいま》しげにいい放つ。

草介は、怒り心頭の河島を呆《あき》れた顔で見る。こと鳥居に関してだけは、医師の立場をすっかり忘れてしまうようだ。

「まあ、そういきり立つでない、河島。私には何の咎もない。まずは、その理由を訊ねてみたいものだ」

長英は毅然《きぜん》とした態度を取る。

「先生、そんな悠長な。いまにも、押し込んでくるかもしれないのですよ。どんな罪があるかではないのです。捕えるのが目的です」

弟子が顔を強張《こわば》らせる。

河島も、長英に向かっていう。

「その者のいう通りです。後から、いくらでも罪を作ってくるのが、鳥居たちのやり方だと聞いています」

河島が、あっと声を上げ、長英に詰め寄るように訊ねた。

「先日、私に読ませてくださった著作は、版行されるご予定はありませんね」

河島が念を押すように訊ねた。

「もちろんだ。あれは、知人にのみ配ろうと思っている。広く世間に巡らせるつもりはない」

「ならば、鳥居はなにゆえ、高野先生が新しい著作を記したと勘ぐっているのでしょう。私の日記だけではないように思われます。それが不思議でならないのですが」

河島がぐっと目元に力を込めた。

長英は口元を曲げ、思案顔になる。

「もしやする、と……あの若者か」

河島が訝《いぶか》る。

「尚歯会に、新たに入会した物静かな青年がいてな。御家人の三男だというていたが。誰の仲立ちであったか」

会合にもよく顔を出し、異国との対応についても自らの考えを冷静に語っていたが、と長英が天井を見上げる。

「その者は、先生が著作を記したことを知っているのですか？」

「おそらく」

その若者が、鳥居が潜り込ませた配下の者だとしたら。草介はぶるりと背筋を震わせた。鳥居は、その著作を何が何でも手に入れたいと思うだろう。しかし、と草介は、ぽりぽり額を搔《か》いた。

長英が腕組みをして唸《うな》る。

河島がすっくと立ち上がった。

「いまは、もたもたしている場合ではありません。ここから出ましょう」

「河島、なにゆえ私が罪に問われるか、それを、鳥居という者に訊ねたいと、たったいまいったばかりではないか」

長英が、河島を仰ぎ見る。ここから動くつもりも、逃げるつもりも長英にはないようだ。

「高野先生、もう少しご自身の立場を考えてください。鳥居は、先生を捕え、尚歯会を潰し、蘭学者を根絶やしにするつもりなのですよ」

河島の激しい口調に、長英は、ため息を吐《つ》く。

「尚歯会は、さまざまな意見を交換する会だ。幕府の異国への政策を取り上げることもある」

異国船がしばしば日本沿岸に姿を現すようになって数年が経つ。それでも、なお幕府の対応策は、打ち払いだ。なぜ、異国を知り、そのうえで対策を練ろうとしないのか、と長英はやりきれないとばかりに首を横に振る。

「そうした考えを、蘭学者によって広められることを、お上《かみ》は嫌っているのです」

河島が不意に腰を屈《かが》め、座っている草介の耳元でいった。

「水草さま。先生の背後にある手文庫をすぐに抱えてください」

なんのことやらと訝りつつも、草介は立ち上がった。長英が何事かと眉を寄せる。草介は、長英の後ろへ回り込んで、手文庫を抱えた。

「おい、何をする。それは」

長英が眼を剝《む》き、慌てて草介の袂《たもと》を引いた。

「か、河島先生」

「早く。水草さま、こちらへ」

「高野さま、申し訳ございません」

草介は焦りながらも、長英の手を振り切った。

「それには、あれが入っているのだぞ」

長英が声を張った。

「だからです。あの著作が鳥居の眼に触れたら、それこそ罪に問われます。さ、水草さま、それを抱えて逃げましょう」

河島はいい放った。

ともかく『戊戌夢物語』が鳥居の手に渡らないようにするのだと、河島は草介に頷《うなず》きかけてきた。

「承知しました」

「こら、河島。水上どの、私は逃げぬぞ」

長英は、居室で大声を張り上げる。

「理不尽な真似をする輩《やから》に屈するわけにはいかんからな」

河島め、卑怯《ひきょう》な真似をしおって、と長英はぶつくさいった。

立ち上がった若い弟子が、あちらになりますと指さした。廊下の突き当たりを右に曲がると、裏口に出られるという。

草介は、手燭《てしょく》を持った河島と共に廊下を進みながら、思わず苦笑を洩《も》らした。

高野長英は、当代きっての蘭学者で蘭方医である。そんな長英にも、子どもじみたところがあるのだ、と思った。

「ただいま履物をお持ちいたします」

そう草介たちに告げながら弟子は、居室の長英に向かっていった。

「先生、意地を張るのは結構ですが、私たち弟子のことも考えてください」

むむ、と長英の唸り声がした。

「それをいわれては、一言もない」

長英は、若い弟子の言葉を聞き、ようやく居室から廊下へと出て来た。

笠や蓑《みの》を用意し、次々と他の弟子たちが姿を見せる。

急ぎ裏口にやってきた若い弟子が、

「河島さま、水上さま、先生をよろしくお願いいたします。あとのことは、兄弟子たちがなんとかしてくれるでしょう。落ち着き先がわかり次第お報《しら》せください」

河島と草介、そして長英の履物をすばやく三和土《たたき》に並べた。

「世話をかけるな」

長英が幾分張り詰めた表情をした。

裏口を出て、北に行けば町家だ。南は武家屋敷が建ち並んでいる。まだ町木戸が閉まる前だ。人通りのない武家屋敷の通りより、町家のほうがいいだろう。

急に寒気が襲ってきた。草介はぶるりと身を震わせる。雨はまだ降っているようだが、ずいぶん静かになっていた。

それにしても、捕り方から逃げるなど、これまで生きてきて初めてだ。痛んでいた脇腹と背がまたしくしくし始める。

追われるというのは、これほど恐怖を感じるものなのだ。そもそも悪いことはしていないのだが、悪事はすまい、と草介は心から思う。

すると、門扉を叩く音がした。かなり激しい。高野の名を叫んでいる。

「き、来ました」

草介の声が震えた。

弟子たちの間に緊張が走る。私が行きます、と一番年かさであろう弟子が踵《きびす》を回《めぐ》らしながら、いった。

「他の者は、先生の居室を片付けろ。おふたりがいたことを知られては、面倒だ」

「提灯は持って出ないほうがよろしいでしょう。灯りで気づかれますから」

河島がいいながら笠の紐《ひも》を結ぶ。草介は、年長の弟子から渡された風呂敷で手文庫を包んだ。

「それでは、先生」

河島が心張り棒を外すと、蓑笠を身に着けた長英が大きく首を縦にした。

板戸を開けた途端、夜の闇が眼前に広がり、しゃらしゃらと地面を打つ音がした。雨の代わりに吹き込んできたのは、霙《みぞれ》だ。

春の霙。

どうりで身が震えたはずだ。雨がいつの間にか霙に変わっていたのだ。

恐怖だけではなかったのだと、草介は自分に言い聞かせた。

門前が騒がしい。怒号が聞こえてくる。

河島が、草介と長英に頷きかけ、表に飛び出した。

三

草介は手文庫を脇に抱え、懸命に走った。手に当たる霙が冷たい。

長英の唇から洩れる息が荒い。

裏口から細い路地を抜けて、表通りに出る。町家の灯りに、ほっとしながら、緩やかな坂を下る。

弟子たちは大丈夫だろうか。

長英本人がいないとなったら、屋敷中をひっくり返し、弟子たちを厳しく問い質《ただ》すに違いない。

なにゆえ、このような理不尽を繰り返すのか。鳥居は私怨ではなく、「思想になってはいかん」といった。それが、大きな渦になったとき、幕府の屋台骨が崩されることにつながるとでもいうのだろうか。

草介に政《まつりごと》はわからない。

ひとつだけわかるのは、確固たる志を持つ者たちに弾圧を加えても、一度ついた火は、容易に消せないということだ。燠火《おきび》が再び炎となって燃えるように、志は受け継がれていくのだ。

だが、何より草介が願っているのは、ささやかな暮らしをしている人々が、健やかに、心安くいられることだ。

本来は、政も民のためにあるのだろう。

あの、と草介は足早に歩を進めながら、切り出した。

「鳥居さまは、蘭学を嫌っているわけではないようです」

は？　と河島が惚《ほう》けた顔を向けた。

「水草さま、それはないでしょう」

「いえ。鳥居さまは西洋列国に対抗するだけの国力がまだ備わっていないときに、先走りするのは危ういとおっしゃっています。幕府も考えていないわけではない、と」

ふむ、と長英が笠の縁をあげて、草介の顔を思案げに見つめた。

「高野先生、それでも鳥居が蘭学者を捕縛しようとしていることは変わりません。まず先生を捕えることで、他の蘭学者の活動を抑えるつもりなのでしょう」

草介の言葉に長英が頷く。

「しかし、お屋敷から出たものの、どこへ参りましょうか。私の家までは遠いですし」

河島がいうと、長英が応えた。

「四谷《よつや》に懇意にしている者がいる」

「その方は、どういうご関係で？」

「漢方医だが、いま蘭学を学んでいる」

「大観堂にもいらっしゃるのですか？」

草介が訊ねた。鳥居ならば、長英の知人宅をあたる可能性もある。

「かなりご高齢なので、私が出向くことが多いな」

「その方の処《ところ》へ参りましょう」

河島が足をさらに速めた。

麴町の表通りの軒行灯《のきあんどん》がぼうと光り、居酒屋から洩れる灯りが、降り落ちる霙を浮き立たせている。

急な寒さに肩をすぼめながら歩く若い男女とすれ違った。

不意に男が、振り返った。

「おや、河島先生じゃありませんか」

一斉に、三人の顔が強張った。

「誰だったかな」

足を止めた河島が男をしげしげと見つめる。

「嫌だなぁ、忘れちまったんですかい？　おれですよ」

男は少し不満そうな顔をした。寒そうに胸の前で手を重ね合わせていた女が、「誰よ、この人たち」と、先を急ぎたいのだろう、ぶっきら棒にいう。夜でも、唇の紅の赤さがわかる。

「こら、そんな物言いをするんじゃねえ。この先生は、あっしの大恩人だ」

大恩人ということは、多分、患者ではあるのだろうと、草介は思った。それでも河島は首を傾《かし》げている。

ああ、そうかそうか、と男はいきなり袖をまくりあげた。

おおっと、草介は眼を見開く。

二の腕に彫物があった。よく見ると、細い花序《かじょ》が集まった紫色の花が散らしてあった。

河島が、「お前か」と笠の縁を押し上げて、眼を瞠《みは》った。

「思い出していただけましたか。その節はお世話になりやした」

ぺこりと頭をさげた。

若い男の名は、拓三《たくぞう》。河島が溜にいたときに世話をした罪人だった。

麹町の表通りから、路地を二本入った裏店が拓三の塒《ねぐら》だ。

「悪事をしてもいねえのに、偉い先生を捕まえようなんて、どっちが悪人だかわかりゃしねえ」

ま、小悪党のおれがいうのもなんだが、と拓三は笑った。

拓三は、女をさっさと帰し、恩返しだ、と草介たちを招き入れてくれたのだ。

九尺二間《くしやくにけん》の狭い家に、男四人で身を寄せ合うように座る。

小回りの利く男なのだろう、草介たちの蓑笠の水気をさっと払い、三和土の壁に掛けると、行灯を点《つ》け、火鉢の火を熾し、大徳利《おおどつくり》を持ってくると、茶碗《ちやわん》を四つ用意する。

茶碗を眺め、きれいな物を長英と河島の前に置き、薄汚れて縁の欠けた茶碗は草介に手渡した。

うーむ、と唸ってみたが、拓三にとってみれば、武家とはいえ、草介は一番、歳下の下っ端なのだろう。

「先ほどの彫物ですが、野あざみ、でしたねぇ。きれいに彫れるものですねぇ」

「おう、若いお武家さん、よくわかっていらっしゃる」

すると、拓三はきちりとかしこまり、

「あらためまして、あっしは、野あざみの拓ってケチな野郎でござんす。そちらの河島先生には溜で、喧嘩《けんか》で負った傷を治していただきまして」

徳利を持って、皆の茶碗に注ぐ。

「で、お裁きはなんだったんだ」

「あ、敲《たた》きで。旧悪をほじくられたら、遠島か下手すりゃ死罪になっていたでしょうから、まあ、よしとしておりますよ」

死罪！　と草介はくらりとした。

すると、拓三が襟と袖を抜いて、背を向けた。打ち叩かれた傷が、まだ生々しく残っていた。

長英と河島が顔を歪《ゆが》める。草介は、傷を見た途端、背の痛みがぶり返し、思わず手をあてる。

「私が縫いあわせた傷もまた開いてしまったなぁ」

「ほんとですよ。もう痛《いて》えのなんのって、背中の肉が裂けちゃいましたからね。もっとも、途中で気を失って覚えちゃおりませんが」

と、袖を元に戻し、襟をしごくと、口角を上げた。その笑みにはわずかだが不敵なものが覗《のぞ》く。歳は二十歳ほどでも、旧悪と自らいうくらいだから、悪事を繰り返し、生きてきたのだろう。

けど、どうして捕り方から逃げるなんてことになったんで？　と拓三が興味津々で身を乗り出してきた。

うん、と河島がかいつまんで話し始める。

もちろん、幕府批判がどうのということではなく、蘭方医を嫌っている幕府の役人に追われているのだということにした。

拓三は、切れ長の眼を細めて、

「あっしには、小難しいのはわかりませんけどね、学問ってのは、西洋だろうと、この国だろうと関係ねえと思いますがね。いいもんはいいんです」

力強くいった。

「おれは蘭方医の河島先生に治療してもらって感謝してるんだ。獄医なんか、妙な膏薬《こうやく》をケチくさく塗っておしまいですからね。溜でろくに診てもらえず死んだ爺《じい》さんだっております」

河島は、そうだなと頷いた。

「それと、あっしらだってそうですよ。うめえ盗みの仕方があったら、学びたいと思います」

おいおい、と長英が苦笑した。

「近頃は、商家だって、西洋式の鍵をつけていますからね。それをどう開けるか、鍵穴はどうなっているのか、盗人《ぬすつと》連中で頭を突き合わせて知恵を出し合う」

河島が睨《ね》めつけると、拓三がぼんの窪《くぼ》に手をあてた。

「いけねえ、しゃべりすぎたな。ま、そういうことです。盗人だって日々精進を怠っちゃいませんぜ」

威張れることじゃ、ありませんが、と拓三は茶碗の酒を呑み干した。

長英が、思わず笑みを洩らす。

「盗人も日々精進か。なるほど」

「お偉い先生にそういっていただけると、ありがたみもあるってもんだ。どうか御番所にはご内密に」

「私がのこのこ御番所へ出向けば、それこそ飛んで火に入るなんとやら、だ」

「違《ちげ》えねえや」

拓三が、大声で笑いながら、肴《さかな》を探しに、三和土へ下りた。

「気遣いは無用だ。霙がやむまで居させてくれればいいのだからな」

「雨に変わるだけだ。それに町木戸が閉じたら、先へは行けねえよ、河島先生」

それもそうか、と河島と長英が顔を見合わせた。

「けど、もう屋敷にだって戻れないんじゃねえですか？　その蘭学嫌いの役人は何度でもきやがると思いますがね」

それは、と河島は苦悶《くもん》の表情を浮かべる。

「河島、心配には及ばん。ともかく手文庫を持ち出せればそれでよかったのだからな」

長英が、風呂敷包みへ視線を向けた。

「あれを誰かに預かって貰《もら》えば、幕吏も手は出せまい」

それは私が、といいかけた河島だったが、首を横に振った。もう河島は鳥居に眼をつけられているのだ。

「なら、一時、ここに置いておけばいいじゃねえですか」

「しかし、それは」

河島が困惑した。

「あっしらはね、先生。世間の鼻摘《はなつま》み者だが、一度受けた恩義は忘れねえんです。預かり先が決まったら、取りに来てくだせえ。こんなところだ。誰も気づきませんぜ。あっしと先生がつながってると思う奴もいねえ」

「なるほど、ではそうしよう」

長英は、拓三の言葉に素直に従う。盗人だが、人物としては好ましく眼に映ったのだろう。

ごそごそ、流しの下を探っていた拓三がなにか切り始めた。沢庵《たくあん》の香りが狭い家にこもる。

「こんなものしか、ねえですけど」

皿に載せられた沢庵は、厚さがまちまちだった。長英が早速、摘《つま》む。

「ほう、これはうまいな」

「これ、さっきの女が漬けたんでさ。意外でしょう。見た目はすれからしですが、じつは、表店《おもてだな》を持つ家の娘で」

拓三は照れながらも、複雑な表情を見せた。

「ただ、あっしがこんな稼業なんで、所帯なんざ持てねえと思ってましてね。あいつ、あっしのこと知らねえし」

「そんなことは、ありませんよ。これから真っ当な暮らしをしていければ」

草介が膝を乗り出すと、

「こんな彫物してたら、無理でさ。あいつのふた親が引きつけ起こしちまいますよぉ」

拓三は、少しだけ切ない笑みを見せた。

「弱気は禁物ですよ。拓三さんが、あの人のために堅気になると思えば、きっとできますよ」

なにやら自分に向けた言葉のようだと草介は思った。

「変に力込めて、妙なお武家さんだな」

拓三が、でも、ありがとうよ、と一言いった。

霙はまだ続いているのか、安普請の塒はさらに冷え込む。

そのせいか草介の脇腹が疼《うず》いた。そのうえ、ひどい疲労感もある。

「どうしました、水草さま。少し、顔色が悪いようですが」

「少々寒いだけです」

拓三が立ち上がり、薄っぺらな夜具を草介に渡してくれた。

四

横になった途端、眠ってしまったようだった。まだ覚めきらない頭に、三人の声が途切れ途切れに流れ込んでくる。

「決まったのか。権蔵《ごんぞう》のお仕置きが」

「へい。お仕置きの前に、先生とお会いしたいといっておりました」

話の端々から想像するに、権蔵というのは押し込みの盗人で、商家の主《あるじ》を含め、五人を殺傷し、三十両を奪って逃げたが、高輪《たかなわ》の大木戸で病に倒れ、捕縛されたらしい。

肝の臓の病で、伝馬町《てんまちょう》の牢から溜送りになったとき、河島が施療したようだった。

権蔵は初め、どうせ死罪になることは決まっている、このまま死なせてくれればいいと思って、薬を与える河島を恨んでいたらしい。

しかし、病で苦しむ者を放り出す医者はいない、命を自分勝手に扱うな、と河島に怒鳴られた。それによって、自分の犯した罪を恥じ、いかに卑劣で残虐であったか、その悔恨の中にいるという。

「あの、権蔵がな」

河島の呟《つぶや》きが聞こえた。

「河島、行ってやればいい」

「そういたします」

「権蔵親分も喜びます」

と、拓三は少しばかり涙声だった。

草介は、再び眠りに落ちた。

あくる日は、昨夜の寒さが嘘《うそ》のように、暖かで気持ちのよい朝になった。

草介が目覚めたとき、すでに長英と拓三の姿はなかった。河島が心配げに草介の顔を覗き込んでいる。

草介はがばと起き上がった。

「おはようございます」

「大丈夫ですか？　水草さま、昨夜はだいぶうなされていたようですが。長英先生も、気にしておられましたよ。背中に痛みがあるのではないか、と」

ああ、やはり長英には隠しきれなかったのだ。

「あの、高野先生と拓三さんは」

「四谷の知人宅へ拓三が送り届けるといって、ついさっき出て行きました。私たちといるより、見咎められずに済むでしょう」

そうか、と草介は息を吐いた。

「あの、昨夜話していた権蔵という者のことですが」

「聞こえていたのですか？」

「うつらうつらしておりましたが。肝の臓の病であったとか」

河島は頷いた。

「以前から、吐き気や倦怠感《けんたい》があったらしい。捕縛される少し前には、背や脇腹が疼くような痛みが出ていたと本人が話していた」

は、はあ、と草介は拓三から借りた夜具をたたみながら、生返事をした。

背と脇腹に鈍痛は感じている、倦怠まではいかないが、疲労感はある。

不安がこみ上げ、心の臓の鼓動が速くなるような気がした。

「酒も浴びるように呑む者だったようで。触診で、肝の臓の腫れも確認できました。水草さま。肝の臓はどこを触診なさいますか」

いきなりの河島の問いに面食らいながら、応える。

「仰向《あおむ》けになってもらい、右上の腹部を押します。肋骨《ろっこつ》とみぞおちのあたりでしょうか」

「大きく腫れがある場合には、肝の臓が触るだけでわかります」

草介は、ごくりと生唾を飲み込む。

思わず自分の右上腹部を押さえてしまった。

「権蔵は、かなり大きな腫れというより、すでに硬くなっておりましてね。私の診立ては、岩です」

すでに白目も黄色く濁り、余命はいくばくもないだろうと、河島は首を横に振った。

「悩みましたよ。死罪になるだろうことはわかっていましたし。この者に治療を施してなにになるかとね。悪党に用いる薬があるのなら、善良な者に使うべきだと」

しかし、河島は権蔵に薬を与えた。もう治癒はできないが、痛みを和らげる薬であったのだろう。

「でも、放っておくことなどできるはずはありませんよね」

罪人といっても、人である、たとえ死罪になる者だとしても、命ある限りは、その生をまっとうさせたいと強い口調で河島はいいながらも、

「もしかしたら、それは医師の傲慢なのかもしれませんが」

自嘲気味に笑った。

権蔵は河島に生かされたことで、罪を悔いた。そのような者ばかりではない。なにかを恨み、怒り、憎みながら、刑場で消えていく命もある。だが、それも否定はできない。その者の生だからだ。

「水草さまは、どうなさるおつもりですか、昨日のお話は」

夏までに紀州へ行くという話だ。

「考えさせてくださいと、あの場では申し上げましたが、私が必要とされているなら、行こうかと思います。どこまでできるかわかりませんが」

河島が頷きながら、巻いている手拭いを取った。もうすっかり脱毛は治って、見事な総髪だった。取った手拭いを丁寧に折りたたみ懐へ入れると、別の手拭いを出した。鮮やかな桃色に、果実の桃が白く染め抜かれていた。なんとも目立つ手拭いだ。多分、これも美鈴の好みに違いない。夜陰に紛れて逃げても、すぐに見つかりそうだ。

いままで巻いていたのは、紺無地だった。

ああ、と草介は得心した。長英に会うために、地味な物にしていたのだ。

「お伝えするのは早い方がいいでしょうね。旅支度もあります。もたもたしていると、桜も散ってしまいますよ」

桜が散る、か。

夏までにということは、桜の季節には出立しなければならない。

父と母へ告げたらさぞ驚くだろう。

母の佐久《さく》は、紀州に行くまでに嫁を望んでいたが、それももう叶わない。いまから、嫁候補を探し、祝言を挙げるなどとても無理だ。だが、どこかで、安堵《あんど》している自分がいた。

「さ、水草さま、行きましょうか。水草さまの姿がないので、御薬園の皆が慌てているかもしれませんよ」

河島が立ち上がる。

「ああ、そうですね。それで手文庫は」

河島が三和土に下り、履物をつっかけながら、板の間を指さした。

この下に隠したのか。

草介もあたふたと河島に続こうとしたとき、また鈍痛に見舞われた。胃の底から、なにかが込み上げてくる。

草介は、その場に膝をついた。

「水草さま」

河島が振り返り、声を上げた。

草介は、左手を板の間について、右手で、背をさすった。

「先生、河島先生――お待ちください」

草介は自分でも情けないと思いつつ、細い声で呼びかけた。
草介は、ぼうっと天井を見上げていた。
実家に戻されてから、もう十日あまりが経っていた。
拓三の家で倒れ、駕籠《かご》で養生所まで運ばれた。
河島は、草介から症状を聞き取り、右上の腹と背中を押した。
痛みが走り、思わず声を上げると、すぐさま河島が指を離した。
「これは――」
そう呟いたきり河島は絶句し、医療部屋から足早に立ち去った。
半刻、ほったらかしにされていたが、園丁頭《えんていがしら》や園丁、荒子《あらしこ》が次々と養生所に訪れ、
結局、草介はその日に実家へと帰されたのだ。
大八車に乗せられた草介は、車を引く園丁頭と若い園丁に、幾度も病を訊ねた。
だが、ふたりは神妙な顔をしてひと言も発しなかった。
「頭《かしら》と私の仲じゃないですか」
草介が懇願するふうにいっても、
「河島先生から止められておりますんで」
園丁頭はそういうだけで、取りつく島もない。

実家に戻っても同じだった。

父も母も、なぜか黙りこくって、屋敷で一番庭がよく見える父三右衛門《さんえもん》の居室を草介に与えて、床を取った。

若葉の香りが座敷を満たし、草介は狐《きつね》につままれたような気分で寝たり起きたりの日々を過ごした。

河島から届けられる煎じ薬を、母は、草介が一滴残らず飲み干すまで、じっと待っていた。香りで薬草がなんであるか、草介が確かめようと、鼻先を近づけると、

「さあさあ、早くお飲みなさい」

と、急《せ》かす。

「母上、河島先生の薬は」

「これを飲んでおけばよいのです」

と、にべもない応えを返してくる。

父も同じようなものだった。

碁盤を持って、草介のところにやってくるが、草介に勝ちを譲ってくれるのが、ありありとわかった。

大袈裟《おおげさ》に、「参りました」と頭をさげる。

どうしたことだこれは。肝臓の岩を患っていた権蔵の話を思い出さずにいられなかっ

た。本来、肝の臓は痛むことなどない。体内での働きは相当なもので、胃や腸に比べると、内臓の中では一番我慢強い臓器だといわれている。

だから、肝の臓が悲鳴をあげたときには、もう手遅れだという。

だが、あの日以来、痛みは次第に薄れている。いまは時々背中が痛むくらいで、もうなんでもない。食欲もある。

よく眠れる。倦怠感もない。

草介は、仰臥《ぎようが》して触診を試みたが、指に触れるものもない。

だが、触診した河島が絶句したのは、いまも覚えている。

私の病は、なんであろう。

居間にあった雛《ひな》人形は片付けられていた。もう桃の節句もすぎたのだ。

長英は無事、屋敷に帰ったのか。鳥居と新林は、また養生所に来ているのだろうか。

さまざまなことが、頭を巡る。

御薬園の薬草の刈り取り、畑の種蒔き、仕事は山積みのはずだ。

こうしてはいられない――。

御薬園に行かなくては。草介が夜具を剝ぎ、寝巻きを脱ごうと立ち上がったときだ。

「草介どの」

広縁に現れたのは、千歳だった。

山吹色の小袖に紺袴《ばかま》。若衆髷《わかしゅまげ》が揺れている。少し離れていただけなのに、その声音が懐かしい。思わず胸が締め付けられた。

五

「横になっていなくては、いけません」

千歳の厳しい声が飛んできた。きりりと眉を引き上げ、座敷に足を踏み入れると、片膝をついてしゃがみ込み、

「さあ、こちらへ」

と、夜具を開いた。

「あの、千歳さま。私はどこも悪くはございませんし、病でもありません。これから、御薬園に参ります」

「なにをおっしゃっているのです。療養は、私の父、芥川小野寺からの厳命です」

えええ、と草介は思わぬ事態に眼を見開いた。

「芥川さまの、厳命」

「同じことをいわせますな。父より養生しろとのことです」

「しかし、同心がいなければ……いまは忙しい時季です」

草介が、しどろもどろになりながらようやく返すと、

「吹上《ふきあげ》御庭から、同心の角蔵《かくぞう》どのが参っておりますゆえ、心配いりませぬ。本日は見舞いの品を持参いたしました。すでに、ご母堂さまへお渡ししました」

養生。吉沢《よしざわ》角蔵。見舞いの品。

草介の顔から、すうっと血の気が引いて、ふらりとした。

「危ない」

千歳がすばやく立ち上がり、草介を背から抱え込んだ。が、やはり女性の千歳では、吹けば飛ぶような体躯《たいく》の草介でも支えることが叶わなかった。

ふたりで、そのまま夜具にどっと倒れ込んだ。

草介の顔の横に千歳の顔があった。

一瞬、互いの視線が交わる。千歳の頬が染まった。

「あら、ま、これは、なんと、ええ」

茶を運んできた母の佐久が、奇声を上げた。

「うわわ、千歳さま。大変ご無礼をいたしました」

草介は、これ以上ないほどすばやく身を起こすと、蛙《かえる》のように這《は》いつくばって畳に額をこすりつけた。

「大丈夫です。なんともありません」

千歳は静かにそういって、

「ご母堂さま、まことにお見苦しいところを」

背筋を正した。

「いえ、そんな。でも、驚きました。まさか、あなたさまが、芥川さまのご息女だなんて。わたくし、芝《しば》の親戚を訪ねた折、通りでお見かけしたのですよ」

「わたくしを？」

「と、いうより、失礼ながらそのときには、若侍だと思うておりましたが」

草介は、あっと心の中で叫んだ。佐久が、以前、芝で人助けをした若侍が千歳だと、わかったのだ。

「こんなにも凛々《りり》しいお方がと、感心しておりましたが、千歳さま。これまで草介をありがとうございました」

佐久が丁寧に指をついた。

千歳も佐久に向き直り、頭をさげる。

「こちらこそ、御薬園同心として、草介どのは、まことに、懸命に、務めてくださいました」

草介は、ふたりの顔を交互に見る。私はもう御薬園同心ではないのだろうか。

「あの、千歳さま。私は」

千歳が草介をちらと見た。その眼が真っ赤だ。少し潤んでいるようにも見える。

「わたくしはこれで失礼いたします」

千歳が草介を避けるように腰を上げた。

佐久が、ではお見送りを、と一緒に立ち上がる。草介は、呆然《ぼうぜん》とふたりの姿を見送る。

一体、これは、なんだ。

また背中が疼いた。もしかしたら、いや、そんなはずは——。

柔らかな風が吹いた。沈丁花《じんちょうげ》の花弁が、散った。

草介は、背の痛みを堪《こら》えて、ふたりの後を追った。玄関から、千歳と佐久の声が聞こえてくる。

「ご母堂さま、お気をしっかりお持ちくださ い」

「かたじけのうございます」

佐久が袂で目頭を押さえていた。

「河島先生より伺い、まさか、草介どのがと、わたくしも耳を疑いました。いまでも、信じられない思いです。そのために父も草介どのを、ご実家に戻すよう命じたのですから」

「芥川さまも千歳さまも、そこまで草介のことを」

佐久が、よよと泣き崩れた。

「ご母堂さま」

千歳が腰を屈め、肩を震わす佐久をそっと抱きしめた。

あああ、と草介はそっと踵を返した。

私の病は相当重いのだ。なんともないと思っていたのは、自分だけだったのかもしれない。

翌日、千歳はまた見舞いに来た。

御種人参入りのたまご酒を作るという。草介は仰天した。

「そのようなことは、母に」

「いいえ、わたくしがやりたいと申し上げました」

しばらくすると、千歳が寝間に運んできた。人参と酒の匂いが混ざりあった奇妙な香りがした。酒をきちんと沸騰させていないようだ。

草介は器を受け取った。さらに匂いがきつく感じられた。千歳は、じっとこちらを窺っている。

草介は、息をせずに一口すすった。むぐっとむせかえりそうになったが堪えた。酒で舌がしびれ、砂糖は入れ過ぎだ。

「お、御種人参もたまごも滋養作用がありますし、酒は百薬の長。千歳さまお手をわずらわせ申し訳ございません」

酒の香りがきつく、頭がぼうっとしてきたところへ、

「美味《おい》しいですか?」

千歳が期待を込めた眼差《まなざ》しを向けてきた。

「はあ、そうですねぇ、とても身体にいいと思えるお味です」

草介の応えに、千歳の太い眉が一瞬険しくなったが、すぐに緩んで、

「それはようございました。では、明日も参ります」

と、いって去って行った。

翌日その言葉通りに姿を見せると、今度は、はまぐりと御種人参の汁物にするという。

昨日よりはよさそうだ、と草介は胸を撫で下ろす。

「はまぐりは旬でございます。旬の物を食すのは身体によいとされております」

どこか勝ち誇ったように千歳がいい放つ。ほっと、草介は眼をしばたたいた。千歳が、たすきを掛け、前垂れを締めていた。袴に前垂れというのが、ちぐはぐではあるが、とても愛らしい。

「さあ、召し上がってください」

御種人参の香りがきつい。

「美味しいですか?」

千歳はまたもや訊ねてくる。

御種人参のせいで、はまぐりの風味が損なわれているとはいえなかった。

「やはり身体によさそうな」

草介の返答に、千歳は満足げに微笑《ほほえ》んだ。

「剣術も楽しいですが、誰かのために、料理をするのも楽しいものです。草介どの、きちんと養生なさいませ」

はい、と草介は頷いた。

その日、厠へ立つと、千歳と佐久が台所にいた。母の佐久が忍び泣いていた。千歳がその背を優しく撫でていた。

草介は、後日、佐久がいないのを見計らい台所に忍びこみ、薬袋を見つけ出した。

薬名が記されていない。

草介には、方剤名を書けば、どんな病か知れてしまうからだろう。佐久が、香りを確かめさせなかったのも、多分河島の入れ知恵だ。

色、味、香り。

草介は薬包を広げた。指先に、方剤をつけペロリと舌で舐《な》める。桂皮《けいひ》、大黄《だいおう》、甘草《かんぞう》はすぐに気づいた。香りがかなり強いのは、丁子《ちょうじ》だ。丁子は、鬢《びん》付け油にも用いられているが、嘔吐《おうと》や下痢を止める作用がある。桂皮は、解熱、鎮痛。大黄には、消炎作用があり、肝臓、胆のうなどの炎症を抑える。

やはり肝の臓、か。

草介は、ふらふらと寝間に戻った。

権蔵という顔も知らぬ盗賊のことが頭をよぎる。

河島が絶句したのは、権蔵と同じ岩だったからだ。自分で触診しても、何もないように思われたが、河島の指にはきっと触れたに違いない。

草介は夜具に潜り込んだ。

沈丁花の花弁が、またはらはらと散る。

私の命も、ああして散っていくのだ。

何事も成し得ないままに……。そう思った途端、鼻の奥がつんとした。涙が滲《にじ》んだ。

御薬園での日々が走馬灯のように、頭を巡る。

これまで、出会った人々の顔が浮かぶ。

唐物《とうぶつ》問屋いわしやの藤右衛門《とうえもん》に、長崎遊学を勧められたことが、懐かしく思い出された。

絵が上手《うま》かった少年、吃逆《しやつくり》で苦しんでいた千歳の弟弟子。河島の友人、長崎の阿蘭陀《オランダ》通詞《つうじ》の野口伊作《のぐちいさく》は阿蘭陀人相手に頑張っているだろうか。

皆、息災であればいいと願う。

草介は、大きく息を吐いた。開け放たれた障子から、空が見える。

今日の陽の照り具合はちょうどいい。きっと草木も気持ちがよいだろう。葉を広げ、光をいっぱいに取り込む。

光と土と水。草木にとって欠かせないものは、人にも大切なのだ。

ああ、なんて静かなのだろう。

草介は目蓋《まぶた》を閉じた。

このまま眠るように逝ければいいと思う。

そうして私は土へ還《かえ》るのだ。大地の一部となって、草木を育《はぐく》む。ああ、究極の願いだ。

「草介どの！」

千歳の張り裂けんばかりの声に、草介は、そっと眼を開けた。

「しっかりなさいませ、草介どの」

千歳の顔がすぐそばにあった。

吉沢角蔵と千歳の縁談を知ったとき、草介は、はっきりと己の気持ちに気づいた。

御役屋敷を去る千歳に向けて、草介はタラヨウの葉に言葉を記した。その葉面に傷をつけると、あとからそれが浮き上がってくる。けれど、あのとき葉面に綴《つづ》った言葉はもういらない。

草介は、夜具から手を伸ばし、千歳の頬に触れた。

千歳の目尻の涙を指で拭った。

「草介、どの。わたくしは、わたくしは」

千歳の唇が震えている。

草介は、首を横に振った。

「私は、のんびり屋の己をいまほど悔やんだことはございません」

千歳が頷く。

「まことに、遅くなりました」

「はい」

「私は、心より千歳さまをお慕いしております——」

千歳が大きく息をした。

と、庭先から、

「水草さま、具合はどうです。あ、これは千歳さま」

姿を現したのは河島だ。手にぶら下げていた青菜を掲げた。

千歳が、草介から離れた。

六

河島は、にこにこしながら、青菜を広縁に置き、草介の枕頭《ちんとう》に腰を下ろした。

草介は、あまり人を恨んだことはないが、おかめと火男《ひょっとこ》の面が描かれた手拭いを巻いた河島を本気で睨めつけた。

千歳が、大刀《だいとう》のこじりで畳を突くと、膝を立てた。

「では、わたくしはこれで」

「ああ、千歳さまもここにいらしてください。水草さまもすっかり元気そうだ」

あはは、と破顔する河島に、

「どこが、すっかりよくなったというのですか」

草介は身を起こして、声を張った。

「もう、わかってますよ。あの薬は鎮痛と炎症を抑える肝臓の薬ですよね」

「違いますよ。さすがの水草さまも、焦りましたかね。自分のことになると、うっかりするのは仕方ありませんが」

呆気《あっけ》に取られる草介と千歳に、河島は続けていった。

「高野先生のお屋敷へ伺う数日前に、御薬園で転倒しませんでしたか？」

もう半月以上も前だ。草介は、唸った。

あ、と草介は大声を上げた。

そういえば、薬草畑から出たとき、園丁がいきなり踵を回らし、抱えていた梯子《はしご》が思い切り肋骨の下に当たったった。その衝撃で、後ろに倒れた際、薬草畑に巡らした柵に背中を打ち付け、息が止まり、一回転して、畑に転がった。

さらに畑の中にあった石に脇腹をぶつけ、おまけに頭まで打って、気を失った。まさに踏んだり蹴ったりだった。

「あれですか」

「それです。なので、あれは打撲の薬です」

河島がしらっといった。

「わたくしを騙《だま》したのですね」

千歳がすっくと立ちあがり、悔しげに大刀の鞘《さや》を握りしめた。全身が怒りで膨れ上がっている。いまにも柄《つか》に手を掛けそうな勢いだ。

「あわわ、千歳さま」

千歳が、きっと草介を睨む。

「このような辱《はずかし》めを受けたのは初めてです。生き死にで人を騙すなど、言語道断。医者として恥を知りなさい」

「騙したとは人聞きが悪い。私は、こう申し上げたはずです。水草さまが臥《ふ》せっている。残された時が少ない、と」

河島が口角を上げた。

千歳がわずかに怯《ひる》んだ。

「しかし、ご母堂も泣いておられた」

「それは、そうでしょう。紀州への出立が早まったのですから。それで、私から芥川さまにお願いしたのですよ。少しはご両親の元で過ごされたほうがいいと。水草さまは、ずっと同心長屋で暮らしていましたからね」

えっと、千歳の眼が見開かれ、草介を見る。草介は小さく頷いた。

「あと、何日ですかね。すでに弥生《やよい》。桜が咲く頃には旅立つことになりましょう」

千歳は顔を強張らせると、身を翻した。

「わたくし、帰ります」

草介が止める間もなく、千歳は怒りを足元にぶつけるように、大股で座敷を出て行った。

ああ、と草介は長々とため息を吐く。

「ひどいですよ、河島先生。打擲だなんて。それに千歳さまも傷つけてしまった。私はどうしたらいいのか、もうわかりませんよ」

ふむ、と河島は首を傾けた。

「いったでしょう。桜も散ってしまうと。ま、おふたりには、これぐらいしないと間に合わないと思いましてね」

「それにしたって」

草介がぶつぶついっていると、河島が思い切り背を叩いてきた。

げほがほ、と草介は咳《せ》き込んだ。

「でも、しっかり伝えられたようで、安心しましたよ」

「聞いていたんですか？」

草介が非難めいた口調で訊ねると、

「いえ。でも、あんな状況で口にしなかったら、飛び出して張り倒そうかと思いましたよ」

河島は、なにが可笑《おか》しいのか、口元が緩みっ放しだ。

「私もすっかり勘違いしてしまって、お恥ずかしい限りです。権蔵のことも聞かされていましたしね」

草介がうなだれると、河島の表情が急に変わった。

「権蔵を利用したようで、少々奴には気が引けたのですが——一昨日《おととい》、お仕置きになりました」

そうですか、と草介は息を吐いた。

「その前日に、伝馬町の牢屋敷へ会いに行きましてね」

「では、権蔵も喜んだでしょうね」

河島が顔を伏せた。

「あいつ、私の顔を見るなり」

悪党は腹黒というが、本当にはらわたが黒いか確かめてくれないか、そういったのだという。

「つまり、腑分《ふわ》け、ですか？」

草介が河島を見つめた。河島は顔を上げず、大きく息をした。感情を懸命に抑えているようにも見えた。

「自分は悪事ばかりを重ねてきたが、最期くらい役に立つことをしたいと。病を患った臓腑《ぞうふ》を見るのも医者には必要だろうと、知ったふうなことをいいました」

河島は嗚咽《おえつ》を洩らし始めた。

「こんな気持ちになったのは初めてですよ。最期に役に立つことをしたいだなどと、人の命を奪った奴が勝手をいうんじゃないと怒りさえ湧いてきました。あいつに治療を施していたとき、岩で死ぬのは許さない。死ぬなら、罪を償っていけと思っていたこともたしかです。でも」

間違いではなかったと信じたいのです、と河島は歯を食いしばるようにいうと、目元を手で覆った。

「河島先生は、権蔵の心を治療したんですね」

河島は声を押し殺して泣いた。手拭いのおかめと火男も泣いているように見えた。

御薬園に復帰したが、草介が休んでいる間に、もう吉沢角蔵がしっかりと仕切っていた。

きれいな畦《あぜ》、きれいに並んだ道具。

どこもかしこも、角蔵の几帳面《きちょうめん》さが見事に表れていた。

「ご心配には及びません。吉沢角蔵、水上さまがお戻りになるまで、きちんと務めますゆえ」

それだけいうと、かくりと腰を折った。

ひとつ緩んだことといえば、「堅蔵《かたぞう》」の使用を公然と許可したことだ。

堅蔵は、融通の利かない者を揶揄《やゆ》していう名で、角蔵が見習いで来ていた頃、園丁らが陰で呼んでいたものだ。

それも驚きではあったが、さらに大事件というか、祝い事があった。

河島が、美鈴と祝言を挙げることが決まったのだ。

長英の私塾大観堂で、捕縛騒ぎになる前、河島が、美鈴さまと、といいかけたそのときすでに話がまとまっていたらしい。

「とんとん拍子に話が整いましてね。水草さまが臥せってしまったので、いいそびれてしまいました」

と、嬉《うれ》しそうにいった。

なので、水草さまにも、頑張っていただきたかったと、勝手なことをいった。

祝言は四月の半ば。もう草介は紀州にいる。河島は紀州の名物を祝いに送ってくれといった。それにしても、角蔵と河島が義兄弟になるのかと思うと、人の結びつきとは面白いものだ。

草介の送別の宴《うたげ》は、賑《にぎ》やかなものになった。唐物問屋いわしや藤右衛門に、菓子屋の国太郎《くにたろう》夫婦、南町奉行所の定町廻《じょうまちまわ》り同心、高幡啓吾郎《たかはたけいごろう》とおよし夫婦、高野長英、そして御薬園の面々。

「お武家さん」

祝樽《いわいだる》を持って、拓三が来たのには驚いた。

「いま、高野先生のお屋敷に置いてもらっているんでさ」

飯炊きや病人宅の往診にもついていくのだという。

あれから一度、新林が捕り方を引き連れ屋敷に乗り込んで来たが、長英に捕縛の意味を問われ、地団駄を踏んで帰ったと、拓三は笑った。

それでも鳥居は手を緩めることはないのだろう。大きな弾圧へと進んでいかなければいいと願うばかりだ。

「じつは、高野先生も紀州に参ります」

草介は、河島の隣で談笑している長英を見やる。

「ちょいと江戸を離れたほうがいいってね、河島先生が。きっと、役人も歯嚙みするでしょうよ」

道中は拓三も一緒だという。

「あっしが、高野先生をお守りしますぜ」

と、自分の胸を叩いた。

「それは頼もしい」と草介は笑いかけた。

河島は獄医になる意志を固めた。河島もあらたな道を歩み始める。

これまで、多くの人と出会い、多くの人に助けられてきた。だからこそ、御薬園を一時離れて、これからは、ひとりで立とうと、草介は思う。

それは、またさらに多くの人々と繫《つな》がるための礎《いしずえ》になると信じている。


桜が咲いた――。

草介は、見送りを断り、陽が昇る前に家を出た。

日本橋《にほんばし》を渡るとき、空は朝焼けに染まり、富士《ふじ》の山が霞《かす》んで見えた。

紀州まで幾日かかるか、不安にかられながらも、もう後戻りはできない。ただ、前を向き、先へ行くだけだ。

千歳は――宴には顔を見せてはくれなかった。

芝の本邸に戻ってしまったのだ。

草介に落胆はない。身勝手ではあるが、己の想いを告げられただけで十分だと思っている。もやもやもいまはなく、清々《すがすが》しい気分だ。

父親である御薬園預かりの芥川小野寺が、千歳に相応《ふさわ》しい伴侶を選ぶだろう。

それでも、芝にさしかかると、少しだけ胸が苦しくなった。

えいやと、気合いを入れて草介は足を速めた。次第に往来も激しくなってくる。

高輪の大木戸に着いた。

大木戸といっても、木戸はなく、かつての木戸の名残が石塁に留《とど》まっているにすぎない。

大木戸は、江戸の出入り口だ。江戸から旅に出る者、江戸へ入る者を送り迎えるのである。そのためか、通りには、料理屋、旅籠《はたご》が軒を連ねている。

芝を過ぎたあたりから、陽が陰り始め、風が冷たくなった。

草介が雨を用心して蓑を買おうとしたとき、ふと茶店に眼を向けた。桜木の下に置かれている縁台に、旅姿の武家が腰掛け、茶を飲んでいた。

男にしては線が細く、長く垂れた黒髪が笠から覗いていた。

まさか。

武家が、笠の縁を上げた。

「遅うございますよ。待ちくたびれて先に行こうかと思っておりました」

「なにゆえ、ここにいらっしゃるのですか」

草介は慌てて駆け寄った。

「紀州に行くためです」

「芥川さまは、お父上はなんと」

「いえ、草介どののご母堂から、同道をお願いされました」

万事につけ、のんびりでぼんやりだから、守ってくれないか、と。

草介は、卒倒しそうになる。

「父には、わたくしが男の子をふたり産むといって説き伏せました」

男の子！　ふたり！

思わず赤面する草介に、千歳が笑顔を向ける。

父が水上家にしてやられてばかりだと、悔しがっていたのが不思議だと千歳がいった。

草介は頷いた。母の佐久を巡り、父と芥川は恋敵であったのだ。

そして、またひとり娘も——。

と、いきなり千歳が、草介の顔を下から覗き込んでくると、

「わたくしも、心より」

そういった。

ぱらぱらと、雨が落ちてきた。銀糸のような雨が桜花を叩く。

千歳が置いた茶碗に、桜の花弁が落ちた。

「ああ、桜湯のようです」

草介は千歳に笑いかけ、空を見上げた。

雨が肩先を濡らす。

冷たいはずの花時雨《はなしぐれ》が、温かく染み込んでくるような気がした。

参考文献

『東京大学コレクションⅣ　日本植物研究の歴史——小石川植物園三〇〇年の歩み』
大場秀章編（東京大学総合研究博物館）
『自分で採れる薬になる植物図鑑』増田和夫監修（柏書房）
『漢方のくすりの事典　生ぐすり・ハーブ・民間薬』鈴木洋著（医歯薬出版）
『病気日本史』中島陽一郎著（雄山閣）
『日本農書全集13　農業全書』山田龍雄・井浦徳監修（農山漁村文化協会）

# 解説

細谷正充

日本の首都であり、二〇二〇年現在、一千四百万人弱の人々が暮らす東京は、しかし意外なほど緑の多い都市である。航空写真で東京を見ると、あちこちに緑があることが分かる。その緑の場所をチェックすると、それぞれの歴史があって面白い。

たとえば文京区白山《はくさん》にある小石川《こいしかわ》植物園。東京大学大学院理学系研究科の附属施設だが、その歴史は古い。小石川植物園のHPにある概要には、

「小石川植物園の敷地は承応《じょうおう》元(1652)年に館林《たてばやし》藩下屋敷が設けられたところで、白山御殿と呼ばれ、幼い藩主松平徳松《まつだいらとくまつ》の居邸であった。徳松が5代将軍綱吉《つなよし》となって後、貞享《じょうきょう》元(1684)年に、現在の南麻布にあった幕府の南薬園が廃止され、白山御殿の敷地の一部が新たに薬園とされて『小石川御薬園』と呼ばれるようになった。8代将軍吉宗《よしむね》の享保《きょうほう》6(1721)年に御薬園が御殿地全体に拡張され、面積約4万5千坪のほぼ現在の植物園の形となった」

と記されている。梶よう子の『花しぐれ　御薬園同心 水上草介《みなかみそうすけ》』は、その小石川御薬園で働く同心・水上草介を主人公にした連作シリーズの第三弾にして完結篇だ。「小説すばる」二〇一五年十月号から、翌一六年十二月号にかけて隔月で掲載された八篇が収録されている。単行本は二〇一七年五月、集英社から刊行された。内容に触れる前に、まず作者の経歴を書いておこう。

梶よう子は、東京都出身。音楽・芸能関係のフリーライターを経て、二〇〇五年、「い草の花」で、第十二回九州さが大衆文学賞を受賞。そして二〇〇八年、「槿花《きんか》、一朝の夢」で。第十五回松本清張賞を受賞した。同年六月、タイトルを『一朝の夢』にあらため、単行本を刊行。本格的に作家活動を始める。以後、堅実なペースで作品を発表。二〇一六年には、絵師物の『ヨイ豊』で、第五回歴史時代作家クラブ賞作品賞を受賞した。朝顔の栽培を生きがいにしている奉行所同心を主人公にした『一朝の夢』から、草花への愛着が感じられたが、本シリーズはそれを明確に示したものといえよう。しかも小石川御薬園をメインの舞台としながら、各話の内容はバラエティに富んでいる。このことについては、いささか個人的な話で説明したい。

私はよく、時代小説のアンソロジーを作っている。今年もすでに何冊か刊行されたが、実は別々のアンソロジーで、立て続けに本シリーズの作品を採った。親子をテーマにした本には、シリーズ第一弾『柿のへた』収録の「二輪草」、料理をテーマにした本には、シリーズ第二弾に収録されている「清正の人参」といった具合である。実は、こうしたアンソロジーを作るときは、つい本シリーズをチェックしてしまう。物語が面白いのは前提として、各話の内容が多彩で、テーマに合った作品を見つけやすいからだ。そうした特色は本書にも、色濃く表れている。この点に留意しながら、それぞれの作品を見てみよう。

冒頭の「葡萄《ぶどう》は葡萄」は水上草介が、父親の三右衛門《さんえもん》から呼び出され、非番の日に実家に向かう場面から始まる。ひょろりとした身体と、のんびりした性格の草介は、江戸の草食系男子というべきか。とはいえ仕事は熱心であり、頭脳は明晰《めいせき》。気弱なようで芯がある。偉ぶったところのない彼は、周囲の人々から〝水草〟と、親しみを込めて呼ばれている。また、さまざまな体験を経て、思うところがあったのだろう。ばれいしょの試作が縁になり、尚歯会《しょうしかい》と、会員のひとりである高野長英《たかのちょうえい》と知り合った。そして尚歯会の紹介により、二年後には紀州《きしゅう》藩の医学館で医学を学ぶため、旅立つことが決まっている。

だが、その前に孫の顔が見たい母親の佐久《さく》が、草介の嫁取りのために奔走。実家に行った草介は、たくさんの身上書を持たされることになる。自身の結婚については何も考えていない彼にとっては、頭の痛い問題だ。おまけに小石川御薬園と、小石川養生所にも、難題が襲いかかる。目付の鳥居耀蔵《とりいようぞう》が、小人目付の新林鶴之輔《しんばやしつるのすけ》を送り込んできたのだ。漢蘭融合の施療をしている養生所を問題視しているのか。それとも草介や、養生所の蘭方医の河島仙寿《かわしませんじゅ》を通じて、蘭学者の高野長英を狙っているのだろうか。

本書を貫く、ふたつの読みどころを手際よく提示した作者は、妻子を病で失い酒浸りになっている針師と、葡萄が原因となったある夫婦の危機を描いていく。人に対する真摯な思いと、草花好きの知識を使って、両方の件をおだやかに解決する草介の行動が嬉しい。本書の幕開けに相応しい作品だ。

続く「獅子《しし》と牡丹《ぼたん》」は、奥山で人気の双子姉弟《きょうだい》の芸人に、草介たちがかかわる。本シリーズには仙寿の他に、御薬園預かりの芥川小野寺《あくたがわおのじ》の娘で、剣術好きの千歳《ちとせ》がレギュラーとして登場している。微妙な距離が続いている草介と千歳の関係も、シリーズの読みどころだ。

その千歳の腕の冴えが、本作では発揮されている。普段は刀を腰に差さず、剣術はからっきしの草介との対比が愉快である。もっとも、草介は頭脳担当だ。ある人物の真の姿を見抜き、事態を丸く収める彼の行動は、やはり主人公ならではのものである。

以下、御薬園の園丁頭と、その娘の抱える問題に草介と仙寿が乗り出す「もやしもの」、養生所で起きた出産騒動に巻き込まれた草介が、結果的に鳥居耀蔵と新林鶴之輔をやり込めることになる「栗毛毬《りつもうきゅう》」と、快調にストーリーが進んでいく。

そして「接骨木《にわとこ》」だが、仙寿を巡る三角関係の話かと思い、ニヤニヤしながら読んでいたら、養生所で疫病《えやみ》が発生。次々と患者が亡くなるという、シリアスな展開に粛然となってしまった。大切な人を失った者の悲しみ、命を救えなかった医者たちの嘆き。その渦中で草介はどうするのか……。小石川養生所を舞台にした医者のドラマというと、山本周五郎《やまもとしゅうごろう》の『赤ひげ診療譚』及び、それを映画化した黒澤明《くろさわあきら》監督の『赤ひげ』が有名だ。本作は、その梶よう子版といっていい。

そういえば日本推理作家協会のＨＰの会員名簿で、梶よう子のページを見ると、趣味のところに「お酒をちびちび呑みながらお気に入りの時代劇や映画を観ながら号泣すること」と書いてある。もしかしたら『赤ひげ』を観ながら号泣しているうちに、本作を思いついたのか。いささか空想が過ぎるが、そんなことを思ってしまった。

なお、この解説を書いている現在、日本は新型コロナウイルスが蔓延するかどうかの瀬戸際である。だから本作の内容は、けして他人事ではないのだ。このような形で現代と通じ合うのは、作者にとって不本意だろうが、それも物語の力である。心して読んでほしい作品なのだ。

次の「嫁と姑《しゅうとめ》」から、シリーズは通常運転に戻る。豆腐屋で起きた嫁姑問題の原因は何なのか。自身の体験から真相に到達する草介は、名探偵のようである。そこに別のエピソードを絡ませ、さらに耀蔵の思惑を外すラストへと繋がっていく。さらっと書いているようで、物語の構成は巧み。作者の手腕が堪能できるのだ。

「猪苓《ちよれい》と茯苓《ぶくりよう》」は、新林を殴った仙寿が捕まり、草介が気を揉むことになる。ここで鳥居耀蔵の意外な面を草介は知る。作者が耀蔵を従来の悪役のイメージで描いてきたのは、本作の驚きを強めるためだったのか。表層だけで人間性を決めつけることの危険を理解すると共に、またもや作者の手腕を堪能した。

さて、あれこれと書いてきたが、いよいよ最終話の「花しぐれ」（原題「花時雨」）である。草介と仙寿が高野長英と会っているときに、長英を捕まえようと幕府の役人が迫る。なんとか逃げ出した三人だが、草介が倒れてしまった。気がついた後、自宅に戻された草介だが、周囲の様子がおかしい。自分は重病ではないかと草介は悩む。

作者は史実に架空の人物を絡ませた、時代小説を得意としている。本書の高野長英関係の部分も、そういっていいだろう。やがてくる蛮社《ばんしや》の獄《ごく》の前哨戦《ぜんしようせん》に、はからずも草介たちはかかわってしまったのだ。

とはいえ草介たちにも、自分自身の人生がある。紀州への旅立ちが早まった草介。それを知った千歳。「猪苓と茯苓」で、何事かを決意した仙寿。シリーズのラストは、新たな未来に足を踏み出す彼を描き出し、清々《すがすが》しく終わる。若者の成長を、ゆっくりと描き切った愛すべきシリーズなのだ。

かくして本シリーズは完結した。しかし草介や千歳を始めとする、小石川御薬園の人々が、その後の時代をどう生きたのか、気になってならない。さいわいなことに小石川植物園は、一般にも公開されている。もし行く機会があるのなら、本書を持っていって、彼らのさらなる人生に、思いを馳《は》せてみるのもいいだろう。

（ほそや・まさみつ　文芸評論家）

初出誌「小説すばる」
葡萄は葡萄　二〇一五年十月号
獅子と牡丹　二〇一五年十二月号
もやしもの　二〇一六年二月号
栗毛毬　二〇一六年四月号
接骨木　二〇一六年六月号
嫁と姑　二〇一六年八月号
猪苓と茯苓　二〇一六年十月号
花しぐれ（「花時雨」より改題）　二〇一六年十二月号

本書は二〇一七年五月、集英社より刊行されました。

装画　卯月みゆき

梶よう子の本

# 柿のへた

御薬園同心　水上草介

薬草栽培や生薬の精製につとめる、御薬園同心の水上草介。のんびりやな性格で〝水草〟と綽名されながらも、御薬園界隈で起きる事件や揉め事を穏やかに収めていく。連作時代小説。

梶よう子の本

## 桃のひこばえ

御薬園同心　水上草介

草花の知識を活かし、人々の悩みを解決してきた草介。剣術道場に通うお転婆娘千歳に持ち上がった縁談を聞き、今度は自分が悩みの当事者に!?　優しく温かな人気時代連作第2弾。

集英社文庫

## 集英社文庫　目録（日本文学）

乙川優三郎　武家用心集
小野一光　震災風俗嬢
小野正嗣　残された者たち
恩田陸　光の帝国　常野物語
恩田陸　ネバーランド
恩田陸　ねじの回転（上）（下）　FEBRUARY MOMENT
恩田陸　蒲公英《たんぽぽ》草紙　常野物語
恩田陸　エンド・ゲーム　常野物語
恩田陸　蛇行する川のほとり
恩田陸　スキマワラシ
開高健　オーパ！
開高健　風に訊け
開高健　オーパ、オーパ!!　アラスカ・カナダ　カリフォルニア篇
開高健　オーパ、オーパ!!　アラスカ至上篇　コスタリカ篇
開高健　オーパ、オーパ!!　モンゴル・中国篇　スリランカ篇
開高健　知的な痴的な教養講座

開高健　風に訊け　ザ・ラスト
開高健　青い月曜日
開高健　流亡記／歩く影たち
海道龍一朗　華、散りゆけど　真田幸村　連戦記
海道龍一朗　早雲立志伝
加賀乙彦　津村節子　愛する伴侶《ひと》を失って
垣根涼介　月は怒らない
柿木奈子　さいはてにて　やさしい香りと待ちながら
角田光代　みどりの月
角田光代　佐内正史　だれかのことを強く思ってみたかった
角田光代　マザコン
角田光代　三月の招待状
角田光代　松尾たいこ　なくしたものたちの国
角田光代他　チーズと塩と豆と
角幡唯介　空白の五マイル　チベット、世界最大のツアンポー峡谷に挑む
角幡唯介　雪男は向こうからやって来た

角幡唯介　アグルーカの行方　129人全員死亡、フランクリン隊が見た北極
角幡唯介　旅人の表現術
梶よう子　柿のへた　御薬園同心　水上草介
梶よう子　お伊勢ものがたり　親子三代道中記
梶よう子　桃のひこばえ　御薬園同心　水上草介
梶よう子　花しぐれ　御薬園同心　水上草介
梶よう子　本日も晴天なり　鉄砲同心つつじ暦
梶井基次郎　檸檬
梶山季之　赤いダイヤ（上）（下）
片野ゆか　ポチのひみつ
片野ゆか　ゼロ！　熊本市動物愛護センター10年の闘い
片野ゆか　動物翻訳家　心の声をキャッチする、飼育員のリアルストーリー
片野ゆか　平成犬バカ編集部
かたやま和華　猫の手、貸します　猫の手屋繁盛記
かたやま和華　化け猫、まかり通る　猫の手屋繁盛記
かたやま和華　大あくびして、猫の恋　猫の手屋繁盛記

# 集英社文庫　目録（日本文学）

## 集英社文庫 目録(日本文学)

川端裕人　風のダンデライオン　銀河のワールドカップ ガールズ
川端裕人　雲の王
川端裕人・三島和夫　8時間睡眠のウソ。日本人の眠り、8つの新常識
川端裕人　天空の約束
川端裕人　エピデミック
川端裕人　空よりも遠く、のびやかに
川村二郎　孤高 国語学者大野晋の生涯
川本三郎　小説を、映画を、鉄道が走る
姜尚中　在日
姜尚中・森達也　戦争の世紀を超えて　その場所で語られるべき戦争の記憶がある
姜尚中　母―オモニ―
姜尚中　心
神田茜　ぼくの守る星
神田茜　母のあしおと
木内昇　新選組 幕末の青嵐
木内昇　新選組裏表《うらうえ》録 地虫鳴く

木内昇　漂砂のうたう
木内昇　櫛《くし》挽《ひき》道《ち》守《もり》
木内昇　みちくさ道中
木内昇　火《ほ》影《かげ》に咲く
木内昇　万波を翔る
木崎みつ子　コンジュジ
樹島千草　太陽の子 GIFT OF FIRE
樹島千草　スケートラットに喝采を
樹島千草　映画ノベライズ耳をすませば
樹島千草　MY (K)NIGHT マイ・ナイト
樹島千草　剝製の街　近森晃平と殺人鬼
岸本裕紀子　定年女子　これからの仕事、生活、やりたいこと
岸本裕紀子　定年女子 60を過ぎて働くということ
岸本裕紀子　定年女子　新たな居場所を探して
喜多喜久　真夏の異邦人　超常現象研究会のフィールドワーク
喜多喜久　リケコイ。

喜多喜久　マダラ 死を呼ぶ悪魔のアプリ
喜多喜久　青矢先輩と私の探偵部活動
北杜夫　船乗りクプクプの冒険
北大路公子　石の裏にも三年　キミコのダンゴ虫的日常
北大路公子　晴れても雪でも　キミコのダンゴ虫的日常
北大路公子　いやよいやよも旅のうち
北方謙三　逃《の》がれの街
北方謙三　弔鐘《ちょうしょう》はるかなり
北方謙三　第二誕生日
北方謙三　眠りなき夜
北方謙三　逢うには、遠すぎる
北方謙三　檻《おり》
北方謙三　あれは幻の旗だったのか
北方謙三　渇きの街
北方謙三　牙
北方謙三　危険な夏―挑戦I

集英社文庫

花《はな》しぐれ 御薬園同心《おやくえんどうしん》 水上草介《みなかみそうすけ》

2020年 4 月25日 第 1 刷
2024年 8 月14日 第 2 刷

定価はカバーに表示してあります。

著 者 梶《かじ》 よう子《こ》

発行者 樋口尚也

発行所 株式会社 集英社
東京都千代田区一ツ橋2-5-10 〒101-8050
電話 【編集部】03-3230-6095
【読者係】03-3230-6080
【販売部】03-3230-6393（書店専用）

印 刷 TOPPAN株式会社

製 本 加藤製本株式会社

フォーマットデザイン アリヤマデザインストア マークデザイン 居山浩二


ISBN978-4-08-744098-0 C0193